新中國出土瓦當集錄

甘泉宮卷

啓功題

●張文彬 主編

○姚生民 編

西北大學出版社

書名　新中國出土瓦當集録・甘泉宫卷
主編　張文彬
編者　姚生民
出版　西北大學出版社
發行　新華書店
印制　西安煤航地圖製印公司
開本　889mm × 1194mm　1/16
印張　30.5
版次　1998 年 10 月第 1 版　1998 年 10 月第 1 次印刷
書號　ISBN 7-5604-1344-7/K・173
定價　400.00 圓

凡　　例

一、本書收録範圍爲一九四九年至今發掘出土或採集所得的瓦當。圖案、紋飾、製作工藝完全相同者選録其一，有細微差别者均選入。殘缺過甚，無辨識意義者不選。

二、地名、人名、朝代名、宫殿名、年號等專用名用古籍專名號標出，書名用古籍書名號標出。其他標點符號用常規符號。

三、瓦當文字有缺佚者用□表示，文字或刻畫符號不識者用×表示。

四、瓦當出土地點採用考古界常規符號。T表示探方，H表示灰坑，F表示房址，J表示水井，符號後的下角標數字表示發掘點序號，圈號表示出土地層。

五、全部圖案均採用原件搨本，由於個别原搨尺寸過大超出版面無法排版者適當縮印。釋文尺寸均爲原大尺寸。

目録

新中國出土瓦當集録 甘泉宫卷

上編　甘泉宫主體建築區瓦當

下編　甘泉宮附近離宮遺址和陵墓瓦當

一　文字瓦當

二　素面瓦當和圖案瓦當

前言

在中國建築歷史上，陶瓦的發明與使用有着劃時代的重要意義。據攷古資料所知，西周時期，一些大型建築上已大量使用了陶瓦。陝西扶風召陳西周建築遺址出土的陶瓦有板瓦與筒瓦，並且發現了瓦當。

瓦當是筒瓦頂端下垂之部分，一般稱爲筒瓦頭。瓦當文字中有自稱爲瓦者，如“長水屯瓦”、“都司空瓦”之類；也有自稱爲當者，如“京師庾當”、“蘄年宫當”等；又有曰“甍”者，如“長陵東甍”等等。瓦當的使用，不僅可保護屋檐椽頭免受日曬雨浸，延長建築物之壽命，更以其圖案與文字的美妙生動，達到裝飾和美化建築物的藝術效果。它是實用與美觀相結合的產物，成爲我國古代建築不可缺少的組成部分。

瓦當藝術自西周至明清，綿延不絶，在形制、花紋、文字等各方面形成了完整的發展序列。

承繼殷商發展起來的西周，處於奴隸制的鼎盛階段。扶風召陳西周建築遺址群規模宏大，不僅開始用瓦，而且根據建築物的結構與功能，製作出大小不一、形制有别的板瓦和筒瓦，有些板瓦和筒瓦上分别帶有瓦釘、瓦環或瓦當。瓦當形制皆爲半圓形，當面光平，無邊輪。或爲素面，或飾以弦紋、重環紋及同心圓等，紋樣簡單。其中重環紋與西周銅器上的同類花紋甚爲相似，可能是受了後者的影響而產生的。這些瓦當，紋飾均採用陰刻手法，帶有較多的隨意性，古樸穉拙，體現出一種原始的、樸素的美。西周瓦當的出現，揭開了中國古代瓦當藝術的序幕。

春秋戰國時期，是中國歷史上大變革的時代。尤其是戰國時期，正值封建社會初期，政治、經濟、文化等各方面皆發生了巨大變化。作爲一國之都的臨淄、邯鄲、新鄭、雍城、咸陽等，市内宫殿廟宇建築林立，盛極一時。瓦當藝術也隨着建築的繁榮發展，呈現出豐富多彩的局面，風格鮮明，各具特色。

春秋時期瓦當可確認的主要有繩紋和少量圖案紋瓦當，多少保留有西周藝術的遺風。戰國時期，中國瓦當藝術得到空前發展。這一時期素面瓦當雖然仍較常見，但裝飾有各類花紋的瓦當明顯已成爲瓦當發展的主流。從形制看，在半瓦當依然流行的同時，圓瓦當已在秦、趙等國出現並逐漸佔據了主導地位。與半瓦當相比，圓瓦當具有遮擋面積大、構圖範圍廣的優點，顯然是一種進步的形式。瓦當花紋裝飾與造型日臻完美，從而使我國古代瓦當藝術跨入一個嶄新的境界。而秦、齊、燕三國的作品，則集中代表了戰國瓦當的突出成就。秦國以寫實的動物紋最具特色，最常見的爲神態各異的鹿紋，還有貛紋、鳳紋以及虎、蟾、狗、雁等，構圖無界格，多表現各類動物的側面形象，以單耳雙腿的單體動物佔據當面，各類動物都刻畫得生動傳神，栩栩如生，有的爲動物與人的畫面組合，寓意深刻，給人以强烈的藝術感染力。同時，葵紋、輪輻紋等圖案紋瓦當，也具有秦瓦當明顯的個性特點，具有較深的文化含蘊。齊國以反映現實生活的樹紋瓦當最爲常見，主題一致而畫面各異。基本採取中軸對稱的構圖形式，一般以樹木或變形樹木爲中軸，兩側配置雙獸、雙騎、雙鳥、捲雲、乳釘等，圖案規整，裝飾性强，具有鮮明的地域特色。尤其是齊國的半瓦當，已構成半瓦當中的獨特體系，並影響到河北、陜西關中地區半瓦當的發展。燕國瓦當全部爲半瓦當，紋飾以形式多樣的饕餮紋爲主，次有獸紋以及鳥紋、山雲紋等。尤其是具神秘色彩的饕餮紋瓦當可謂獨樹一幟，紋飾採用浮雕手法，構圖飽滿，凝重厚實，仍保留着青銅器紋飾那種繁縟的風格和獰厲之美。另外，東周王城的雲紋瓦當、趙國的獸紋瓦當以及以纖細綫條精心刻畫的楚國雲紋、鳳雲紋瓦當等，亦頗具特色。戰國時期紛呈多姿的瓦當藝術，是與當時百花齊放的政治局面相輔相成的。

秦統一中央集權制國家的建立，結束了長期以來諸侯割據的混亂局面，在大一統的封建帝國物質和精神文明空前發展的基礎上，瓦當藝術達到了前所未有的高峰。秦代瓦當紋飾仍見圖像瓦當和圖案瓦當兩大類。圖像常見鹿、豹、魚、鳥等動物紋。圖案瓦當的數量在秦代佔有絶對優勢，其風格主要繼承了戰國晚期秦國圖案瓦當的特色，以各式雲紋爲主，變幻無窮。

西漢代秦，奠都長安。文景之後，大興土木，極盡奢華，京師之地宫苑棋佈，離宫别館遍及全國。大型的宫殿、倉庾、陵墓建築裝飾以衆多瓦當。東漢建都雒陽，城内宫殿建築密集，氣勢宏偉，但由於東漢末年經戰火焚燒，遭受破壞慘重。據出土瓦當實物觀，東漢瓦當明顯較西漢時水平低下。漢代流行圓瓦當，半瓦當主要見於漢初，素面瓦當亦甚少見。漢代圖像瓦當以青龍、白虎、朱雀、玄武即所謂四神瓦最爲出色，另有麟鳳、狻猊、飛鴻、雙魚、鹿、馬、蟾蜍等，構圖巧妙，獨具匠心。

由東周至秦代産生並發展的雲紋圖案瓦當，至西漢已達到爐火純青的境地，圖案豐滿，綫條流暢，變化萬千，如行雲流水，形成一種獨具特色的韵律美。文字瓦當在漢代最具特色，瓦文内容豐富，詞藻華麗，書體優美，布局活潑，不拘一格，其藝術效果毫不比花紋瓦當遜色。更見有畫文相配，畫中有字，字中有畫，完美結合的實例，情趣盎然，給人以深刻印象。

東漢瓦當已呈現跌落之勢，自此之後，中國古代瓦當逐漸走向中衰。瓦當花紋單一，文字瓦當很少見到。魏晋時瓦當紋飾尚常見雲紋，至十六國、北朝時期，瓦當雲紋圖案已簡化變形，進而消失。所見文字瓦當一般爲四字，當面劃爲九界格，字體纖小，大小不匀。蓮花紋、獸面紋作爲瓦當紋飾逐漸興起。

隋唐五代，蓮花紋成爲最普遍的瓦當紋飾，一直延至北宋。唐瓦當蓮花紋形狀較以前顯得寬而肥，其自身之演變可分爲初、盛、晚唐三個時期，發展脉絡比較清楚，宋蓮花紋瓦當之蓮瓣顯得小而尖，形似菊花。獸面瓦當在唐代也佔有重要地位。與前代同類瓦當相比，唐代獸面瓦當邊輪較寬，獸面採用浮雕手法表現，形象生動逼真，給人以呼之欲出的感覺。

自宋代起，瓦當紋飾中獸面紋逐漸取代了蓮花紋的主導地位。在兩宋及遼、金、西夏十分流行，一直延續到明清。但明清宫殿建築上較多使用蟠龍紋瓦當，有些甚至保留到了今天。

古代瓦當是集繪畫、浮雕、工藝美術、書法篆刻於一身的極具特色的藝術品類，其藝術價值與攷古歷史價值早爲人們所稱道，千百年來，焕發着經久不息的藝術魅力。

瓦當藝術圖案和藝術構思是社會生活在人們頭腦中的反映，是當時藝術家汲取生活中的藝術原料而創造出來的。古代藝術家對瓦當紋飾題材的涉獵是十分豐富的。如東周至秦漢瓦當紋飾的取材，幾乎囊括了天上、地下、神話傳説和人間生活的各個部分，從幻想中的龍鳳、饕餮、四神圖騰，至自然界各種飛禽走獸、花草樹木、雲彩、屋宇、人物，以及各種抽象的幾何綫條等等。這些素材組成的圖案和文字，表達出各種思想觀念和情感，巧妙地容納了社會生活中政治的、經濟的、文化思想的各種内容。即使是瓦當藝術逐漸衰落，瓦當紋飾題材變得極爲單調的情況下，南北朝、隋唐瓦當上的蓮花紋也刻畫出衆多的藝術形象，不失之單調而顯得豐富多彩。

古代藝術家充分利用瓦當之圓弧具有運動感和韵律美的特性，在有限的畫面上，以傳神的筆法塑造出各種各樣、變幻無窮的藝術形象，給人以美的藝術享受。

在構圖形式上，瓦當採用了對稱結構，輔之以輻射、轉换、迴旋結構和任意結構，創作出了如齊國的樹木雙獸、雙騎、乳釘、捲雲、箭頭紋，如秦國的輪輻紋、葵紋以及部分雲紋，如秦鹿紋、漢四神圖像等。

在表現技法上，瓦當主要採用刻畫、浮雕、平雕、模印等多種藝術手法，或一法獨運，或數法結合，使各類紋飾都做到内容與形式的和諧統一，使製作技藝手法發揮到最佳水平。古代藝術家充分展示了他們的想象力和藝術表現力，在瓦當這一特定的狹小空間内，創造出各種各樣的圖像與圖案，給人以美的感受和藝術感染。

文字瓦當在古代瓦當中佔有較爲突出的地位，秦以前絶少，西漢時最爲流行，其後又趨罕見。瓦當文字多爲模印陽文，字數從一字至十數字不等，尤以四字最爲常見，或直讀，或横讀，或環讀，不拘一格。瓦文書體以篆書最多，隸書少見，並有芝英體、龜蛇體、鳥蟲書等多種。文字布局有一定模式。以漢瓦爲例，凡一字的多居當面中央，二字的瓦文直書或左右並列，四字者多作四分法佈施，對讀或環讀，十分匀稱和諧。亦有分作兩瓦或四瓦，魚貫排列於檐際，聯讀成句。五字者無有定局，不拘格式。七字以上者或作輻射狀環讀，或竪行直讀，書體隨體異形，巧妙屈伸，任意變化，自成一格。瓦文内容復雜多樣，吉祥頌禱之詞甚爲普遍，吉語以外的瓦文多是依據所在建築物的性質而各不相同，常見的有宫苑、官署、倉庾類、祠墓類和私人宅舍類，並有少量的紀年、紀事類和其他内容的字句。瓦當文字的書體風格或緊密嚴謹，一絲不苟；或廣博雄宏，氣勢磅礴；或豐潤流利，疏朗雋秀。各抱氣勢，章法精妙。其高超的藝術成就，堪稱中國書法史上一份寶貴的遺産。瓦文文辭變化繁復，有的宛如漢賦單句，如“崇蛹嵯峨”、“加（嘉）氣始降”等語辭，氣勢雄建，意境深邃，具有很高的文學價值。

瓦當在攷古歷史方面所具有的學術價值是不言而喻的。如圖像瓦當，從一定意義上説，它是當時社會經濟和思想意識最直接的反映。如東周齊國的樹木雙獸紋、樹木捲雲紋等對稱結構半瓦當，反映的是一種定居的農業經濟下和平安寧的文化氣氛，或者説表達的是祈望和平的理想。而地處西北的秦國，所創造的具有强烈的草原藝術風格和生活氣息的動物紋瓦當，則反映出游牧狩獵經濟在秦國社會經濟中所佔的重要地位。燕國那些大量的極具神秘莊嚴色彩的饕餮紋瓦當，又表現出王權的神聖，以及由原始信仰觀念與社會條件相結合而派生出的一種超人力量。

文字瓦當於攷古歷史研究至爲重要。一方面，文字内容能將人們的理念意識一目瞭然地表現出來。如“漢有天下”、“當王天命”等，就含有濃厚的天命論色彩。“長生未央”、“與天無極”等吉祥頌禱之辭，則表現出統治者追求永久享樂、長生不死的願望。藉此研究西漢社會歷史，可謂不可多得的寶貴資料。同時，文字瓦當能爲今人尋找、確定古遺址的方位與地點，提供綫索和證據，對瞭解建築物名稱與時代，以及與之相關的地名沿革等情況十分有益。此外還可補充和修正古籍記載的缺佚與錯訛。如六十年代和八十年代先後出土於陝西鳳翔的“年宫”、“來谷宫當”等文字瓦當，宫名均不見文獻記載，應是史籍失載的衆多秦漢宫殿之數種。這些瓦當的發現，可彌補古籍記載的缺遺。又如漢書郊祀志云，武帝因公孫卿言僊人好樓居，“於是上令長安則作飛廉、桂館，甘泉則作益壽、延壽館”。顔注：“益壽、延壽，亦二館名”。但史記封禪書則作益延壽觀。宋人黄伯思據“益延壽”三字瓦當而攷定漢書郊祀志“益”下衍一“壽”字，從而證明顔注錯誤而史記爲正。還如秦漢棫陽宫的地望，史籍記載説法不一。一説在扶風。三輔黄圖載：“棫陽宫，秦昭王所作，在今岐州扶風縣東北。”長安志、清一統志等書皆從此説。一説在雍地。史記吕不韋列傳：“始皇九年，有告嫪毐實非宦者，常與太后私亂……九月，夷嫪毐三族，殺太后所生兩子，而遂遷太后於雍。”索隱按：“説苑云：遷太后棫陽宫。”漢書地理志亦云：“雍縣有棫陽宫，秦昭王所起也。”近年來，“棫陽”文字瓦當在秦雍城遺址範圍内的出土，證明了棫陽宫確在雍地，而三輔黄圖的記載是錯誤的。凡此種種，瓦當在攷古歷史研究中的學術價值是顯而易見的。

由於瓦當自身所具有的重要價值，因此很早以來就受到人們的重視與青睞。北宋時，已見有關於瓦當的著録。王闢之澠水燕談録載寶鷄權氏得“羽陽千歲”瓦五，爲記述古瓦之始。黄伯思在東觀餘論中對“益延壽”瓦當文字作了攷證。南宋無名氏續攷古圖摹搨“長樂未央”、“官立石苑”等文字瓦當四品，開瓦當摹搨之端。元代李好文長安志圖摹搨“長生無極”、“儲胥未央”、“漢并天下”等文字瓦當數種，數量與種類較前增加。清代隨着金石學的興盛，瓦當著述日漸見多，並出現瓦當專門著作。重要者如：林佶漢甘泉宫瓦記一卷。朱楓秦漢瓦圖記四卷，其所記三十餘品瓦當中，異文者十六七種，可謂最早的瓦當專著。程敦秦漢瓦當文字兩卷續一卷，收録瓦當一百三十九品，異文多達五十五種。畢沅秦漢瓦當圖一卷，錢坫漢瓦圖録四卷，陳廣寧漢宫瓦記一卷，王福田竹里秦漢瓦當文存等，都是瓦當著録研究之專著。此外，翁方綱兩漢金石記，馮雲鵬、馮雲鵷金石索，王昶金石萃編，端方陶齋藏瓦記，陸增祥八瓊室金石補正等書也著録了部分瓦當。羅振玉匯集清代諸家搨本凡三千餘紙，摘選什一，輯著成秦漢瓦當文字五卷，共收録瓦當三百多品，爲宋以來瓦當研究集大成之作。但是受當時條件的限制，瓦當研究基本上停留於收集和匯編材料的程度上，並且收集著録多以漢瓦尤其以文字瓦爲主，重復者多，新品少見。還由於攷古發掘資料的欠缺，瓦當資料的科學性方面亦不盡人意。

新中國成立以來，隨着攷古工作的深入開展，瓦當資料多有發現，尤其是春秋戰國時期各國都城遺址，如東周王城、齊國臨淄、燕下都、趙邯鄲、楚紀南城與壽春城、秦雍城以及秦咸陽、漢長安城等遺址的發掘中，都出土了數量可觀的東周秦漢時期瓦當，從而爲瓦當的研究奠定了資料基礎。秦漢瓦當還徧出於河南、山東、河北、遼寧、甘肅、青海、四川、湖北、江蘇、福建、廣東、内蒙古等地，大大拓展了人們的研究視野。魏晋至隋唐的瓦當資料，在漢魏洛陽故城、曹魏鄴城、赫連勃勃統萬城、隋唐長安與洛陽城、揚州城、關中唐十八陵等地都有程度不同的發現。更加豐富了人們的認識。七十年代中期周原西周瓦當的發現，把中國古代瓦當的歷史大爲提前。大量瓦當攷古資料的獲得，使瓦當研究達到前所未有的高峰。

六十年代起，就有一些瓦當研究的優秀論著發表和出版。陳直先生的秦漢瓦當概述（文物一九六三年十一期），將文獻典籍研究與田野實踐有機結合，對秦漢瓦當的攷古分期及其攷釋創見頗多，堪稱秦漢瓦當迺至歷代瓦當研究的奠基之作。一九六四年陝西省博物館編輯出版的秦漢瓦當，收録秦漢瓦當一百三十五品，多數標明出土地點，並對其時代特點作了分析歸納，可謂是一次有益的嘗試。進入八十年代，相繼有多部瓦當專書出版，如陝西省攷古研究所新編秦漢瓦當圖録，徐錫臺、樓宇棟、魏效祖周秦漢瓦當，劉士莪西北大學藏瓦選集等，較全面地反映了陝西地區爲主的秦漢瓦當概貌。同時，華非中國古代瓦當，楊力民中國古代瓦當藝術，錢君匋等瓦當匯編，則主要從藝術角度對中國古代瓦當作了研究與評述。九十年代，隨着瓦當研究的逐步深入，出現了瓦當綜合性研究專書，其中李發林齊故城瓦當對齊臨淄所出瓦當作了專門研究，戈父古代瓦當則對中國古代瓦當的發展史作了基本的勾勒與闡述。此外，趙力光編瓦當圖典，選録瓦當七百餘品，具一定規模。除上列的瓦當專書之外，有關瓦當出土資料的報導和瓦當研究論述散見於各類攷古文物書刊中。

截至目前，尚缺乏全面反映中國古代瓦當資料，尤其是反映發掘出土瓦當資料的專門著作，這顯然與近半個世紀來瓦當文物的出土數量和規模不相適應。經多方醞釀，於一九九六年開始進行新中國出土瓦當集録的編撰工作，旨在對新中國成立後經攷古發掘出土和部分調查採集的瓦當按遺址分卷，編輯成册，分集出版。在分卷編撰者的努力下，歷時數載，反復修訂，認真篩選，現燕下都卷、齊臨淄卷、秦雍城卷、甘泉宫卷、漢長安卷、漢陵卷、漢魏故城卷、唐長安卷、唐洛陽卷已先後成稿，即將而世。編撰者均爲多年從事相應遺址攷古發掘工作的專家，擁有豐富的第一手資料。爲求本書的嚴謹準確，保證質量，選録瓦當均採用實物原件搨片，以期集中反映一九四九年以來攷古出土瓦當的全面收獲，促進瓦當研究的深入開展。

甘泉宫瓦當概述

◯姚生民

一、漢甘泉宫

漢甘泉宫遺址，在陝西省咸陽市淳化縣北部。秦漢至唐，這里屬雲陽縣，也是秦雲陽邑、漢雲陽縣治所在。北宋淳化四年於雲陽縣（宋雲陽縣治在今陝西涇陽縣）梨園鎮始建淳化縣。千餘年來，遺址所在爲淳化縣管轄。兩千年前的甘泉宫，建築遺址今已成爲緑色田野，樹木葱籠，居民房舍錯落其間。秦漢雲陽城遺址於緑野中斷續可見，甘泉宫通天臺巍巍突兀，田壟道路旁秦漢建築殘磚碎瓦遍佈。盛極一時的雲陽城、甘泉宫，早已退出自己重要的歷史舞臺。

三輔黄圖云，甘泉宫是“黄帝以來圜丘祭天處”。是書引音義云：“匈奴祭天處，本雲陽甘泉山下，秦奪其地，徙休屠右地”。此處祭天，至漢更爲盛行。漢武帝在甘泉宫立九天廟，太乙壇，又築祀宫“竹宫”。金石萃編卷二十二著録“狼干萬延”瓦當。“狼干”爲“琅玕”之假借字，“琅玕”形容竹之青翠，故亦指竹。因而陳直先生攷證疑爲竹宫用瓦[1]，不爲無據。孝武後的西漢皇帝，將天神祭壇撤而又復。明讀史方輿紀要引唐括地志云："甘泉山有宫，秦始皇所作林光宫，週匝十餘里。漢武帝元封二年於林光旁更作甘泉宫"。漢宫闕疏云林光宫爲二世所造。或云："漢武帝建元中（公元前一四五年至前一三五年）在林光宫的基礎上'增廣之'，稱'甘泉宫'，或名'雲陽宫'"[②]。或認爲："甘泉宫至遲始建於元鼎年間（公元前一一六年至前一一一年）"[③]。括地志描述甘泉宫道："宫週十九里，宫殿樓觀略與建章相比，百官皆有邸舍"。長安志引關中記云："週迴十九里一百二十步，有宫十二，臺十一。武帝常以五月避暑於此，八月迺還。"甘泉宫是"宫十二臺十一"的總名稱，舊文獻記載甘泉一帶有紫殿、靈波殿；通靈臺、騰光臺、招僊臺；高光宫、洪崖宫、棠梨宫、增城宫；露寒觀、儲胥觀、石闕觀、封巒觀、鳷鵲觀等。武帝又於甘泉山置甘泉苑，全稱甘泉上林苑。三輔黄圖苑囿曰：甘泉苑"緣山谷行，至雲陽三百八十一里，西入扶風，凡週迴五百四十里，苑中起宫殿臺閣百餘所"。上述宫、殿、臺、觀，大多都括入甘泉上林苑内。壯麗雄偉的甘泉建築群，漢揚雄甘泉宫賦，王褒甘泉頌，宋唐仲友甘泉宫記，均有詳細形象的描述。

秦漢兩朝在遠離秦都咸陽、漢都長安數百里遥之僻地屢建宫闕，是因爲甘泉山的特殊位置和要塞作用。這里具有重要的軍事意義。遠在戰國時期，甘泉與谷口（在淳化縣南，涇陽縣北）就起着屏蔽咸陽的作用。史記范雎列傳記載："范雎曰：大王之國，四塞以爲固，北有甘泉、谷口"。甘泉居咸陽與北地之間，是軍事要塞，在此建林光宫，是秦始皇抵禦匈奴等外患的戰略措施之一。戰國時期，咸陽北上至雲中、九原間就有可供行軍的道路。這條道路爲秦直道的基礎。公元前一七七年，匈奴進駐河南地，攻擊上郡（今陝西榆林），漢文帝劉恒到甘泉宫，丞相灌嬰派步騎兵八萬五千人北上。匈奴汗國右賢王聞訊撤出（史記孝文帝本紀）。公元前一一〇年，漢武帝統兵十八萬，自雲陽北上，旌旗千里，軍威顯赫，震懾匈奴（漢書武帝紀）。漢代長安通西域，曾由甘泉西去，經甘肅正寧、鎮原、武威入河西走廊。甘泉宫以及由此出發的直道，對抵禦外侮，政令通行，發展貿易都發揮了重大作用。

秦漢帝王往返甘泉宫，有游獵、避暑、祭天神諸務，而議論國家大事，召開諸侯國會議，接見外國使節和安邊，始終是主要目的。

漢甘泉宫遺址爲國家級重點文物保護單位，位於淳化縣鐵王鄉凉武帝村、董家村和西鄰的卜家鄉城前頭村，轄地約六百萬平方米。遺址所在塬面寬宏，居甘泉山（又名磨石嶺、好花山）南麓，北距甘泉山八公里，南距淳化縣城二十五公里，冶峪河在其東蜿蜒南流。

遺址所在有城墻遺蹟。東城墻在凉武帝村東，北城墻在凉武帝村和城前頭村北，西城墻在城前頭村西挨米家溝畔，南城墻在凉武帝村與董家村之間。墻由夯土築成，保留最高五米，寬八米，週長五點七公里。關於這座城，括地志雲陽縣記載云："雲陽古城在雍州雲陽縣西北八十里，秦始皇甘泉宫在焉。"括地志所記爲唐雲陽縣，治在今涇陽縣雲陽鎮。隆慶淳化志卷三著："雲陽縣者，甘泉宫地也。"乾隆淳化縣志土地記説："甘泉山前爲古雲陽縣城。"這些著録明告我們，甘泉山前（南麓）這座古城就是秦漢雲陽縣城，甘泉宮在雲陽縣城。這也是甘泉宮（林光宮）曰雲陽宮之由來。

雲陽城内外現存建築臺基八座，以凉武帝村東面東西對峙的兩座最大，高十六米，底週長二百米，兩臺基間距五十七米，夯築圓錐形。據唐元和郡縣志"通天臺在雲陽縣西北八十一里甘泉宮中"和關中記"左右通天臺則是雙臺對峙"等著録看，這兩座臺基應是通天臺。其他臺基小於通天臺，歸屬不清。

宮城内外秦漢建築材料密佈，當地村民嘆爲農耕之患。有水管道、鋪地磚、瓦和瓦當。石刻有西漢石熊、北魏石造像、唐經幢和北宋題記石鼓，還有秦漢銅鐵器。陶器上的文字有"北司"、"大匠"、"嘉"、"桐"、"甘居"、"居甘"、"甘"等。這些文化遺存，是攷證、研究甘泉宮的重要實物資料，已收藏千餘件，保存淳化縣文化館。

雍録記載："秦之林光至漢猶存，元封二年始即磨盤嶺山秦宮之側爲宮，是爲漢甘泉"。當代學者史念海著文曰："甘泉宮擴大後把林光宮包括在里面，林光宮的名稱因而湮没了。"[④]是甘泉宮在林光宮之側，還是甘泉宮把林光宮囊括其内，時過兩千餘年，宮已圮毁，今難詳其處。

漢書揚雄傳記述甘泉宮云："甘泉本因秦離宮，既奢泰，而武帝復增通天、高光、迎風。宮外近則洪厓、旁皇、儲胥、弩阹，遠則石關、封巒、枝鵲、露寒、棠梨、師得，游觀屈奇瑰瑋。"洪崖宮在凉武帝村南程家堡[⑤]，棠梨宮遺址即今淳化縣城。甘泉山一帶秦漢建築遺址遍佈淳化縣城，距主體建築遺址凉武帝村近者一二公里，遠則三十餘公里。

二、甘泉宮瓦

甘泉宮主體建築區及鄰近離宮漢墓，秦漢的磚瓦遺存豐富。瓦與瓦當大體是相伴分佈，瓦多於當。

秦代的板瓦飾粗繩紋，亦有飾細繩紋和交叉細繩紋的，以粗繩紋爲主。秦板瓦僅見殘件，瓦端抹光三至十厘米，被抹部分繩紋突棱壓平，繩槽隱顯。瓦端略趨外向，瓦沿光滑。左右邊由里向外切入約零點四厘米。斷面粗糙，凹面以光素爲多。瓦厚零點九至一點六厘米，以一點三至一點四厘米厚居多。陶色表里一致，有青灰和淺灰之分，前者居多。

筒瓦外飾細綫紋（紋間零點一五厘米）和細繩紋（紋間零點三厘米），亦有在細繩紋上拍印交叉繩紋的，以細繩紋居多。凹面主要是麻點紋，布紋次之。多數是青灰色，其次是蔚藍色，偶見黑灰色和淺灰色。瓦筒寬十三點六至十九厘米，以十五、十六厘米寬爲多。瓦厚一點三厘米左右。

漢代的板瓦仍飾粗繩紋，細繩紋和交叉繩紋極少。凹面有經過壓抹的粗繩紋、布紋和素面。凹面有拍印文字作紋飾的，如以“倉”字叠壓拍印在素面上，以“桐”字拍印在壓抹過的粗繩紋上或叠壓拍印在素面上。板瓦凹面印“回 ”形紋、筋葉紋、圓點紋、網紋、重環紋、“×”紋、圓圈紋及“胆 ”、“木”等文字者計有二十餘種，豐富華麗。這些板瓦的時代先後難以區分。漢代板瓦完整者有兩式：大者長九十四、寬四十一、厚二厘米。瓦面爲斜向粗繩紋，凹面光素。這種瓦出於甘泉宫遺址董家村。小者略呈梯形，長四十七點八、寬二十九點二至三十二點四、厚二點四厘米。瓦面飾細繩紋，布紋里。小瓦甘泉宫遺址發現殘件，完整者出於漢雲陵北門闕。上述兩種板瓦，可看作漢甘泉宫板瓦的典型物。

漢代筒瓦長四十五點五至四十八點一厘米，寬十五至十七點三厘米，厚一點一至一點六厘米。唇端微小於末端。瓦面裝飾有二：一式唇端飾細繩紋，另一半光素；另一式繩紋在瓦面中段，兩端抹光。漢代筒瓦上的細繩紋，稍粗於秦筒瓦繩紋。凹面以布紋爲主，麻點紋次之，麻布紋僅見幾例。瓦唇長二點五至三點八厘米，唇頭微斂。末端凹面經過刮削，向外侈，以便與它瓦唇部嚴密套合。切割在外，多數是切割一道長縫，亦有沿割綫分段切者，均不切透。

三、甘泉宫瓦当

（一）瓦當分佈

甘泉宫主體建築在凉武帝村一帶，附屬的離宫别館遺蹟遍佈淳化縣域。三十餘年來，從這些建築基址中見到各種瓦當九百餘件。這些瓦當的發現，提供了研究的實物資料，可藉此對早已湮滅之古代宫室署祠，追本逐末，尋其方位；又可使我們對甘泉宫這一秦漢建築群的規模和布局有所認識，對這些遺址的性質及時代判斷提供依據。主體建築所在地採集的瓦當品種最豐富，數量亦最多，相當所見瓦當的二分之一。蟾兔紋、旗旄紋、“馬甲天下”、“六畜藩息”、“長毋相忘”、“長樂未央與天相保”瓦當和“維天降靈”十二字瓦當範等許多珍品，都是從這里發現的。位於凉武帝村南二公里的漢洪崖宫遺址，佔地十二萬平方米，遺址區陶建築材料遍佈，採集瓦當豐富。其中書體、布局罕見的“長生未央”瓦當（圖三一四）和饕餮紋半瓦當、雲紋半瓦當等，在甘泉宫一帶所見瓦當中獨樹一幟[6]。位於縣東部固賢鄉下常社村西的秦漢遺址，規模也很宏偉，採集所得以變化多樣的秦代雲紋瓦當見長，出土有甘泉宫主體建築區少見的葵紋瓦當。兩種書體不同的“宫”字雲紋瓦當，在當地是唯一的[7]。卜家鄉長武山遺址、秦直道旁的甘泉山遺址[8]和安子凹鄉桑樹嘴遺址等，都有豐富的瓦當發現。

漢代陵墓採集瓦當，以鐵王鄉大圪墶村漢雲陵和雲陵邑遺址最多[9]。分佈在縣境内的一百五十餘座漢代墓葬，如胡家廟鄉那家村、馬家鄉高家村、鐵王鄉核桃溝和城關鎮辛店村墓群，有“長生未央”、雲紋瓦當出土。這些瓦當的發現，特別是那家村墓群“冢當”瓦當的發現，爲學術界論述漢代陵墓禮儀建制提供了新證據。漢雲陵發現的“衛”字瓦當，爲研究其衛尉建制，提供了新綫索。

甘泉宫一帶出土瓦當範多件，卜家鄉排子村、石橋鄉劉家塬、淳化縣城棠梨宫和甘泉宫遺址發現雲紋瓦當範，凉武帝村發現“長毋相忘”瓦當範，城前頭村發現“維天降靈”十二字瓦當範。這些瓦當範的出土，爲瓦當製作工藝和斷代增加了研究資料。瓦當範出處和漢雲陵附近多處見到陶作坊遺蹟，採集到陶抹、陶瓬和陶墊等製陶工具。表明甘泉宫一帶建築用瓦爲當地加工，就近取材。

（二）半瓦當

瓦當的出現，以半圓形瓦當爲早，陝西扶風西周中期建築遺址已有發現。半瓦當不抵圓瓦當遮蓋功能好，又不如圓瓦當美觀，所以終被圓瓦當取代，西漢中期以後半瓦當逐漸消失。

甘泉宫遺址一帶所見半瓦當較少，秦代有饕餮紋和素面兩式，漢代有雲紋、網紋和素面三式，以素面居多。見到的秦漢素面半瓦當，製作工藝和當面大小相差甚微，不易區别。雲紋和網紋半瓦當，於諸家著述中未見。“長生”半瓦當，文字左向倒置，與“上林”、“延年”等半瓦當布局不同。僅見此一件，用意不明。

（三）畫像瓦當

旟旐紋瓦當：詩大雅桑柔有“四牡騤騤，旟旐有翩”詩句。是説四頭雄馬很强壯，旟旐翩翩飄揚。旟是繪有鳥隼的旗，旐是畫有龜蛇的旗。周禮春官司常有“鳥隼爲旟，龜蛇爲旐”的記載。鄭注曰：“鳥隼象其勇捷也，龜蛇象其捍難避害也。”瓦當繪龜蛇，示旐；二鳥形，是隼。隼似鷹，爲鳥類猛禽，能捕食小鳥獸。據此分析，瓦當圖像應是“旟旐有翩”的寫照。不同的是“旟旐有翩”指繪有鳥隼和龜蛇的旗，瓦當圖像衹畫出鳥隼和龜蛇。本瓦當筆者曾名“龜蛇雁紋”瓦[10]，今更名“旟旐紋”瓦。太平御覽卷七二引攷工記云：“龜旐四游，以象營室。”説畫有龜的旌旗，有四條下垂飾物，象徵營室。按旐能“捍難避害”，鳥隼象其勇捷，有捕獵的本領，二者有守衛、進攻的寓意；龜旐又象營室。本瓦當應爲甘泉宫衛尉營室用瓦。

蟾兔紋瓦當：圖飾取嫦娥奔月神話故事。淮南子覽冥訓云：“羿請不死之藥於西王母，嫦娥竊以奔月”，“托身於月，是爲蟾蜍，而爲月精”。晋傅玄擬天問記：“月中何有，玉兔搗藥。”世以玉兔爲月之代詞。瓦當圖飾蟾兔間枝條示桂樹，週邊外射的豆點示月芒，瓦當邊輪上的曲尺紋，當示月亮之外的雲彩。主體紋飾兔取側形，顯示出兔子的機靈輕捷；蟾蜍俯視，描繪了大腹便便、蹣跚掙扎的模樣。主體形象的構思刻畫，突出了兩種動物的各自特徵，藝術處理手法精妙絶倫，爲漢代圖像瓦當中的珍品。

這種瓦當圖像，日人關野貞一九三二年於支那の建築藝術一書中（一四三頁）曾發表過。一九三八年，伊藤清造於支那及滿蒙的建築一書（圖版一一五）轉刊。惜未注明出土地點。中國古代瓦當 秦漢畫像瓦當圖八一蟾兔紋瓦當，與漢甘泉宫遺址所見兩件圖像一致，也未詳出地[11]。有了甘泉宫的這兩件，大體可以確定，前三書附蟾兔紋瓦當圖，亦可能源自漢甘泉宫。

獸紋瓦當：這件殘瓦筆者曾取名"馬紋瓦當"[12]。周秦漢瓦當[13]和關於"馬紋瓦當"問題[14]，判爲"鹿甲天下"。當面獸形長耳張口非鹿像，蹄端無鹿的斜甲，軀體與鹿殊異，以獸紋名之較爲合適。獸前殘留的叉枝，目前無全瓦對照，難於確定。瓦所施不明。

雁雲紋瓦當：這種圖飾瓦當，未見於著録。瓦當中心圓爲田字格，之外四雁對着雲朵展翅高飛，有飛雁穿雲之勢。構圖置真實的鴻雁於抽象神密的雲紋間，展現出一幅生動畫面（圖三七六）。圖像是自然景象的寫實，構思寓意隱晦曲折。漢揚雄法言 問明云："鴻飛冥冥，弋人何篡焉？"注曰："君子潛神重玄之域，世網不能制禦之。"是説鴻飛入遠空，距遠形微，矰繳不及，因以喻脱羈遠害。此説亦見於史記 留侯世家，記高帝爲戚夫人作楚歌曰："鴻鵠高飛，一舉千里……雖有矰繳，尚安所施？"瓦當中心圓田字格象徵大地，小飛鴻穿雲狀取意鴻飛冥冥，距遠形微。瓦出漢代陵墓寢廟遺址，是亡者靈魂"脱羈遠害"、"矰繳不及"、"世網不能制禦之"的僊化意識寫照。

飛鴻銜綬紋瓦當：中國古代瓦當 秦漢畫像瓦當圖八四收録之雁紋瓦當，未詳出處，紋圖與甘泉宫出土兩件飛鴻紋瓦當如出一範，疑亦爲甘泉宫瓦。當面圖飾飛鴻銜綬帶，取意不敢妄加忖測，所施不明。

饕餮紋瓦當：這種圖飾有曰"夔龍"[15]；有曰"幾何圖案"[16]；有曰"饕餮紋"[17]等。以饕餮紋爲是。夔龍是傳説怪獸，商周銅器所見圖像爲側形，張口捲尾，一角一足，瓦當圖像與其形象難吻合。瓦當圖飾似青銅器上的獸面，與戰國饕餮紋半瓦當略同，衹是比其更加圖案化。巨目正視，威嚴肅穆，神態大氣壯觀，給人以强烈的神秘感，建築用其圖像以壯威儀。日人村上和夫先生認爲，饕餮紋圖案紋樣是"由爬行動物演變來的"，"人們對爬行類動物的威攝力感到懼怕，轉而又崇拜它們，由此可理解或許這是一種尋求自身保護的意圖"[18]。這種利用有威攝力、讓人懼怕的圖像以壯自身的威儀，用以保護自身的觀點，筆者是贊同的。我國古代殿堂、陵墓前刻虎、獅諸形象，皆其例證。

（四）雲紋瓦當

變化無窮的雲紋瓦當，在秦漢瓦當中佔有相當比重。漢甘泉宫一帶出土雲紋瓦當，佔所見瓦當之半。雲紋瓦當崛起於戰國，經秦至西漢中期基本定型，漢以後逐漸衰退。

瓦當著述，早期注重文字。程敦秦漢瓦當文字收録四𪓰（蛙）紋等瓦當圖，羅振玉唐風樓秦漢瓦當文字收録部分花紋瓦當，較之前人實爲一大進步。僞造瓦當，多用雲紋瓦當剔去真瓦中之雲紋，用油炭之類屈蟠成字；或將雲紋瓦當面全磨平，再刻文字。這是對雲紋的偏見和失誤。瓦當圖案經歷寫實到寫意、具體到抽象的發展變化過程，雲紋變幻莫測，正是寫意、抽象的體現。它不像文字瓦當反映當時人們的觀念、願望那樣具體明晰，其神秘含蓄、隱晦曲折的含義至今並未全部揭示。對瓦當飾雲紋的重視和研究，迺今人之功。齊故城出土戰國時期半瓦當，雲紋是作爲樹木雙獸的陪襯；雒陽東周瓦當上，雲紋則作爲主體紋飾。有學者據此認爲："雒陽很可能是捲雲紋瓦當的最早發源地"[19]。至於雲紋由來及演變，學術界還未達成共識。陳直先生最初論證，説"雲紋由銅器雲雷紋及迴紋演變而來"[20]。何正璜先生的觀點與直説略同，説"來源於銅器，蜕變於夔紋的雲紋"[21]。兩説都認爲雲紋來自古代青銅器紋飾，祇是所據微異。還有認爲"雲紋是由動物中的蟬紋、蝴蝶紋、饕餮紋、鳥紋等禽獸紋，植物中的樹枝、花朵，自然中的雲朵、光芒綜合演變而來"[22]。亦有認爲"葵紋是植物尖葉和動物尾的曲捲"，雲紋由動植物、自然現象及"葵紋"演變而來[23]。我們所謂的雲紋，日本學者稱蕨手紋。村上和夫認爲，青銅器上的夔龍紋是全形圖，瓦當上的夔龍是其肢、尾的一部分，這和變化多樣的雲紋是同源的。又説雲紋是"戰國時代半瓦當中的樹木及點綴性景物抽象化後所形成的ᘏ形，更爲直接的推斷，是從葵紋形轉化而來的"[24]。中外學者各具其據，記述微異。詳察各地早期瓦當上的捲勾紋，雲紋肇始尚不外學者列舉之形象。

秦漢瓦當大量採用變化豐富的雲紋，這是一個需要深究的問題。文化藝術是一定社會意識的反映，秦漢瓦當藝術是屬於一定歷史範疇的藝術。追求美化是形式，反映意識形態是根本。戰國末期陰陽家鄒衍的"五德終始"學説，以水、火、木、金、土五種物質的相生相剋和終而復始循環變化，用來説明王朝興替的原因。如夏、商、周三代遞嬗，就是火（周）剋金（商）、金剋木（夏）的結果。這種學説爲當時的主導理論，是統治階級進行合法統治的理論依據，順應了秦王朝的需要。史記封禪書曰："昔秦文公出獵獲黑龍，此其水德之瑞"。秦既得"水德"符瑞，雲是龍的象徵，藝術品中使用雲氣紋圖，成爲宣揚"合法"統治，對人民進行思想控制的最好憑藉。秦漢宫殿使用雲紋以象天漢，祥雲繚繞，正符合帝王求僊昇天，"降靈"、"康寧"、"永受嘉福"的宗教迷信意識，向人民灌輸皇權神授觀念，藉以麻痹人民的意志。雲紋圖案具有光亮、明快的特點，詩大雅雲漢云："倬彼雲漢，昭迴於天"，是説天河星辰光照運轉於天。宫殿是王權的象徵，宫殿飾雲氣紋圖，既表現宫殿（王權）的超凡，如三輔黄圖云："渭水灌都，以象天漢，橫橋南渡，以法牽牛"，"更命信宫爲極廟，象天極"等，又體現皇帝光照運轉於天，澤惠於民。

甘泉宫遺址一帶出土的雲紋瓦當中心圓有雕以“宫”字（藍田鼎湖宫、涇陽谷口宫亦有出）者，這是一個獨具匠心的布局。荀子大略云：“欲近四旁，莫如中央；故王者必居天下之中。”韓非子揚權云：“事在四方，要在中央。”注云：“四方謂臣民，中央謂主君。”“宫”象徵王者居地，雲紋宫字瓦當是“王者必居天下之中”和“中央謂主君”的寫照。

（五）文字瓦當

宫殿類

“益延壽”瓦當：爲漢甘泉宫益延壽宫（觀）用瓦。這種文字瓦當北宋進士黄伯思東觀餘論已提及。同義有“益延壽宫”瓦當㉕，亦爲益延壽宫用瓦。括地志云：益延壽宫在“雍州雲陽縣西北八十一里，通天臺西八十步”。本書圖二三“益延壽”殘瓦係一九七九年八月筆者採於通天臺西百米處農田，與括地志著録相合。漢書郊祀志云，武帝因公孫卿言“僊人好樓居”，於是“令長安則作飛廉、桂館，甘泉則作益壽、延壽館，使卿持節設具而候神人”。師古注云：“益壽、延壽，亦二館名。”史記封禪書記爲“甘泉則作益延壽觀”。唐司馬貞索隱案“漢武故事云‘作延壽觀’”。黄伯思亦云顔注非是，以史記爲正。

“甘林”瓦當：爲甘泉上林宫用瓦 。“甘林”爲“甘泉上林”之簡稱。薛氏鐘鼎款識卷二十有“甘泉上林宫行鐙”；金石索石索六有“甘泉上林”瓦；漢書百官公卿表上叙水衡都尉屬官有“甘泉上林，都水七官長丞”。皆證“甘林”爲“甘泉上林”之省文。陝西通志卷七十三記云：“甘泉苑在淳化縣北車盤嶺”。三輔黄圖甘泉苑陳直按：“甘泉苑繁稱爲甘泉上林苑，或稱爲甘泉上林宫。因上林苑包括至甘泉地區，其在甘泉山部分，則稱爲甘泉上林苑。”省稱之“甘林”瓦當，獨甘泉地區有出，證陳説至確。

“漢兼天下”瓦當：這種文字瓦當，羅振玉秦漢瓦當文字卷一著録二品，釋爲“漢廉天下”。陳直先生秦漢瓦當概述釋爲“漢并天下”，説“第二品亦爲西漢最初之物，并字有作庰者”。村上和夫中國古代瓦當紋樣研究圖九〇即採自陳直所説的“第二品”，亦注“漢廉天下”。是書譯者注云：“疑爲‘漢兼天下’”。劉士莪先生函示：“概述指出釋‘廉’爲誤是對的，但又釋爲‘庰’是錯的。‘漢并天下’瓦文著録較多，‘并’字筆畫較簡，與此孑然不同，釋‘兼’比釋‘庰’爲長。”筆者同意上述譯者注和劉士莪先生的觀點，讀“漢兼天下”。説文云：“兼，并也”，此瓦當文字與“漢并天下”瓦當同義。秦詔文中有“皇帝盡并天下”語，漢因秦制，瓦文或源於秦詔文。“漢并天下”、“漢兼天下”，這種瓦當文字含有濃厚的天命論色彩，反映了秦漢君王至高無上的大一統意識。已知的資料中，“漢并天下”瓦當多於“漢兼天下”瓦當，兩者文字作風截然不同，有無時代之差别姑且存疑。

淳化這件“漢兼天下”瓦當，出土地點明確，當面形制、文字布局，與概述所論“第二品”如出一範。羅振玉祇云“出關中”；概述云“出西安雙家村”（不知有何憑據），疑“出關中”實應出自淳化。

官署廐舍類

“衛”字瓦當：爲西漢衛尉寺或城垣、宫門之衛屯區廬用瓦。漢書百官公卿表曰：“衛尉，秦官，掌宫門衛屯兵，有丞。景帝初更名中大夫令，後元年復爲衛尉。”師古引漢舊儀注云：“衛尉寺在宫内。胡廣云主宫闕之門内衛士，於週垣下爲區廬。區廬者，若今之仗宿屋矣。”百官公卿表又云：“長樂、建章、甘泉衛尉掌其宫。”漢長安城、甘泉宫遺址，衛字瓦當屢有發現，與漢書所記相應。宋敏求長安志，王昶金石萃編云秦滅六國，“寫放”衛宫於咸陽，瓦上標以衛字。程敦在秦漢瓦當文字中對上述説法已作駁正。

衛字瓦當多有塗紅、塗白者，學者認爲“因爲衛尉負有保衛宫庭之責，須隨時準備報警，故於其官署建築塗以鮮明標誌，以便識别”[26]。甘泉宫地區採集鳳鳥雲紋（圖三七五）塗紅；長生未央（圖三三五、三五六、三六一）、長生無極（圖三〇五）、雲紋（圖四〇五）塗白。塗紅塗白疑主要用於裝飾，或另有某種如今還不清楚的含意。漢甘泉宫遺址所見衛字瓦當塗紅者居多，“鮮明標誌”説有一定依據。

“六畜藩息”瓦當：六畜指馬、牛、羊、猪、狗、鷄六種家畜。本瓦疑爲漢甘泉宫獸圈用瓦。“藩”通“蕃”。莊子天下篇云：“以事爲常，以衣食爲主，蕃息畜藏，老弱孤寡爲意，皆有以養，民之理也。”史記秦本紀云：“非子居犬丘，好馬及畜，善養息之。犬丘人言之周孝王，孝王召使主馬於汧渭之間，馬大蕃息。”

秦漢瓦當文字續卷、瓦當匯編圖二四四、中國古代瓦當秦漢文字瓦當圖六八、新編秦漢瓦當圖録圖一八一、金石索石索六第九十三頁，五書附圖似出一瓦，皆未詳出處。秦漢瓦當概述、西北大學藏瓦選集附録五十二，兩書注明來自淳化。如上計算，此種文字瓦當至今有三件，皆出自淳化漢甘泉宫。

“馬甲天下”瓦當：畫二馬綴“甲天下”三字，表馬良好，亦云馬多。疑爲漢甘泉宫馬廐用瓦。此瓦馬像有争議，新編秦漢瓦當圖録、關於“馬紋瓦當”問題和周秦漢瓦當識爲“鹿”；新編陝西省志文物志四〇八頁識爲“馬駒”[27]；中國古代瓦當藝術識爲“馬”。後二書與敝見同。此類瓦當見到的布局有三：其一是二馬相向在上，“甲天下”三字逆時針排列在下。其二是上左“甲”字右竪排“天下”二字，下二馬右向先後排列。其三是二馬右向先後在上，“甲天下”三字布局同一（見中國古代瓦當秦漢文字瓦當圖六一、五八、五九）。漢甘泉宫出者，秦漢瓦當文字、清畢沅秦漢瓦當圖及中國古代瓦當秦漢文字瓦當圖五九之著録，均同上述第三種（石索六著録爲“鹿甲天下”）。至此，這種飾馬瓦當的布局有六件，兩件出自甘泉宫（秦漢瓦當文字及本書圖一七八）；秦漢瓦當圖一件與中國古代瓦當三件，出地未詳。詳察六瓦當圖像，馬首微昂，兩耳上竪，方嘴略圓，粗頸强腿，健軀魁偉。甘泉宫採集者後一馬張口，鹿圖不見此像。是馬非鹿，昭然明示。正如陳直先生所言：“上畫二馬，姿態雄駿，馬形或釋爲鹿，非是，雙耳無角，圖像極爲明顯。”[28]畢沅云“衆鹿非馬”，表明這種瓦當圖像清代即有異説。程敦在秦漢瓦當文字中明告“於淳化友人處索得”。出自漢甘泉宫的兩件所謂“鹿甲天下”瓦當及本文提到的另四件，鹿不生角，不可思議。清代將馬斷爲鹿，與封建統治階級以“鹿”諧“禄”，取其吉祥的意識相關。漢書張騫傳記載，漢武帝初得烏孫馬曰“天馬”，後得大宛汗血馬，更烏孫馬曰“西極”，大宛馬曰“天馬”。武帝作天馬歌。漢將衛青、霍去病屢率騎安邊，史多記載。漢代的馬不抵鹿的祥瑞觀念，但其在安邊的戰争中立下了“汗馬功勞”，圖像用於獸圈官厩，是順乎情理的。

“嬰桃轉舍”瓦當：馮雲鵬石索六、陸增祥八瓊室金石補正卷七均著録有“轉嬰柞舍”瓦，前者並附有瓦文搨片一紙，其文字篆勢與本書所録新出者如出一範。程敦秦漢瓦當文字續卷、陝西金石志卷五和陳直秦漢瓦當概述等書亦收入此瓦文，但均釋爲“嬰桃轉舍”。可知對此瓦文的釋讀有兩種不同意見。陸氏謂：“轉嬰柞舍疑即甘泉、五柞宫之瓦。”“馮氏讀爲‘轉嬰柞舍’是矣。惟以‘轉嬰’爲‘囀鸎’，恐未必然。離宫製瓦，何獨取於鸎聲？竊謂‘轉嬰’，猶言‘還童’。黄庭經所謂‘迴老反嬰’也。武帝好尚神僊，故有是語耳。”此其一。程敦著曰：“櫻字省木，桃字反書兼省匕，轉舍即傳舍，殆亦長楊、五柞之屬以果木命名耳。”陳直著文亦同此説，謂：“釋爲囀鸎柞舍之省文，非是。”並據居延漢簡釋文解曰：“此爲西漢傳舍之瓦，櫻桃爲傳舍之名，傳舍有斗食嗇夫管理其事。”此其二。而且後三者明言瓦出“淳化甘泉宫址”。本書圖三一二瓦當發現於漢雲陵邑北農田，正與三書著録相應。故瓦文釋意以程敦、陳直説爲是。

吉語類

“長生未央”瓦當：漢長安城遺址出土有“長樂未央”、“長生未央”瓦當。“長樂”、“未央”本指長樂宫和未央宫，因這兩種瓦文有長樂無殃、長久未盡吉祥含意，爲漢代通用俗語，常見於漢代鏡銘。按右起竪讀又有“未央長生”，與“長生未央”意同。長生未央瓦當使用面極廣，出土地極多，西安、咸陽、山東、甘肅等地亦有發現。前代學者羅振玉、王昶、翁方綱等認爲“未央”迺未央宫專用瓦。當代攷古發現證明，有“長樂”字樣的瓦當並非皆出自長樂宫，有“未央”字樣的瓦當，亦非皆出自未央宫。

“長生未央”瓦當清初始見於漢甘泉宫。福建福州人林佪，康熙間入秦從官，辛丑（一七二一年）佪游漢甘泉宫舊址，得“長生未央”瓦當一件，其弟林佶（康熙進士）庚午（一七五〇年）寫詩記其事，佪從而賦之，一時學士大夫從而歌之咏之，傳爲佳話。隨之佶著漢甘泉宫瓦記，這是“長生未央”瓦當著録最早者。清乾隆程敦著秦漢瓦當文字，收録“長生未央”瓦當十九件，在此之前是最多的。

“長毋相忘”瓦當：文字見於漢代帶鉤文，漢代鏡銘有“見日之光，長毋相忘”，爲漢代常用吉祥俗語，具懷念含意。漢樂府詩有“長相思，毋相忘”句，疑瓦文爲詩句之省。陳直云“長毋相忘西安近百年未出”。漢甘泉宫遺址發現者當面完整，字畫清晰，是很珍貴的。秦漢瓦當文字著録“長毋相忘”瓦當云：“乾隆戊申（一七八八年）六月得於淳化縣北勾弋夫人雲陵。”程敦就出地斷爲“武帝葬婕好時所製也”。這種文字瓦當，漢甘泉宫、漢城（見陳直秦漢瓦當概述）有出，證不爲葬婕好專用。

“千秋萬歲”瓦當：這種文字瓦當出處極廣，西安漢城、咸陽漢景帝陽陵、華陰華倉遺址、興平茂陵皆有出，山東等省亦有發現。由“千秋萬歲”演變有“千秋萬歲安樂無極”、“千秋萬歲與天毋極”、“千秋萬歲樂未央”等。當面布局變化亦多，爲吉語性質，非某一宫殿官署專用。

“長生無極”瓦當：瓦文爲西漢流行頌禱之辭，反映封建統治階級永恒享樂觀念。這種文字瓦當見於著録較早，元至治進士李好文長安志圖已有。咸陽漢元帝渭陵、哀帝義陵、昭帝平陵、武帝茂陵，華陰、渭南均有出土，甘泉宫地區三處發現，使用是很廣泛的。

“長樂未央與天相保”瓦當：此八字文字瓦當不見於著録，漢甘泉宫遺址亦爲首次發現。瓦當文字爲西漢頌禱之辭。

“維天降靈延元萬年天下康寧”瓦當範：尚書酒誥有“維天降命”，與“維天降靈”語義相同。“延元萬年，天下康寧”亦出自儒家典籍中。説文釋：“元，始也”。荀子致士有“得衆動天，美意延年”句。詩大雅江漢有“虎拜稽首，天子萬年”句。“延元萬年”即延元到永久，亦即延長壽命。“康寧”意爲平安，無患難。尚書洪範視“康寧”爲五福之一。以上皆古代吉語，十二字瓦文或取這些吉利語含義，有待賢者釋疑。

十二字瓦當時代頗多争議，石索六著云“得之阿房宫故基”。陝西瓦當專著或斷爲秦，或斷爲漢。但秦始皇統一六國後，焚詩書，殺儒士，恐很難想象把儒家經典語作爲瓦當文字高懸於建築的醒目之處，筆者認爲以漢代爲是。而且，一九七五至一九七七年漢長安城西漢武庫遺址西漢文化層出土十二字瓦當四件，同層未見秦代遺物㉙。甘泉宫遺址發現的“維天降靈”十二字瓦當範，按瓦當形制和文字，斷爲漢初似較爲合適。當心上下左右各有一簡化龍紋，文字和龍紋間飾乳釘紋，這與傳世的漢代“冢”、“永保國邑”瓦當作風相似（見秦漢瓦當圖一〇七、一三〇）㉚，秦瓦未見同類裝飾。甘泉宫遺址這件瓦當範的發現至爲重要，也很有意義，説明此類瓦當當時不限於一地製造，使用也較廣泛。

“宜富貴當千金”瓦當：文字爲漢代吉語。秦漢瓦當概述、瓦當匯編和西北大學藏瓦選集三書釋讀如題。中國古代瓦當藝術識爲“千金宜富景當”，金石索石索六和中國古代瓦當識爲“宜富當貴千金”。“當”即“瓦當”；“𡾧”，金石大字典卷二十七識爲“貴”㉛，以該識爲是。

“宜富貴當佽千”瓦當：文字亦爲漢代吉語。周秦漢瓦當識爲“佽千宜富貴當”，按此當文意與“宜富貴當千金”略同，識讀與其一致爲妥。

祠墓類

“冢當”瓦當：帶“冢”字的瓦當，已見有“巨楊冢當”、“冢”、“嵬氏冢舍”、“冢氏東舍”、“長生毋警冢”、“冢上”等多種，皆爲漢代冢墓用瓦。本“冢當”二字瓦當，出漢代宗廟建築遺址，前所未見。説文釋：“冢，高墳也。”瓦文明言爲祠墓用瓦。“當”下圓凸示“冢”形。

四、甘泉宫瓦當製作工藝與斷代

漢甘泉宫瓦當燒造火候高，質密堅固，均爲灰陶，紅褐色見兩例（圖一四五、四〇一）。陶土純净，有羼和料者絶少。

圓瓦當製作：

（一）筒瓦與預先範成的當心連接，當心轄入瓦筒，當面距筒端保留零點七厘米左右。用竹木刀（或鐵刀）依照筒瓦上下方中，從瓦尾縱切筒瓦一半至當背三厘米左右，使竹木扦沿當背筒瓦切口處横穿一孔，依孔穿細繩割勒（亦有使竹木刀削割）筒瓦一半。這種工藝製作的瓦當，接合瓦當的筒端即是瓦當邊輪。凉武帝村採集一件秦代無邊輪的連雲紋瓦當範（圖二九七），這種範衹範出當心，用其製作的瓦當亦有發現（圖一九六、一九七），是該工藝的證據。圖一二〇、二一五包裹當心的瓦筒全部脱落，衹留邊沿整齊的當心，是這種工藝的作品。

（二）瓦當心與邊輪一次範成，再將筒瓦粘接邊輪後。筒瓦一半的縱切和繩勒方法同（一）。圖一一七、二〇四、二二五、四一〇等瓦當，是用這種方法製作的。漢甘泉宫遺址早期採用這種方法製作的瓦當，少於（一）種工藝製品。周秦漢瓦當圖三八二刊咸陽牛羊村採集戰國秦“S形雲紋圓形瓦當範”，圖三九五、三九六刊兩件秦代“捲雲紋圓形瓦當範”，當心外都有黑綫圈，形式與甘泉宫一帶雲紋（圖四五八、四五九、四六〇）、“長毋相忘”（圖二八）瓦當範式樣相同。這種範側視如“凸”字形，凸形頂端範當心，兩肩平面範邊輪，範出的瓦當邊輪與當心結合一體。

以上兩法製作的瓦當，區别在於前者是筒瓦包裹着當心，後者當心與邊輪爲一整體，殘裂的瓦當看得很分明。其次，後者筒瓦與當背連接處有疤痕。陶工爲粘接牢固，在接合處加壓，筒瓦外接連處常見内陷。

以上是秦至漢初製瓦工藝。漢代製作瓦當，部分沿用上述（一）法。如甘泉宫遺址採集西漢文字瓦當，就有採用這種工藝製作的（圖三五、九四、一〇一）。隨着工藝改進，工序趨於簡便，大量採用第（二）法。另將切割一半的瓦筒，連接在有邊輪的瓦當背沿上。

筒瓦與瓦當連接，爲使其粘固，於當背相連處加泥壓抹。亦有不加泥，於相接處指壓圓渦（圖四三五）。漢代當背多壓抹平滑，有的當背壓印一指渦。另有使楦壓緊法，瓦當與筒瓦接連後，在背内塞入三體合成的圓柱形平頂楦，加壓後，當背多光滑平整，高低統一，楦的縫隙留有“∩”形棱痕。這種使楦壓緊法，在衛字瓦當背面所見最多，雲紋瓦當亦有。從經過楦壓的當背看，雲紋瓦當不抵衛字瓦當楦壓徹底。“∩”形楦痕大小不一，在當背方向不一，看來衹有楦壓粘固作用，無固定方位功能。楦壓前亦填泥。

衛字瓦當多有從當面中心至當背穿一孔者（圖一二、一三），孔徑零點三厘米；雲紋瓦當有孔者發現一件（圖二六一），孔被當背填泥封閉。穿孔有固定瓦當之作用。另有長生未央（圖一〇七、三三九）、雲紋瓦當（圖二一三），瓦筒外距當沿二至五厘米處有小圓凸，高零點三厘米，徑零點七厘米，用途不明。

半瓦當製作：

（一）範成的圓瓦當心嵌入圓瓦筒内，將筒瓦與當心縱切成兩個半瓦當。圖一七二半瓦當，筒瓦脱範，當心裸露，是筒瓦包裹當心切爲兩件半瓦當的一例。圖一七三雲紋半瓦當，從當面看邊沿與當心相接處局部有縫隙，顯然是瓦筒包裹當心做成的。這件半瓦當和網紋、素面半瓦當，瓦筒與當心切面光滑，表明不爲繩勒。

（二）先範出帶邊輪的圓瓦當，將圓瓦筒接於當背沿，再切割繩勒成兩個半瓦當。圖三六七饕餮紋半瓦當，筒瓦脱落，當背連接瓦筒的邊沿雖參差不平，郤顯得光滑，不是整瓦斷裂痕蹟。當心切面有繩勒紋，其切割法與圓瓦當略同。不同處在於圓瓦當衹取掉瓦筒一半，而半瓦當則將筒瓦與當心全切爲兩半。圖三六八雲紋半瓦當，連有五點七厘米筒瓦，殘裂處顯見瓦筒接當沿後的痕蹟，製作方法與饕餮紋半瓦當相同。

上述兩種方法製作的半瓦當，限於所見，難區分先後，看來秦及漢初都有。半瓦當背面亦有填泥，與圓瓦當同樣，都使用了填泥粘固法。

瓦當的製作工藝，爲我們判斷瓦當的時代創造了條件。然而，秦漢瓦當的準確斷代（特别是分期）是極其復雜的，牽扯諸多因素。如不少學者認爲，漢代中期開始，簡化了瓦當製作過程，當心與邊輪一次範成，再接瓦筒。我們從上述所舉例證得知，先秦、秦、西漢初，均有製作帶邊輪的瓦當範，亦有帶邊輪的瓦當。説明這種簡化製作過程，不是西漢中期開始，應該説這種工藝戰國就有了，西漢中期得到大量推廣和運用。早期瓦筒包裹當心的製作方法，在西漢中後期瓦當上仍有發現，數量却大大減少了。

從漢甘泉宫瓦當裝飾看，秦代注重圖案，雲紋變化最豐富。雲紋瓦當中心圓有寶珠、重環、花瓣、雲紋、網紋、方格、四蒂和米粒格等。葵紋瓦當數量少，變化多，有成熟階段的作品，亦有趨於簡化的作品。漢代雲紋瓦當比秦代種類少，中心圓以雙界綫通過和半圓球爲主，其次是田字格、四蒂紋等，網紋大大減少。漢代用文字作瓦當裝飾很豐富，種類、字形變化極多，一反此前對瓦當的理解認識。文字表意一目瞭然，這是採用文字瓦當裝飾的優點所在，也是瓦當藝術的一大改革。文字瓦當中心圓主要是半圓球，少數半圓球上加點或方格紋，或半圓球週圍加小圓球。

雙界格通過中心圓，圓内構成“井”字形者極少。

漢甘泉宫畫像瓦當有一定數量，秦代的未見到。連接瓦當的筒瓦，秦代均爲細繩紋，漢比秦的稍粗一些。秦代有細綫紋，漢代未見。筒瓦秦代多麻點紋，漢代多布紋。秦至西漢初，瓦當背面多有穿孔和繩勒痕蹟，西漢中期以後以抹光者爲多。秦代瓦當一般小於漢代，秦代瓦當邊輪不如漢代規整，漢代瓦當土銹比秦代多。

本書所録漢甘泉宫一帶瓦當，均爲採集，無地層關係和伴出物佐證，斷代主要依據製作工藝，結合出土地點。判斷失誤在所難免，有待方家指正。

注　釋：

①⑳㉘陳直：秦漢瓦當概述，文物，一九六三年第十一期。

②王學理：秦都咸陽，陝西人民出版社出版，一九八五年十月。

③⑭查瑞珍：關於“馬紋瓦當”問題，攷古與文物，一九八二年第二期。

④史念海：秦始皇直道遺蹟的探索，陝西師大學報（哲社版），一九七五年第三期。

⑤⑥姚生民：陝西淳化程家堡漢洪崖宫遺址，攷古與文物，一九九二年第四期。

⑦姚生民：陝西淳化縣下常社秦漢遺址，攷古，一九九〇年第八期。

⑧王根權：淳化縣古甘泉山發現秦漢建築遺址群，攷古與文物，一九九〇年第二期。

⑨姚生民：漢雲陵、雲陵邑勘查記，攷古與文物，一九八二年第四期。

⑩⑫姚生民：漢甘泉宫遺址勘察記，攷古與文物，一九八〇年第二期。

⑪華非：中國古代瓦當，人民美術出版社出版，一九八八年十月。

⑬徐錫臺、樓宇棟、魏效祖：周秦漢瓦當，文物出版社出版，一九八八年十月。

⑮㉑楊力民編：中國古代瓦當藝術，上海人民美術出版社出版，一九八六年二月。

⑯錢君匋、張星逸、許明農：瓦當匯編，上海人民美術出版社出版，一九八八年六月。

⑰㉒陝西省攷古研究所秦漢研究室編：新編秦漢瓦當圖録，三秦出版社出版，一九八五年五月。

⑱㉔村上和夫著，叢蒼、曉陸譯：中國古代瓦當紋樣研究，三秦出版社出版，一九九六年十一月。

⑲李發林：齊故城瓦當，文物出版社出版，一九九〇年二月。

㉓梁佐：秦漢瓦當小議，陝西省文物攷古科研成果匯報會議論文選集，一九八一年。

㉕劉士莪編：西北大學藏瓦選集，西北大學出版社出版，一九八七年三月。

㉖林劍鳴：漢甘泉宫瓦當文字考釋，攷古與文物，一九八一年第四期。

㉗陝西省地方志編纂委員會編：陝西省志文物志，三秦出版社出版，一九九五年八月。

㉙中國社會科學院攷古研究所漢城工作隊：漢長安城武庫遺址發掘的初步收獲，攷古，一九七八年第四期。

㉚陝西省博物館：秦漢瓦當，一九六四年五月。

㉛汪仁壽：金石大字典，天津市古籍書店影印，一九八六年六月。

圖一　甘林瓦當　西漢

一九八七年十月漢甘泉宮遺址凉武帝村採集。陶色淺灰，瓦筒外竪細繩紋，布紋里。當背抹光。面徑17.5厘米，邊沿寬1.3厘米。

圖二　甘林瓦當　西漢中後期

一九八七年二月漢甘泉宫遺址凉武帝村採集。陶色青灰，瓦筒外竪繩紋，當背抹光。面徑16.8厘米，邊沿寬0.8厘米。淳化縣文化館藏。

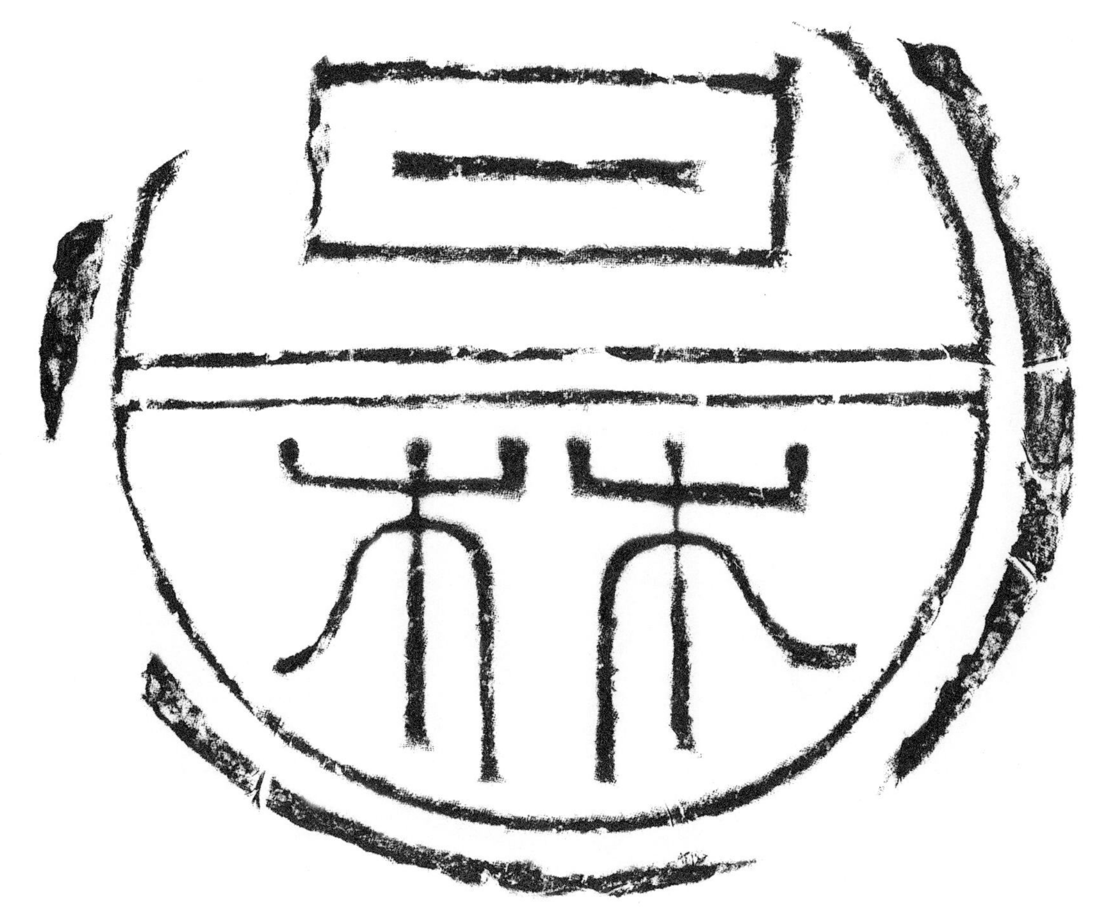

圖三　甘林瓦當　西漢中後期

一九八五年三月漢甘泉宫遺址董家村採集。陶色青灰，瓦筒里布紋。瓦筒包裹當心，背面抹光。面徑 16.9 厘米，邊沿寬 0.8 厘米。

圖四　甘林瓦當　西漢中後期

一九七五年漢甘泉宫遺址凉武帝村採集。陶色青灰，瓦筒外竪繩紋，筒里布紋。當背抹光。面徑15厘米，邊沿寬1厘米。

圖五　甘林瓦當　西漢中後期

一九八三年十一月漢甘泉宫遺址凉武帝村採集。陶色青灰，瓦筒外竪細繩紋，布紋里。當背抹光。面徑 14 ~ 14.4 厘米，邊沿寬 1.1 厘米。淳化縣文化館藏。

圖六　六畜藩息瓦當　西漢初

一九八八年十一月漢甘泉宫遺址董家村採集。陶色青灰，當背沿有穿孔和繩勒痕。“藩” 通 “蕃”。面徑 15 厘米，邊沿寬 1.2 厘米。

圖七　宜富貴當千金瓦當　西漢初

一九八四年十一月漢甘泉宮遺址董家村採集。陶色淺灰，瓦筒里布紋。筒瓦包裹當心，當背有穿孔和繩勒紋。面徑16厘米，邊沿寬1.2厘米。

圖八　宜□□當千金瓦當　西漢初

一九八四年十月漢甘泉宮遺址董家村採集。陶色淺灰，當背沿有繩勒紋。佚文應爲“富貴”二字。面徑 15.2 厘米，邊沿寬 0.8 厘米。淳化縣文化館藏。

圖九　□富貴□千金瓦當　西漢初

一九七九年五月漢甘泉宫遺址凉武帝村採集。陶色淺灰，瓦筒里布紋。當背沿有繩勒痕。佚文應爲“宜”“當”二字。面徑約 16 厘米，邊沿寬 0.7 厘米。淳化縣文化館藏。

圖一〇　宜富貴當俰千瓦當　西漢

一九七九年五月漢甘泉宮遺址凉武帝村採集。陶色淺灰，瓦筒里布紋。面徑16.2厘米，邊沿寬1.2厘米。栒邑縣文化館藏。

圖一一　衛字瓦當　西漢初

一九七七年漢甘泉宮遺址涼武帝村採集。陶色青灰，瓦筒包裹當心，背沿有穿孔和繩勒痕。面徑約13.8厘米，邊沿寬1厘米。

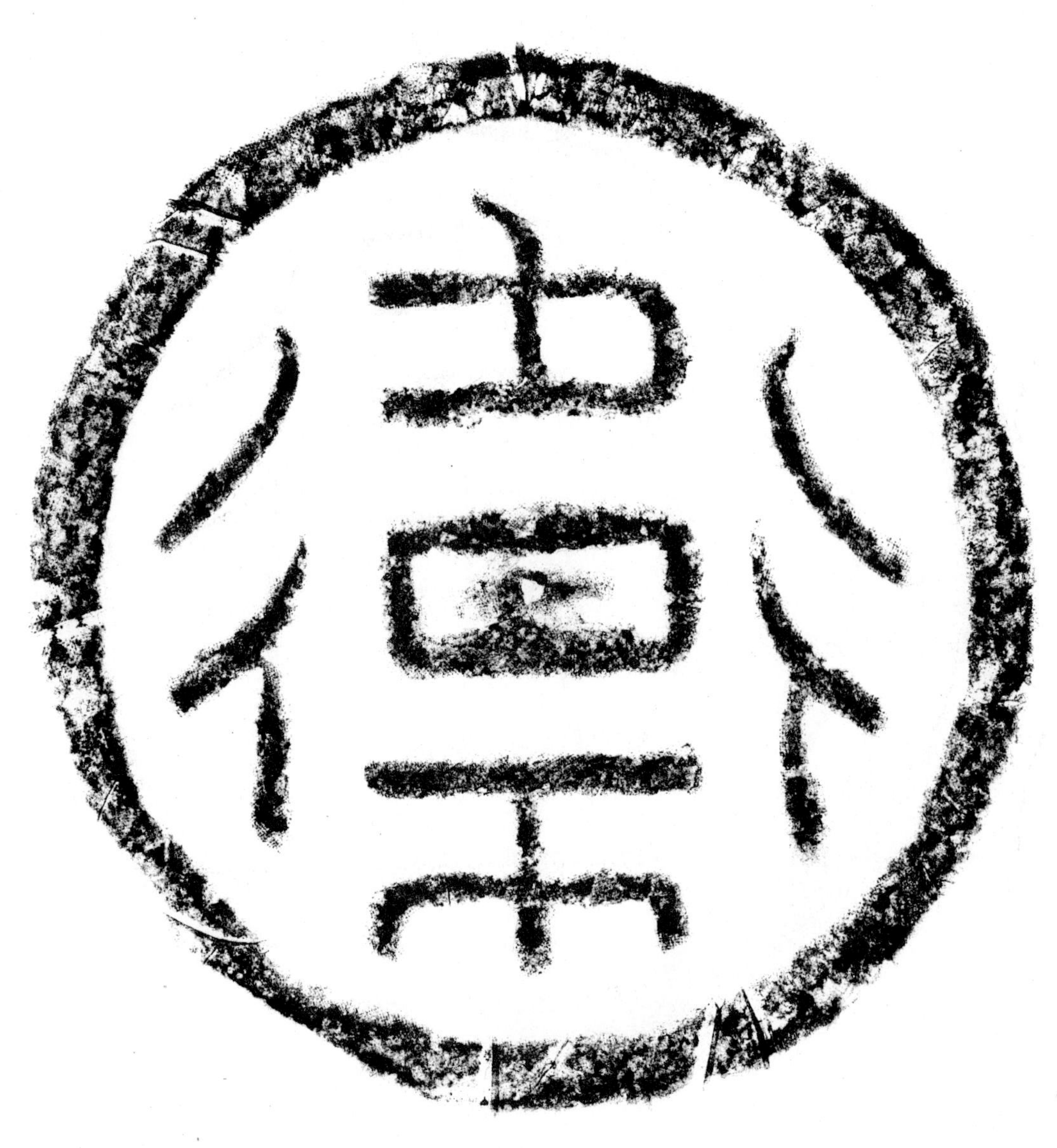

圖一二　衛字瓦當　西漢初

一九八〇年元月漢甘泉宫遺址凉武帝村採集。陶色青灰，筒瓦里布紋。當面中一孔，背面槓壓，背沿有繩勒紋。面徑13.9厘米，邊沿寬1厘米。淳化縣文化館藏。

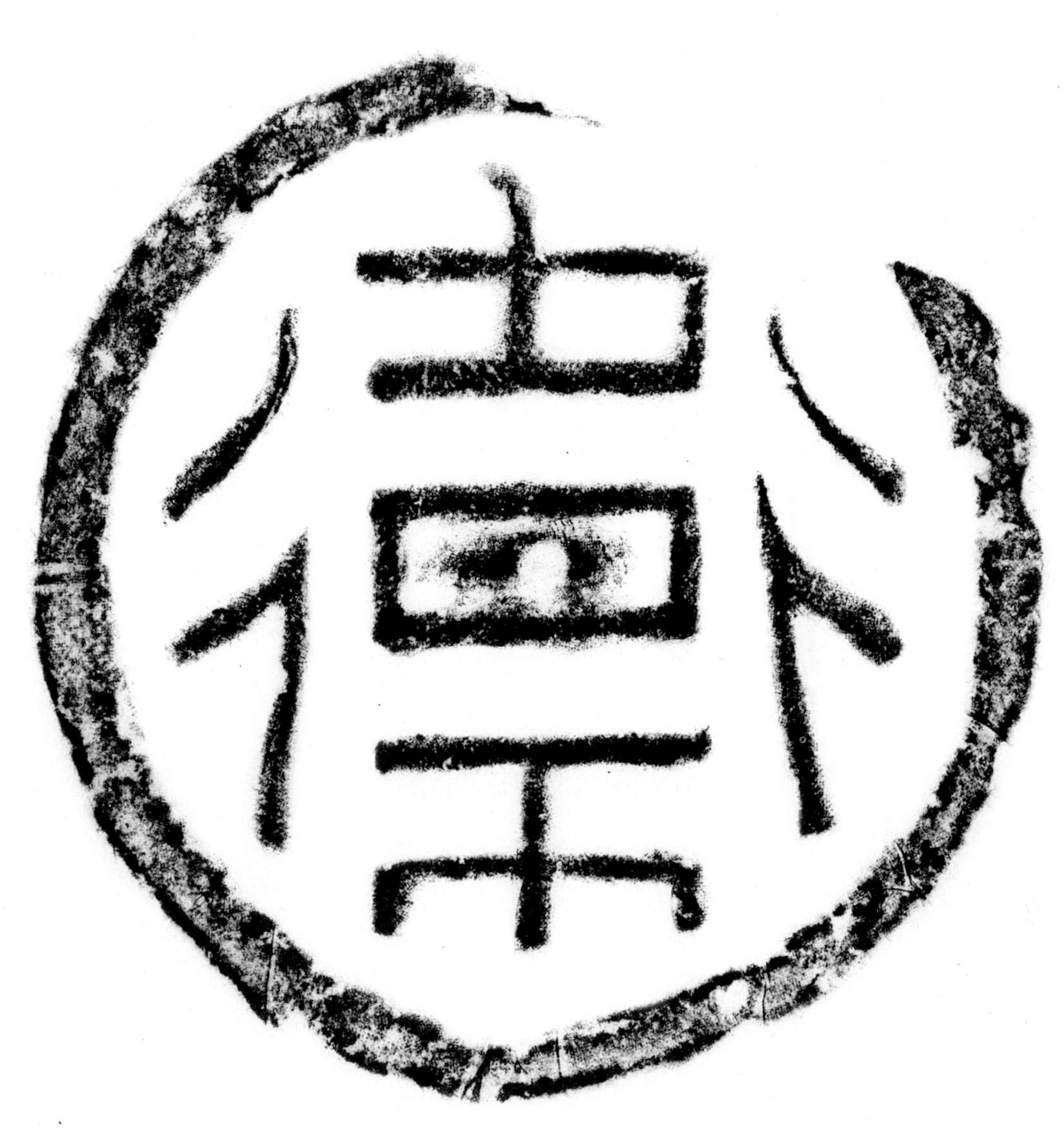

圖一三　衛字瓦當　西漢初

一九七九年漢甘泉宮遺址凉武帝村採集。陶色青灰，筒瓦里布紋。當面中一孔，背面楦壓，背沿有繩勒紋。面徑 13.8 厘米，邊沿寬 1 厘米。淳化縣文化館藏。

圖一四　衛字瓦當　西漢初

一九七七年五月漢甘泉宮遺址凉武帝村採集。陶色青灰，筒瓦里布紋，當背沿有繩勒痕。當面塗朱。面徑14厘米，邊沿寬1厘米。淳化縣文化館藏。

圖一五　衛字瓦當　西漢初

一九八〇年漢甘泉宫遺址凉武帝村採集。陶色淺灰，瓦筒里布紋。瓦筒接當沿後，當背沿有穿孔和繩勒紋。當面塗朱色。面徑 14.8 厘米，邊沿寬 0.8 ~ 1.2 厘米。

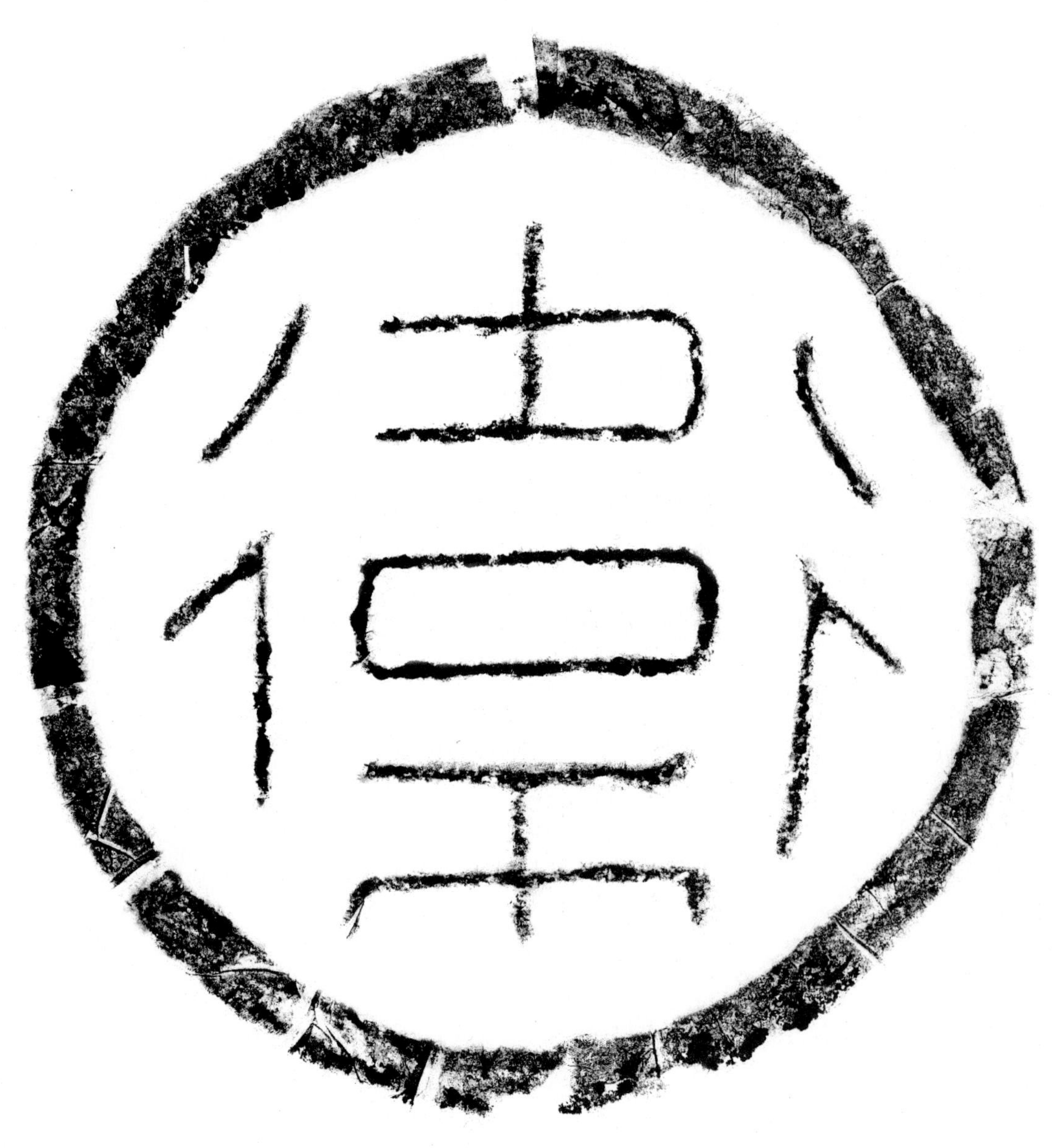

圖一六　衛字瓦當　西漢初

一九八〇年漢甘泉宫遺址凉武帝村採集。陶色青灰，瓦筒接當沿後，當背沿有繩勒紋。當面塗朱色。面徑14.5厘米，邊沿寬1厘米。

圖一七　衛字瓦當　西漢初

一九九五年漢甘泉宫遺址凉武帝村採集。陶色青灰，瓦筒包裹當心，筒里布紋。當面塗朱色，當背沿有繩勒紋。面徑14.2厘米，邊沿寬0.7厘米。

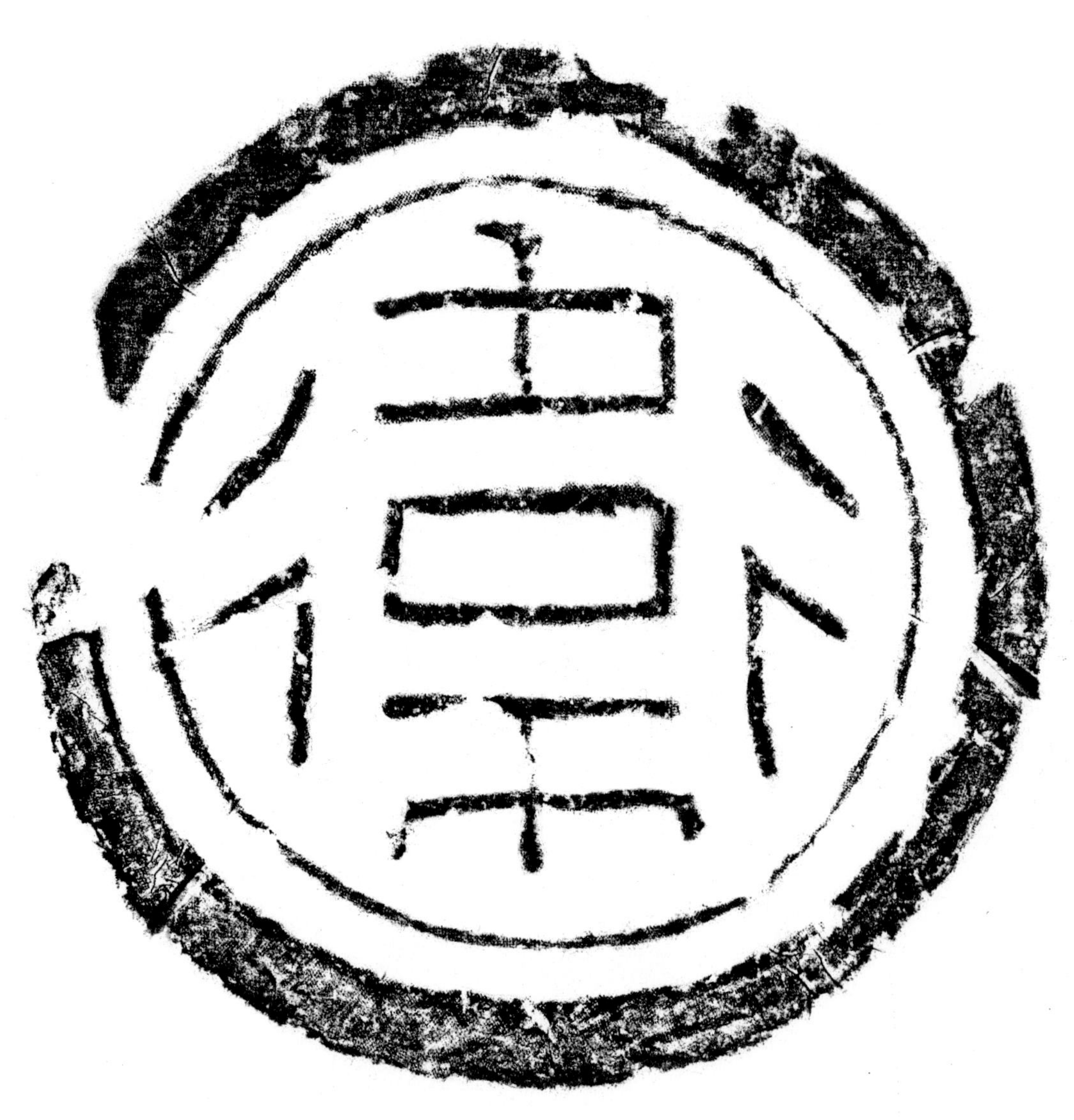

圖一八　衛字瓦當　西漢初

一九七九年五月漢甘泉宫遺址凉武帝村採集。陶色青灰，瓦筒外竪細繩紋，布紋里。當面塗朱色，背沿有穿孔和繩勒紋。面徑 13.7 厘米，邊沿寬 1 厘米。淳化縣文化館藏。

圖一九　衛字瓦當　西漢

一九八三年十一月漢甘泉宮遺址凉武帝村採集。陶色青灰，筒瓦里布紋，當面和邊沿塗朱色。面徑15厘米，邊沿寬0.5～0.8厘米。

圖二〇　衛字瓦當　西漢

一九六九年漢甘泉宫遺址凉武帝村採集。陶色青灰，筒瓦里布紋。面徑 15.7 厘米，邊沿寬 1 厘米。

圖二一　衛字瓦當　西漢中後期

一九七九年五月漢甘泉宮遺址凉武帝村採集。陶色淺灰，筒瓦里布紋，當背抹光。面徑15.7厘米，邊沿寬1.1厘米。淳化縣文化館藏。

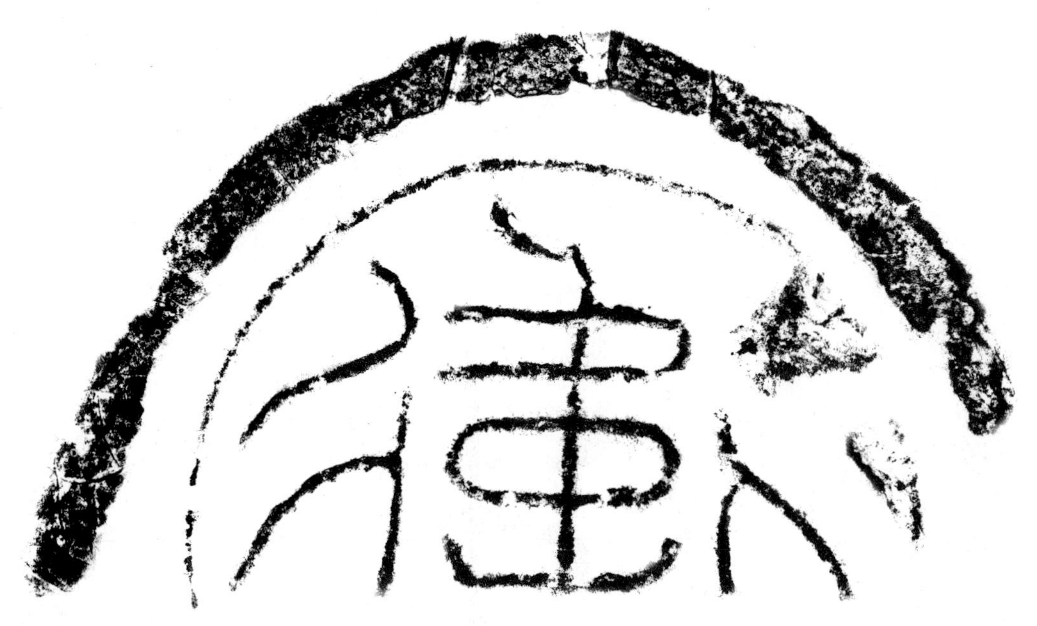

圖二二　衛字瓦當　西漢中後期

一九八七年漢甘泉宮遺址涼武帝村採集。陶色淺灰，瓦筒外竪細繩紋，布紋里，當背抹光。面徑約16厘米，邊沿寬1厘米。淳化縣文化館藏。

圖二三　益延□瓦當　西漢

一九七九年八月漢甘泉宫遺址通天臺西採集。陶色青灰，瓦筒里布紋，瓦筒包裹當心。佚文應爲“壽”字。邊沿寬1.6厘米。淳化縣文化館藏。

圖二四　□延壽瓦當　西漢

一九八〇年十一月漢甘泉宫遺址董家村採集。陶色青灰。佚文應爲“益”字。面徑約 23 厘米，邊沿寬 1.3 厘米。

圖二五　長毋相忘瓦當　西漢

一九八一年五月漢甘泉宮遺址城前頭村採集。陶色青灰，瓦筒外竪細繩紋，布紋里。當背有穿孔和繩勒紋。面徑15.2厘米，邊沿寬0.7厘米。

圖二六　長毋相忘瓦當　西漢中後期

一九七八年八月漢甘泉宫遺址董家村採集。陶色黑灰，瓦筒里布紋，當背抹光。面徑 14.8 厘米，邊沿寬 0.8 厘米。淳化縣文化館藏。

圖二七　長毋相忘瓦當　西漢中後期

漢甘泉宮遺址城前頭村採集。陶色淺灰，瓦筒里布紋，當背抹光。面徑 15 厘米，邊沿寬 0.9 厘米。淳化縣文化館藏。

圖二八　長毋相忘瓦當範　西漢

一九八八年十一月漢甘泉宫遺址凉武帝村採集。陶色青灰，上沿爲臺階形，側視如“凸”字，底面剔爲方格。這種範製作的瓦當有邊輪。面徑15厘米，高3厘米，底徑16.5厘米。

圖二九　千秋萬歲瓦當　西漢中期

一九八三年十一月漢甘泉宮遺址凉武帝村採集。陶色青灰，瓦筒里布紋。筒接當沿後，背沿有穿孔，背面抹光。面徑18.6厘米，邊沿寬1.3厘米。

圖三〇　未央長生瓦當　西漢

一九八五年一月漢甘泉宮遺址涼武帝村採集。陶色青灰。面徑 15.5 厘米，邊沿寬 1.3 厘米。淳化縣文化館藏。

圖三一　未央長生瓦當　西漢

一九八一年漢甘泉宫遺址凉武帝村採集。陶色青灰。面徑15.7厘米，邊沿寬1.3厘米。淳化縣文化館藏。

圖三二　未央長生瓦當　西漢中後期

一九八四年十月漢甘泉宮遺址涼武帝村採集。陶色青灰，瓦筒外細繩紋，布紋里。瓦筒接當沿後，當背抹光。面徑 16.7 厘米，邊沿寬 1 厘米。

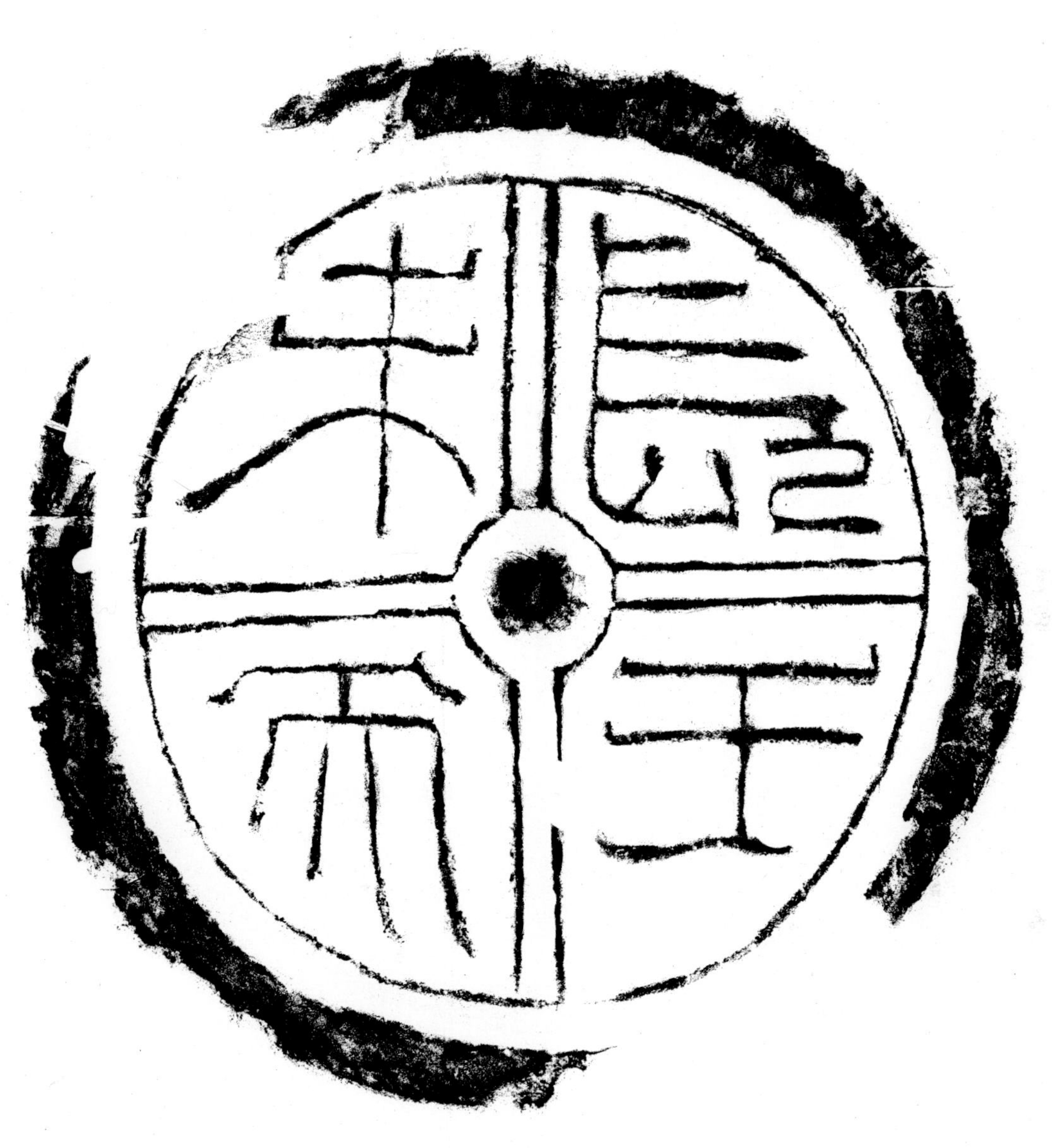

圖三三　長生未央瓦當　西漢初

一九八七年五月漢甘泉宮遺址凉武帝村採集。陶色淺灰，當背沿有穿孔和刀削痕。當面塗白色。面徑15.9厘米，邊沿寬1.1厘米。淳化縣文化館藏。

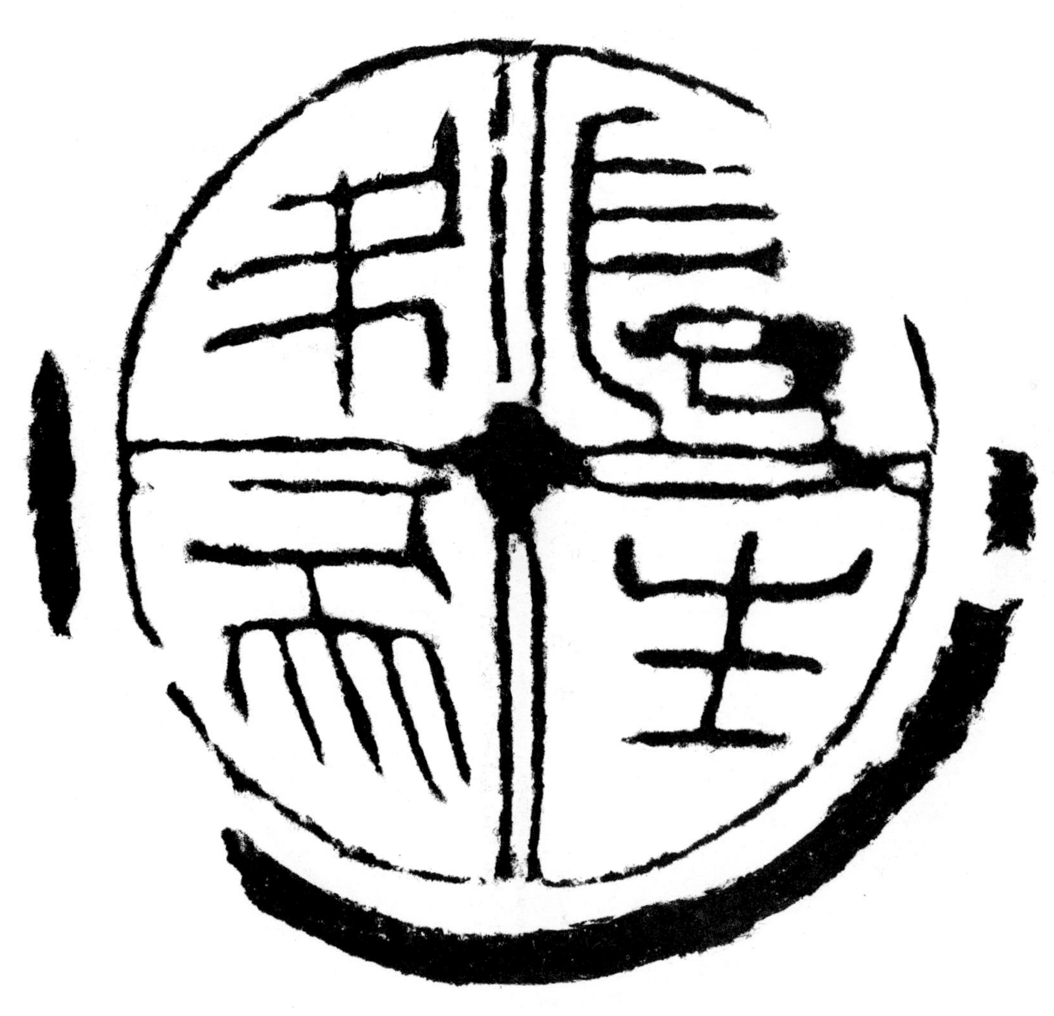

圖三四　長生未央瓦當　西漢初

一九七八年四月漢甘泉宫遺址凉武帝村採集。陶色青灰，瓦筒里布紋。當背沿有繩勒痕。面徑 15.5 厘米，邊沿寬 0.9 厘米。淳化縣文化館藏。

圖三五　長生未央瓦當　西漢初

一九八二年四月漢甘泉宫遺址凉武帝村採集。陶色淺灰，瓦筒外竪細繩紋，筒里布紋。筒瓦包裹當心，當背沿有繩勒痕蹟。面徑 16.1 厘米，邊沿寬 0.9 厘米。淳化縣文化館藏。

圖三六　長生未央瓦當　西漢初

漢甘泉宫遺址董家村採集。陶色青灰，筒瓦包裹當心，當背沿有繩勒痕蹟。面徑17厘米，邊沿寬1.1厘米。

圖三七　長生未□瓦當　西漢初

一九七九年十一月漢甘泉宮遺址董家村採集。陶色淺灰，瓦筒包裹當心，當背沿有繩勒痕。佚文應爲“央”字。面徑16厘米，邊沿寬1.1厘米。淳化縣文化館藏。

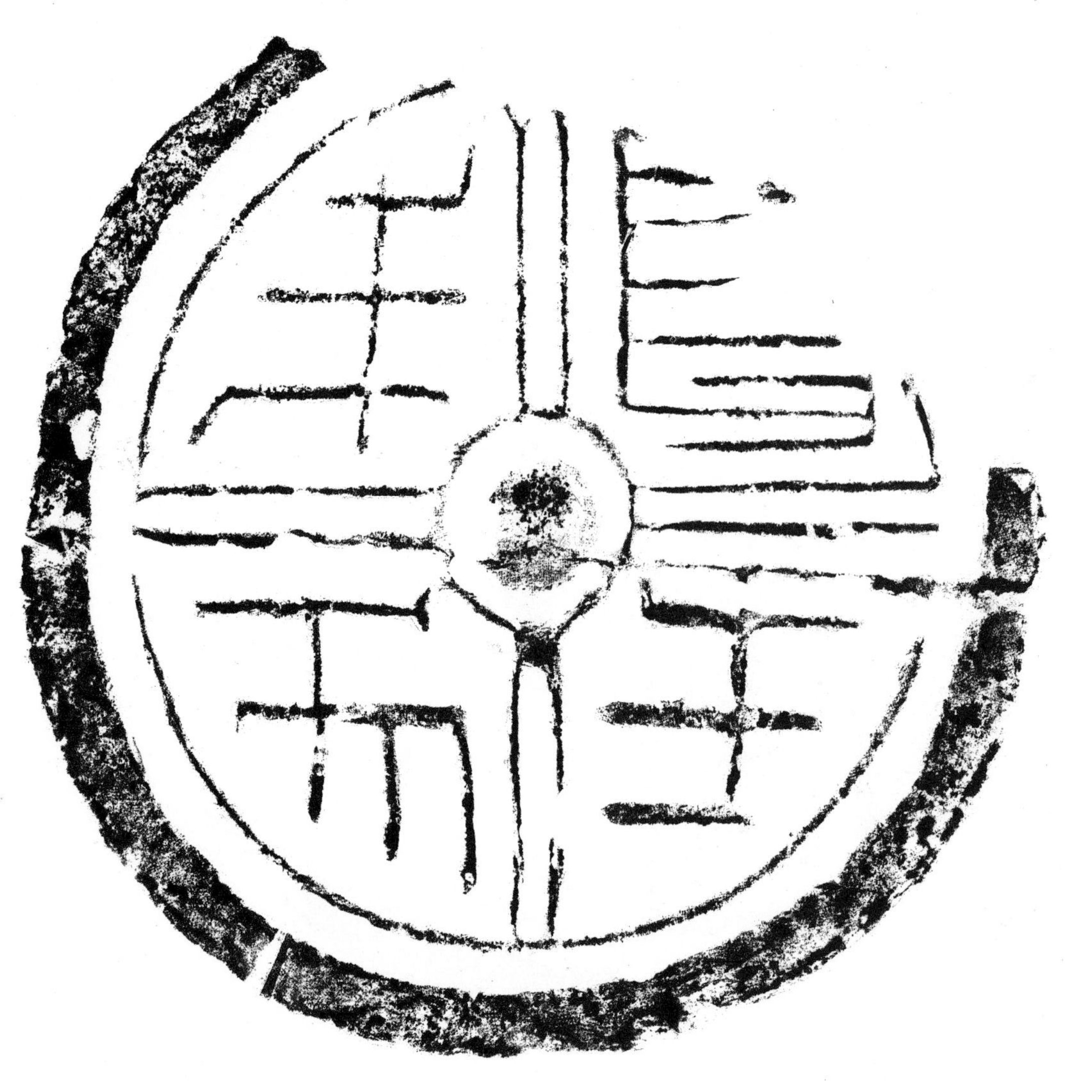

圖三八　長生未央瓦當　西漢初

漢甘泉宮遺址凉武帝村採集。陶色青灰，當背沿有繩勒痕蹟。當面塗白色。面徑 16.7 厘米，邊沿寬 1 厘米。淳化縣文化館藏。

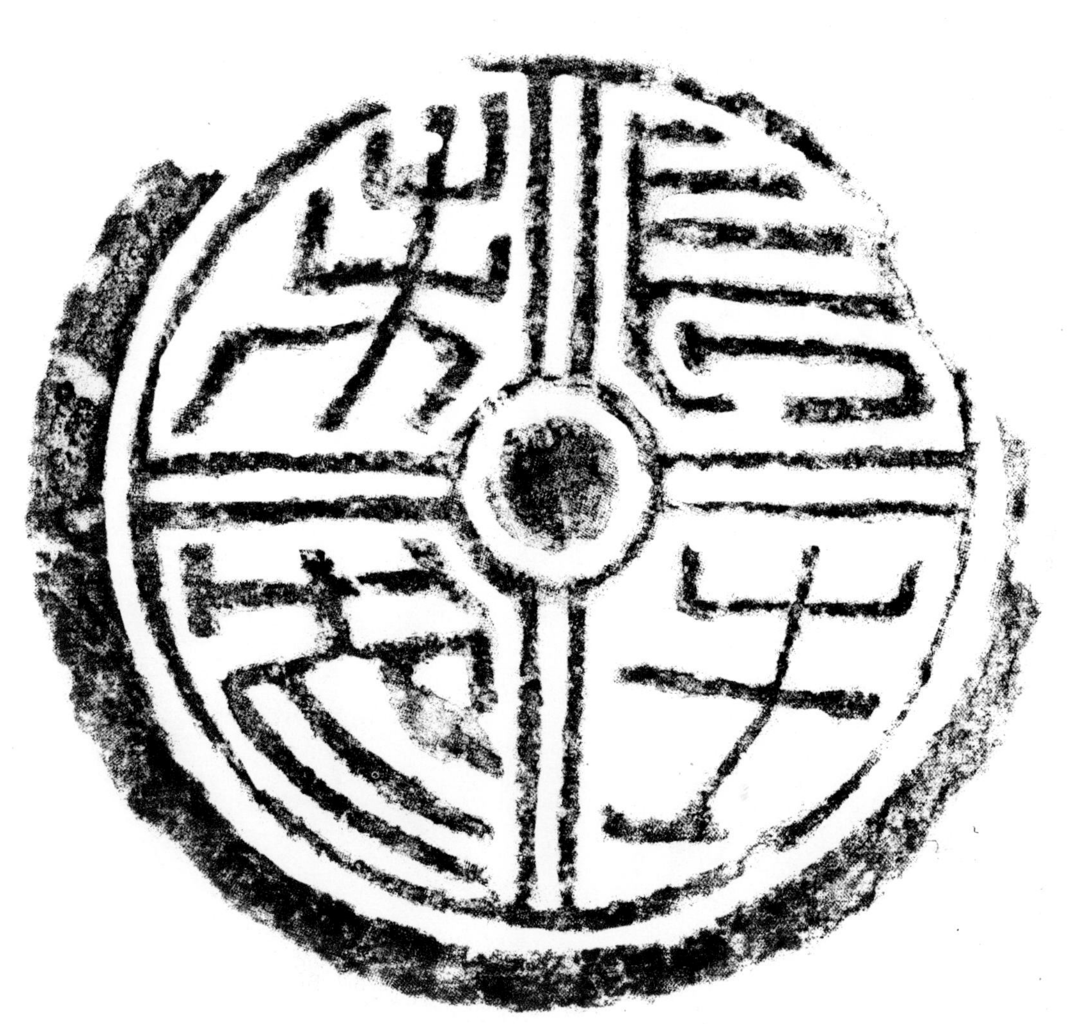

圖三九　長生未央瓦當　西漢初

一九八四年十月漢甘泉宫遺址凉武帝村採集。陶色淺灰，當背沿有繩勒痕蹟。面徑16.2厘米，邊沿寬1厘米。淳化縣文化館藏。

圖四〇　長生未央瓦當　西漢初

一九八二年四月漢甘泉宫遺址凉武帝村採集。陶色淺灰，瓦筒外竪細繩紋，布紋里。瓦筒接當沿後，當背沿有穿孔和繩勒痕。面徑 16 厘米，邊沿寬 0.8 厘米。淳化縣文化館藏。

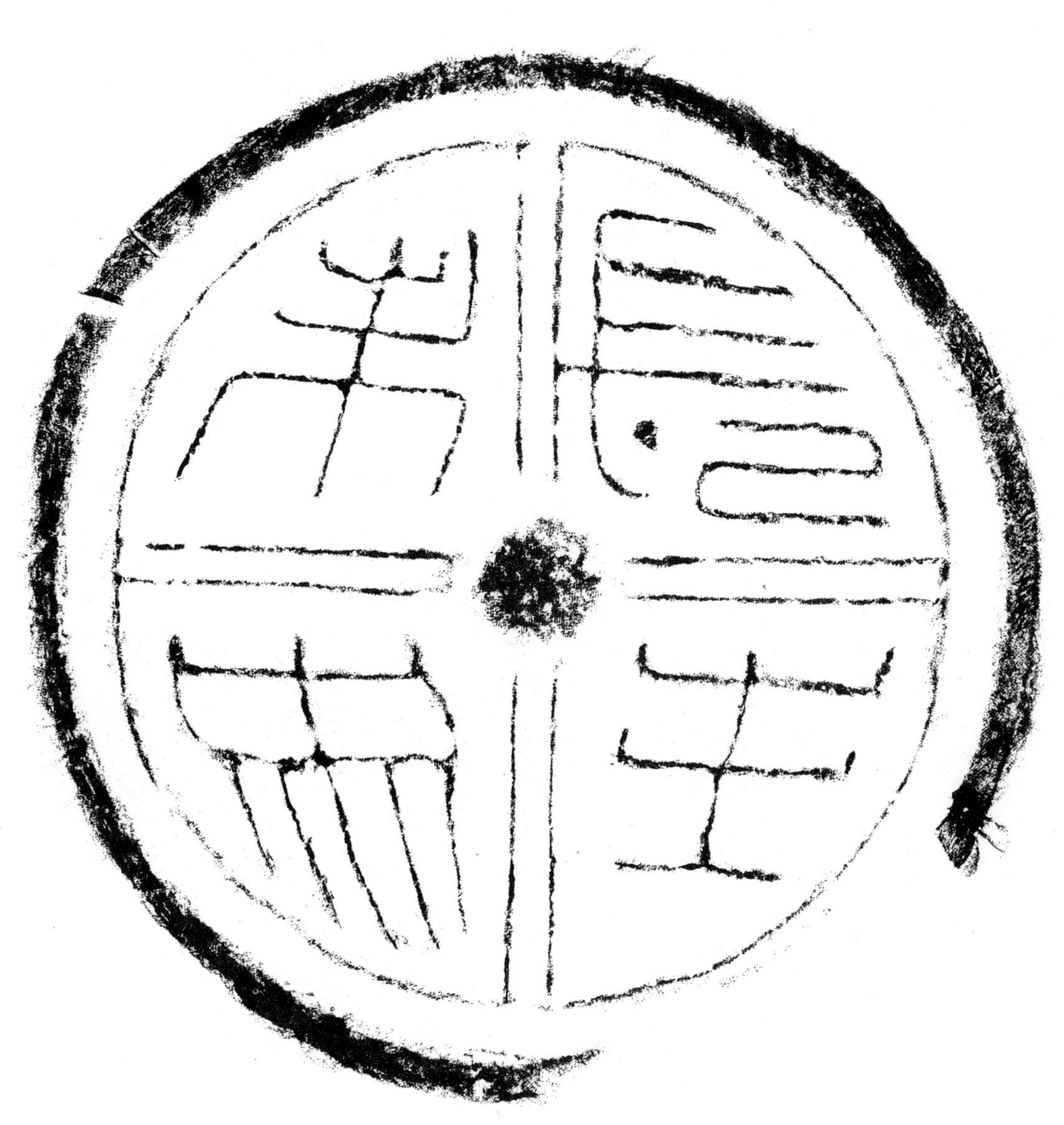

圖四一　長生未央瓦當　西漢初

一九九三年漢甘泉宮遺址城前頭村採集。陶色青灰，當背沿有穿孔和繩勒痕蹟。面徑 15.5 厘米，邊沿寬 0.5 厘米。

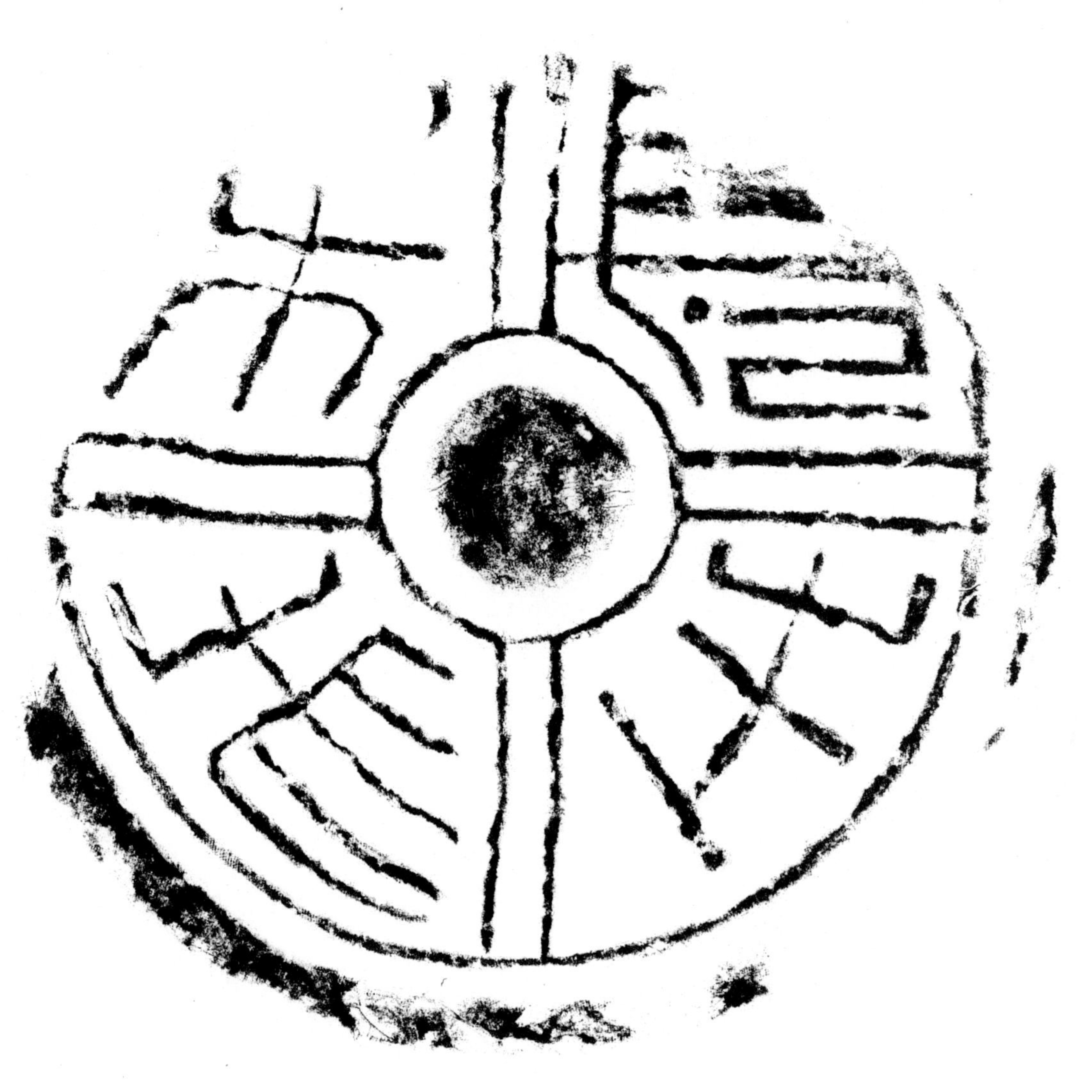

圖四二　長生未央瓦當　西漢初

一九八七年五月漢甘泉宫遺址凉武帝村採集。陶色淺灰，瓦筒里布紋。當背沿有穿孔和繩勒痕。面徑18厘米，邊沿寬0.9厘米。淳化縣文化館藏。

圖四三　長生未央瓦當　西漢初

一九八〇年十一月漢甘泉宮遺址凉武帝村採集。陶色青灰，瓦筒里布紋。瓦筒接當沿後，當背沿有穿孔和刀削痕。面徑18.4厘米，邊沿寬0.9厘米。淳化縣文化館藏。

圖四四　長生未央瓦當　西漢初

一九九二年十月漢甘泉宮遺址涼武帝村採集。陶色青灰，瓦筒接當沿後，筒里布紋，當背沿有繩勒痕蹟。面徑 18 厘米，邊沿寬 1.1 厘米。

圖四五　長生未央瓦當　西漢初

一九八六年四月漢甘泉宮遺址涼武帝村採集。陶色淺灰，瓦筒外斜繩紋，筒里布紋，瓦筒接當沿後，當背沿有穿孔和繩勒痕。面徑 18.1 厘米，邊沿寬 1 厘米。

圖四六　長生未央瓦當　西漢初

一九八七年漢甘泉宫遺址凉武帝村採集。陶色淺灰，瓦筒里布紋，背沿有穿孔和刀削痕。面徑17.5厘米，邊沿寬1厘米。淳化縣文化館藏。

圖四七　長生未央瓦當　西漢初

一九八五年三月漢甘泉宮遺址凉武帝村採集。陶色淺灰，瓦筒包裹當心，當背沿有穿孔和繩勒痕。面徑約17厘米，邊沿寬0.8厘米。淳化縣文化館藏。

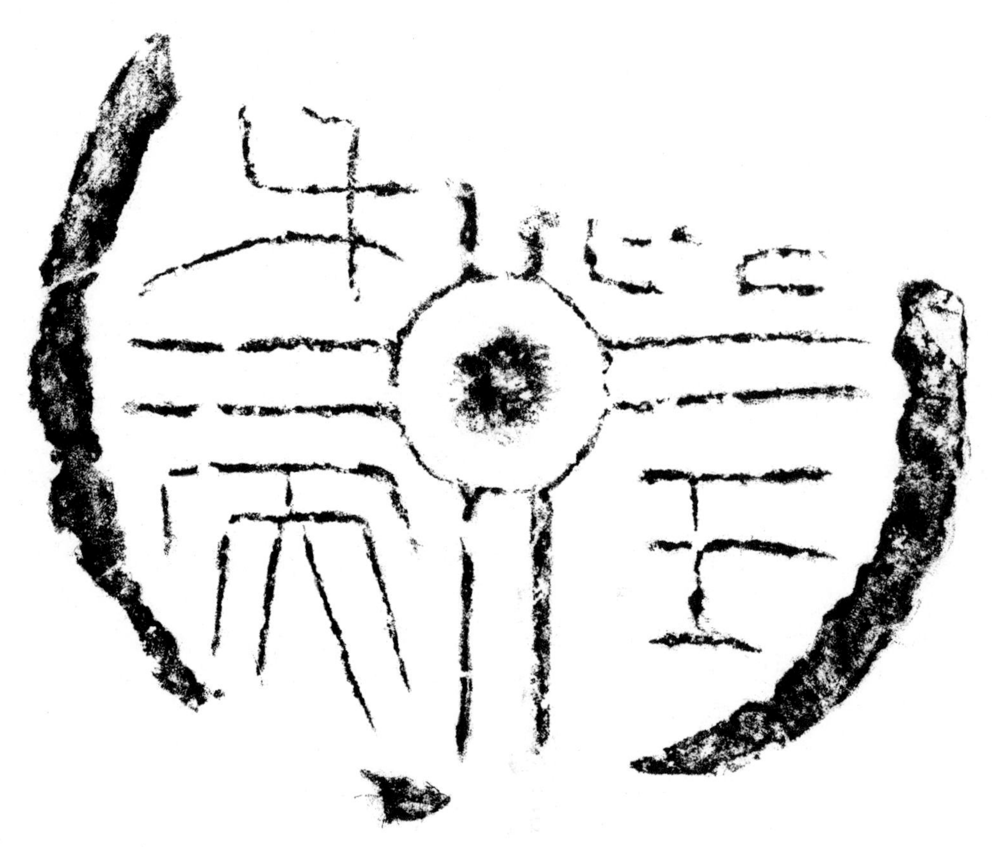

圖四八　長生未央瓦當　西漢初

漢甘泉宫遺址凉武帝村採集。陶色青灰，當背沿有穿孔和繩勒痕。面徑16.3厘米，邊沿寬1.1厘米。淳化縣文化館藏。

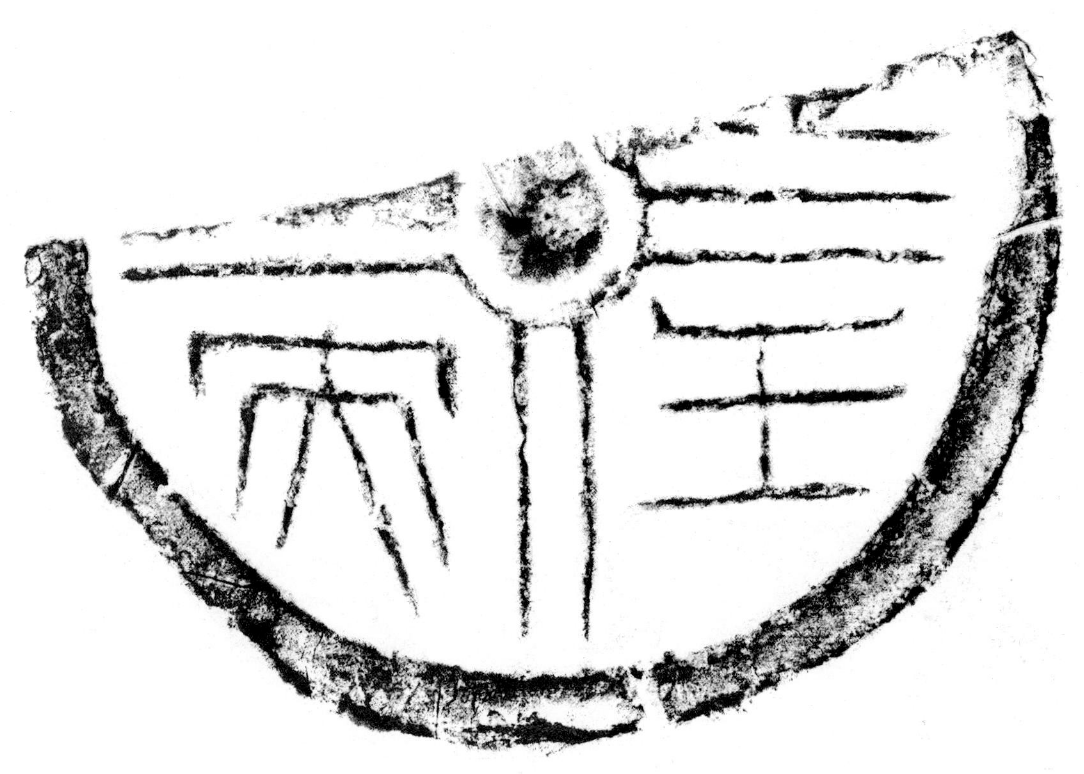

圖四九　□生□央瓦當　西漢初

一九八七年十一月漢甘泉宫遺址凉武帝村採集。陶色黑灰，當背沿有穿孔和繩勒痕。佚文應爲“長”“未”二字。面徑17厘米，邊沿寬1厘米。淳化縣文化館藏。

圖五〇　長生未央瓦當　西漢初

一九八二年四月漢甘泉宫遺址凉武帝村採集。陶色青灰，瓦筒外竪繩紋，筒里布紋。當面圓心呈尖錐形，當背沿有繩勒痕。面徑 17 厘米，邊沿寬 0.7 ~ 1.1 厘米。淳化縣文化館藏。

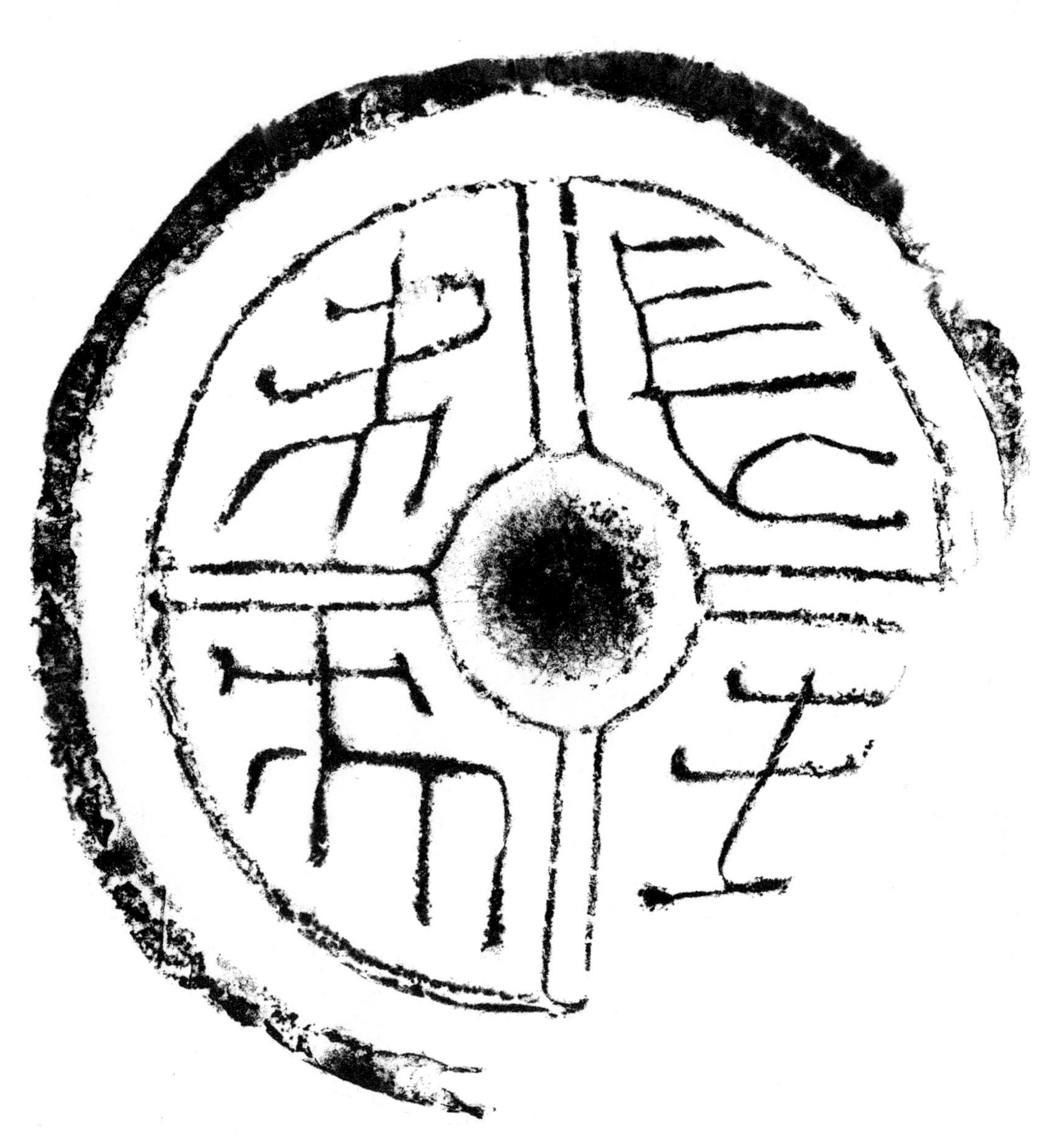

圖五一　長生未央瓦當　西漢初

一九七九年四月漢甘泉宫遺址董家村採集。陶色青灰，瓦筒里布紋，當背沿有繩勒痕蹟。面徑 16.2 厘米，邊沿寬 0.7 厘米。淳化縣文化館藏。

圖五二　長生未央瓦當　西漢初

一九八一年漢甘泉宫遺址凉武帝村採集。陶色淺灰，瓦筒外竪細繩紋，布紋里。當背沿有繩勒痕蹟。面徑 16 厘米，邊沿寬 0.9 厘米。淳化縣文化館藏。

圖五三　長生未央瓦當　西漢初

一九八四年十月漢甘泉宫遺址凉武帝村採集。陶色青灰，瓦筒里布紋，當背沿有繩勒痕。面徑16.5厘米，邊沿寬1厘米。淳化縣文化館藏。

圖五四　長生未央瓦當　西漢初

一九八八年十二月漢甘泉宮遺址董家村採集。陶色黑灰，當背沿有繩勒痕蹟。面徑 16 厘米，邊沿寬 0.9 厘米。淳化縣文化館藏。

圖五五　長生未央瓦當　西漢初

一九七九年五月漢甘泉宫遺址董家村採集。陶色青灰，瓦筒里布紋，當背沿有繩勒痕蹟。面徑 16.5 厘米，邊沿寬 0.9 厘米。淳化縣文化館藏。

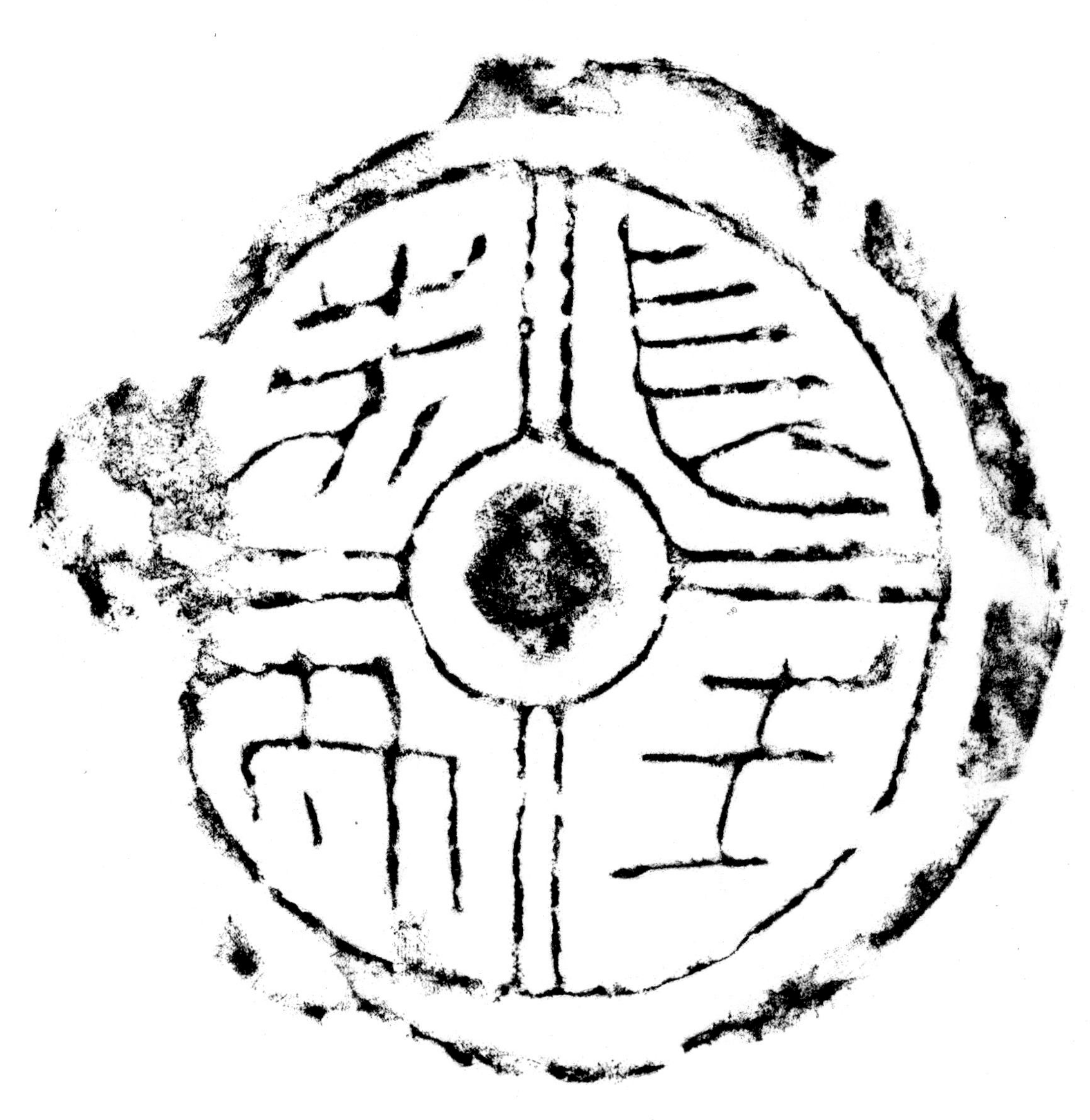

圖五六　長生未央瓦當　西漢初

漢甘泉宫遺址凉武帝村採集。陶色青灰，瓦筒里布紋，當背沿有穿孔和繩勒痕蹟。面徑 16 厘米，邊沿寬 1.1 厘米。淳化縣文化館藏。

圖五七　長生未央瓦當　西漢初

一九七九年十一月漢甘泉宫遺址董家村採集。陶色黑灰，瓦筒里布紋，當背沿有繩勒痕蹟。面徑 16.4 厘米，邊沿寬 0.8 厘米。淳化縣文化館藏。

圖五八　長生未央瓦當　西漢初

一九八七年四月漢甘泉宫遺址凉武帝村採集。陶色淺灰，瓦筒里布紋，當背沿有繩勒痕蹟，當面塗白色。面徑約16.8厘米，邊沿寬1厘米。淳化縣文化館藏。

圖五九　長生未央瓦當　西漢初

一九八二年四月漢甘泉宫遺址凉武帝村採集。陶色青灰，瓦筒外竪細繩紋，布紋里。當背沿有繩勒痕。面徑 16.5 厘米，邊沿寬 0.9 厘米。淳化縣文化館藏。

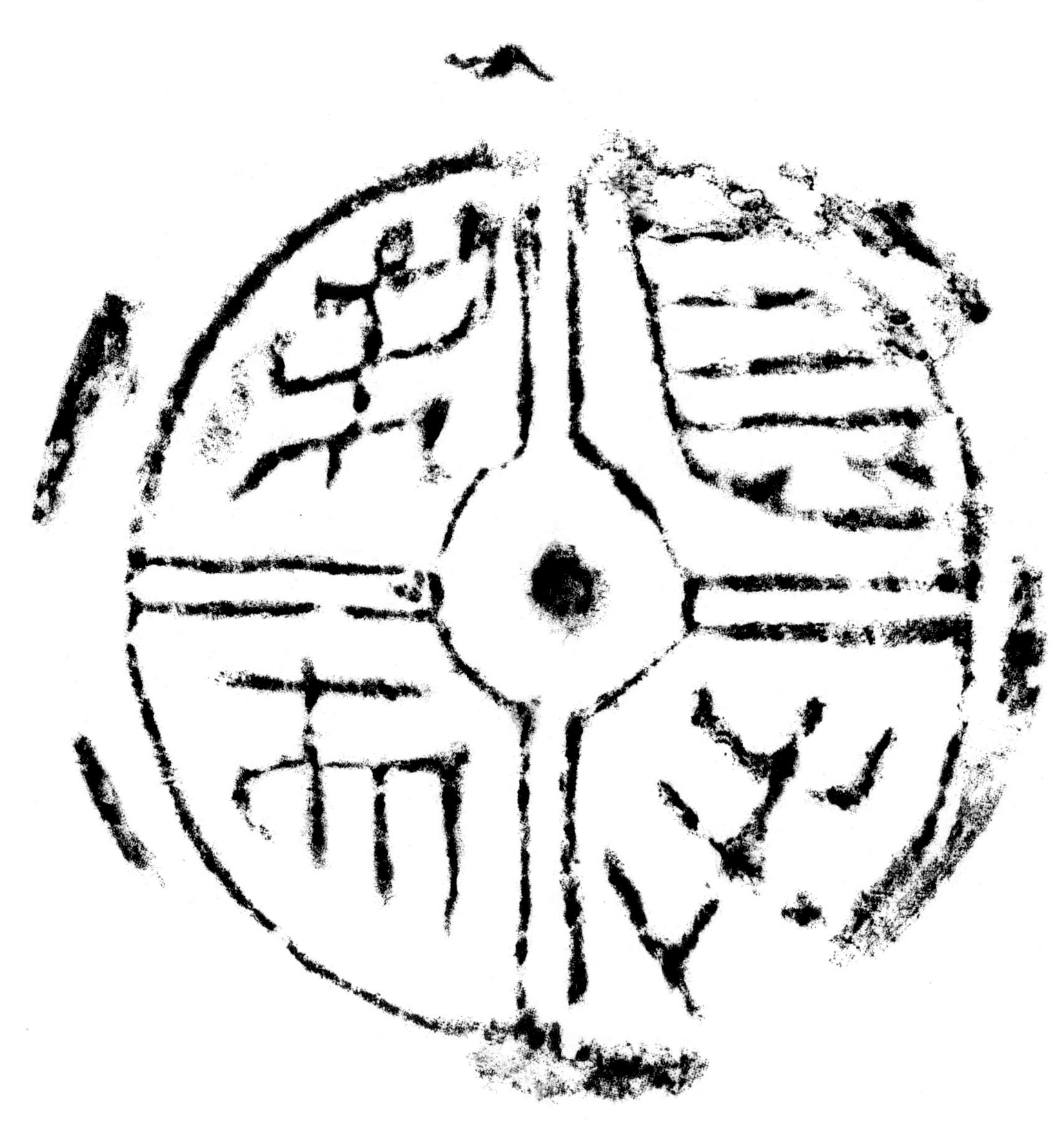

圖六〇　長生未央瓦當　西漢初

漢甘泉宫遺址凉武帝村採集。陶色青灰，當背沿有穿孔和繩勒痕。面徑16厘米，邊沿寬0.8厘米。淳化縣文化館藏。

圖六一　長生未央瓦當　西漢初

一九九二年三月漢甘泉宫遺址凉武帝村採集。陶色青灰，瓦筒外斜繩紋，里布紋，當背沿有繩勒痕蹟。面徑16厘米，邊沿寬0.6厘米。淳化縣文化館藏。

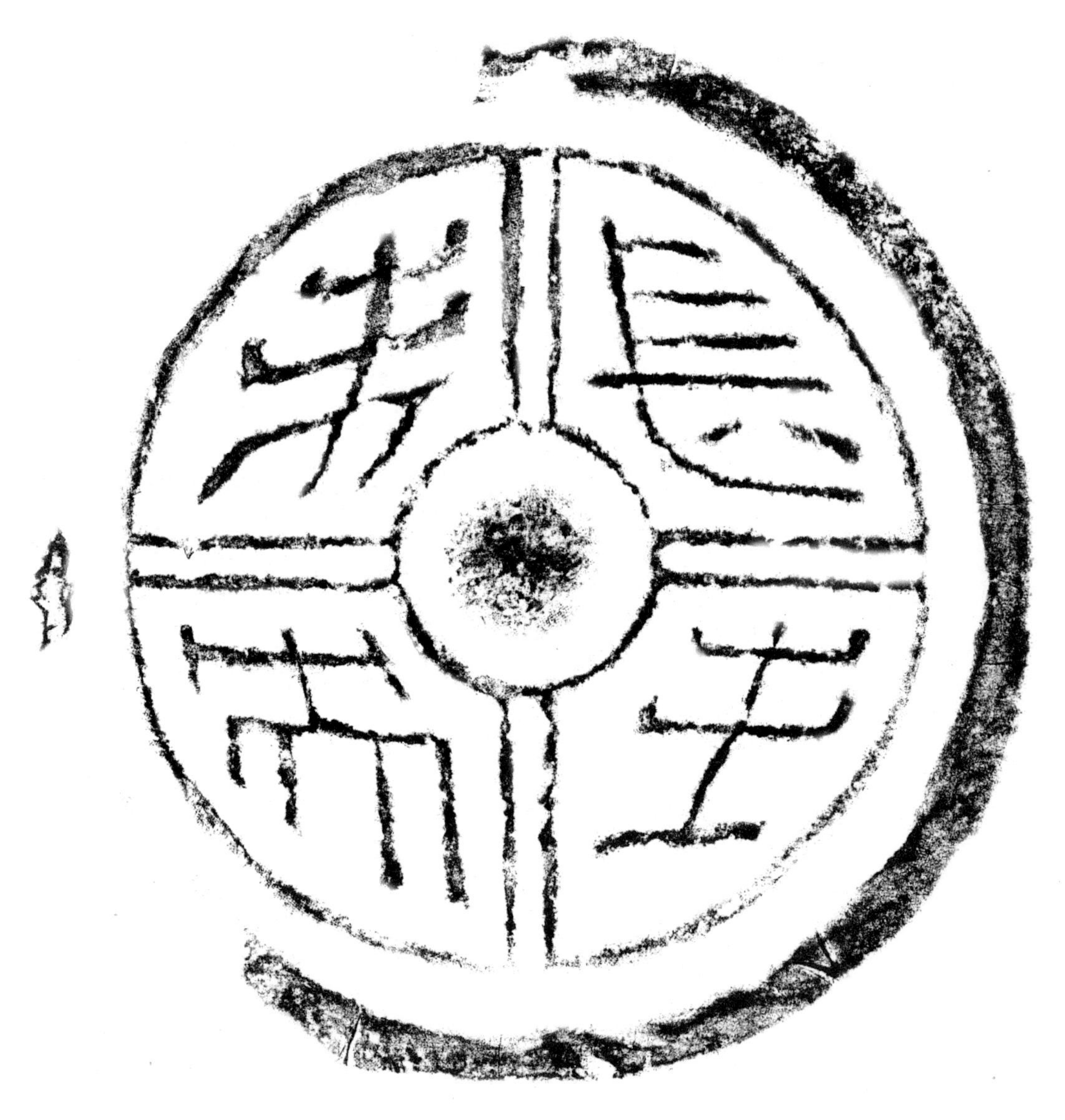

圖六二　長生未央瓦當　西漢初

漢甘泉宫遺址凉武帝村採集。陶色淺灰，瓦筒接當沿後，背沿有繩勒痕蹟。面徑16.4厘米，邊沿寬0.9厘米。淳化縣文化館藏。

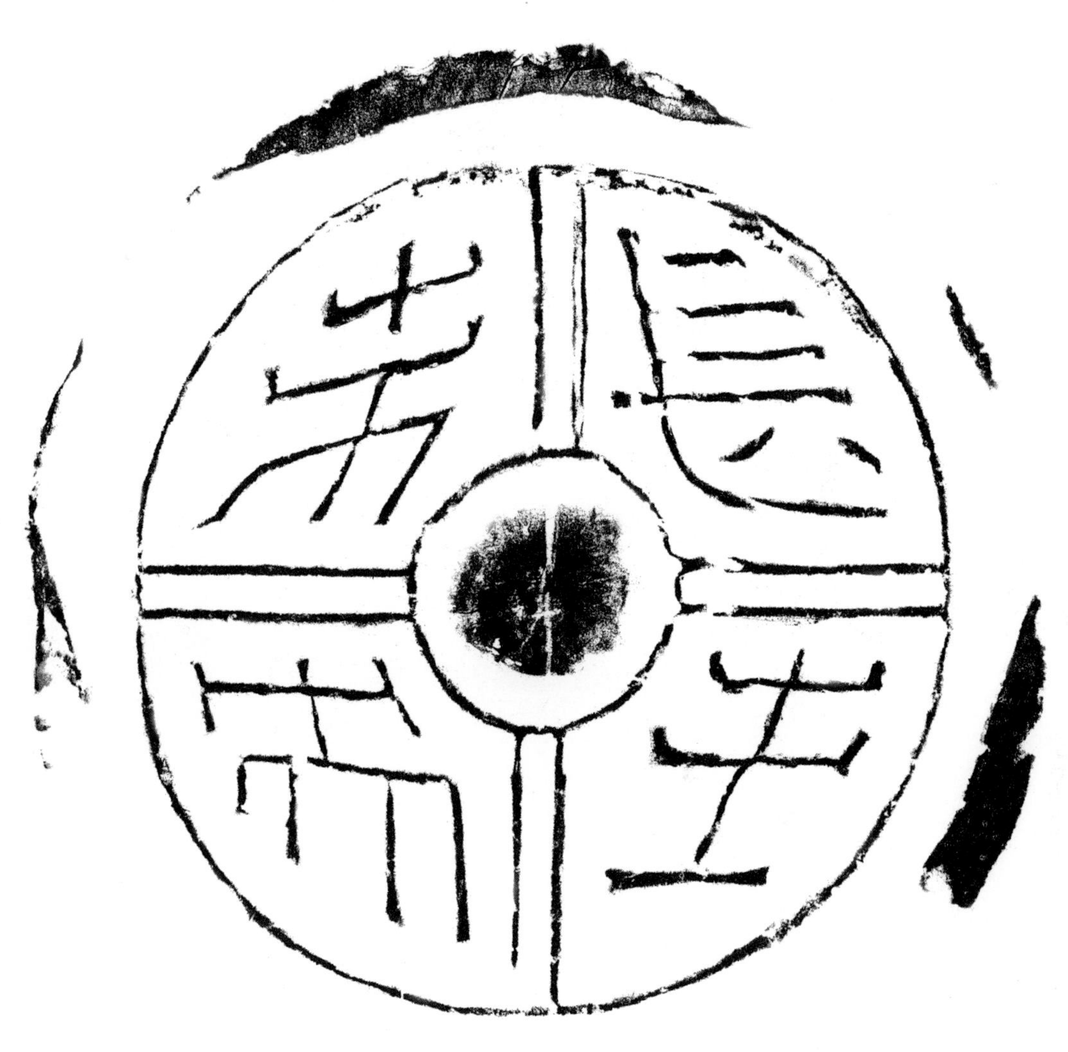

圖六三　長生未央瓦當　西漢初

一九七九年四月漢甘泉宮遺址凉武帝村採集。陶色青灰，瓦筒里布紋。筒裹當心，當背沿有繩勒痕蹟，當面塗白色。面徑16.6厘米，邊沿寬0.9厘米。淳化縣文化館藏。

圖六四　長□□□瓦當　西漢初

一九七九年漢甘泉宫遺址涼武帝村採集。陶色青灰，當背沿有穿孔和繩勒痕。佚文應爲“生未央”三字。面徑約19厘米，邊沿寬1厘米。 淳化縣文化館藏。

圖六五　□生□央瓦當　西漢初

一九七九年五月漢甘泉宫遺址凉武帝村採集。陶色青灰，瓦筒里布紋。當背沿有繩勒痕。佚文應爲“長”“未”二字。面徑約17.8厘米，邊沿寬1.1厘米。淳化縣文化館藏。

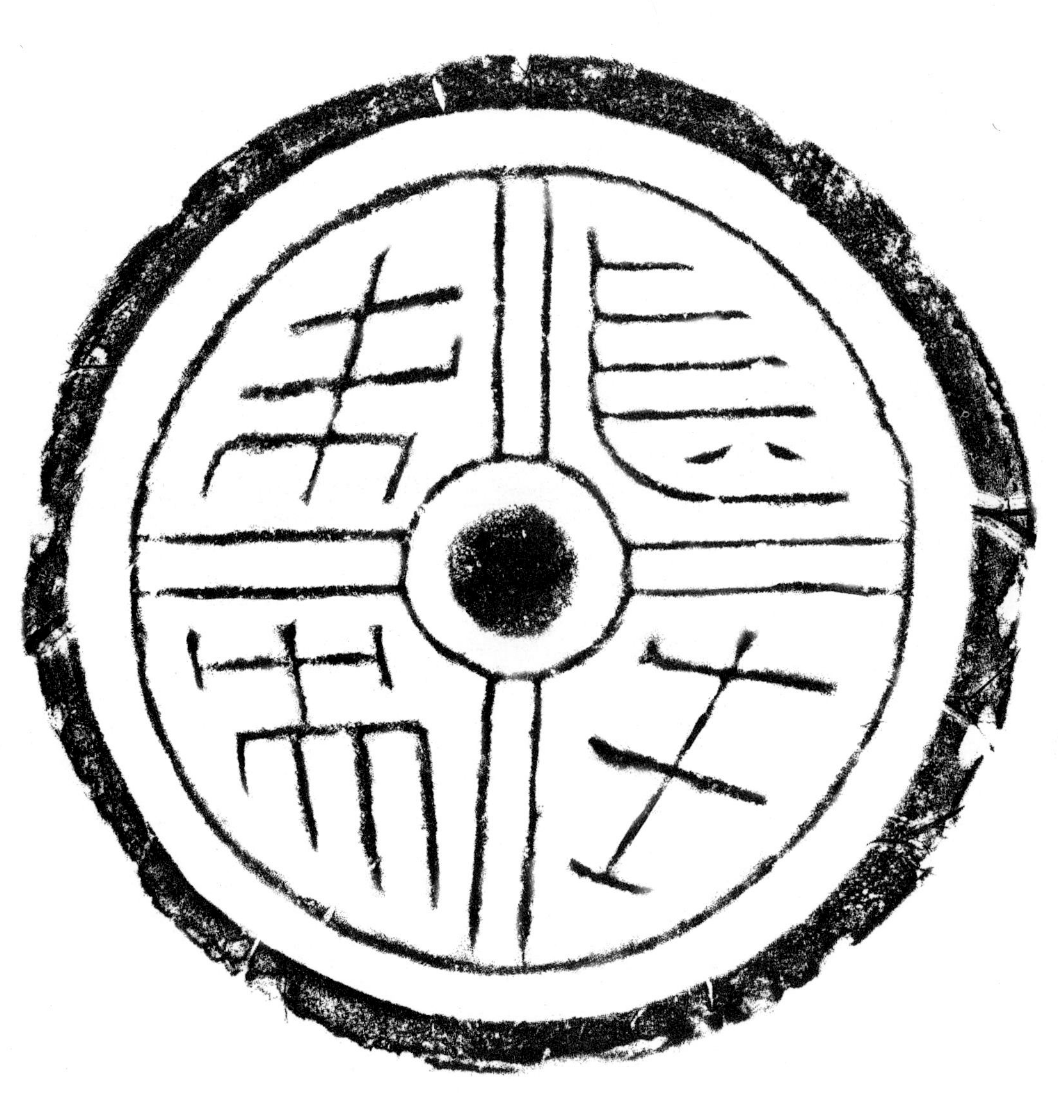

圖六六　長生未央瓦當　西漢

漢甘泉宫遺址董家村採集。陶色青灰，圓心平頂。面徑17.2厘米，邊沿寬1厘米。淳化縣文化館藏。

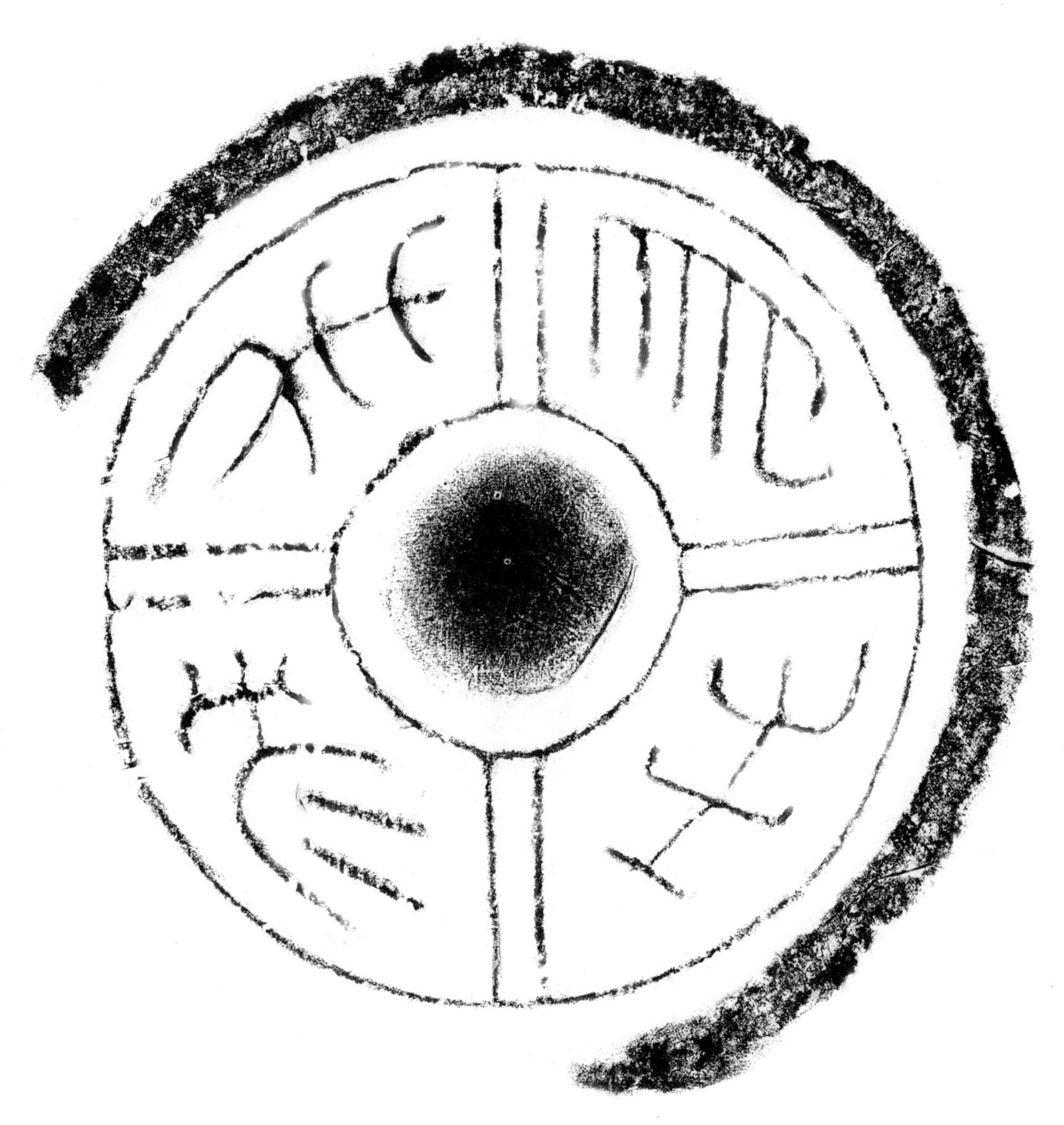

圖六七　長生未央瓦當　西漢

一九九五年漢甘泉宫遺址董家村採集。陶色青灰，當背雕作硯。面徑 15 厘米，邊沿寬 0.9 厘米。

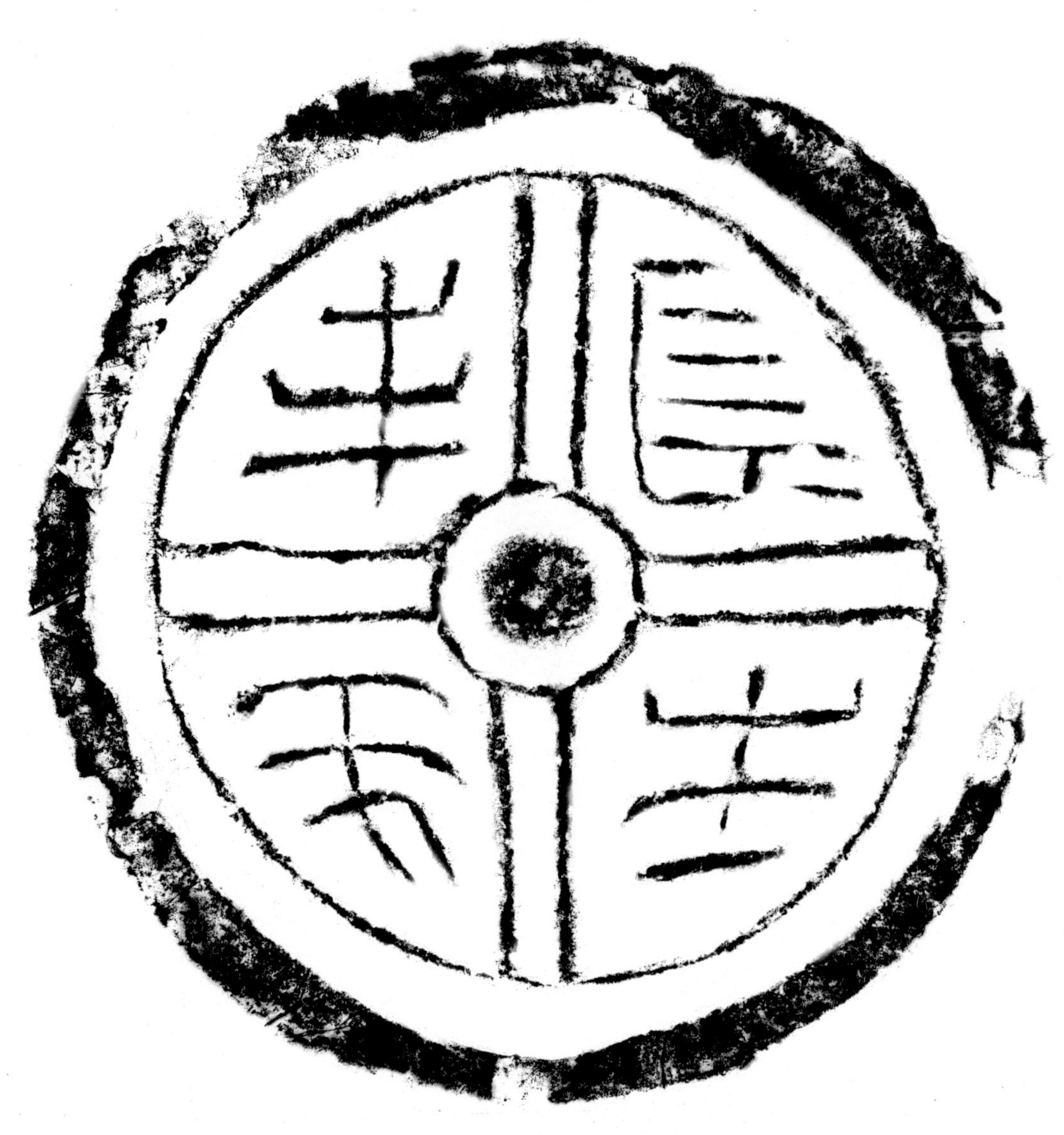

圖六八　長生未央瓦當　西漢

一九八七年漢甘泉宮遺址凉武帝村採集。陶色青灰。背沿有繩勒痕蹟。面徑 17.2 厘米，邊沿寬 1.2 厘米。淳化縣文化館藏。

圖六九　長生未央瓦當　西漢

一九八五年漢甘泉宫遺址凉武帝村採集。陶色青灰，瓦筒里布紋，當背抹光。面徑 16.7 厘米，邊沿寬 0.9 厘米。

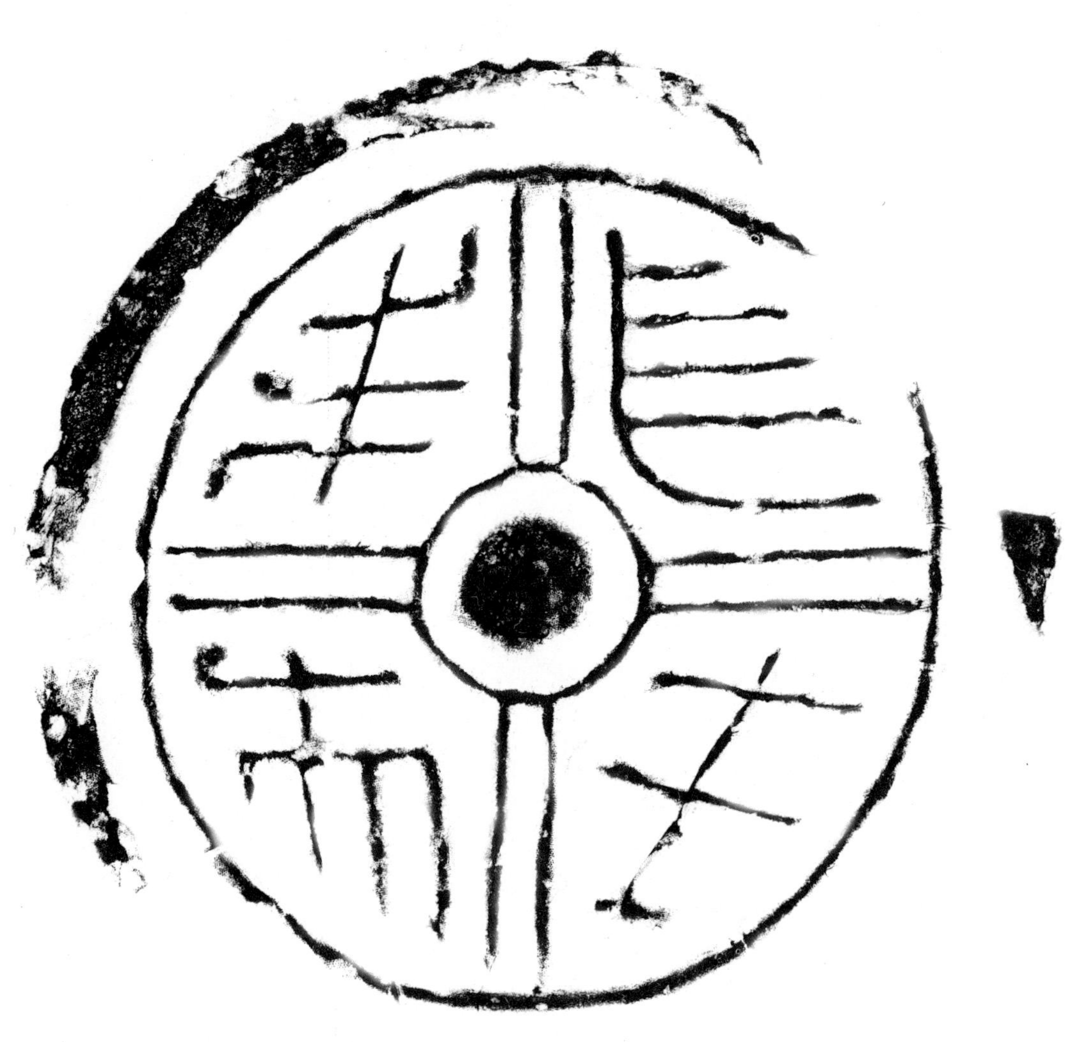

圖七〇　長生未央瓦當　西漢

一九八六年四月漢甘泉宮遺址董家村採集。陶色黑灰，瓦筒外竪細繩紋，筒内布紋。當背抹光，背沿有繩勒痕蹟。面徑 17.4 厘米，邊沿寬 0.8 厘米。

圖七一　長生未央瓦當　西漢

一九九二年三月漢甘泉宮遺址涼武帝村採集。陶色青灰，當背沿有繩勒痕。面徑 19 厘米，邊沿寬 1.5 厘米。淳化縣文化館藏。

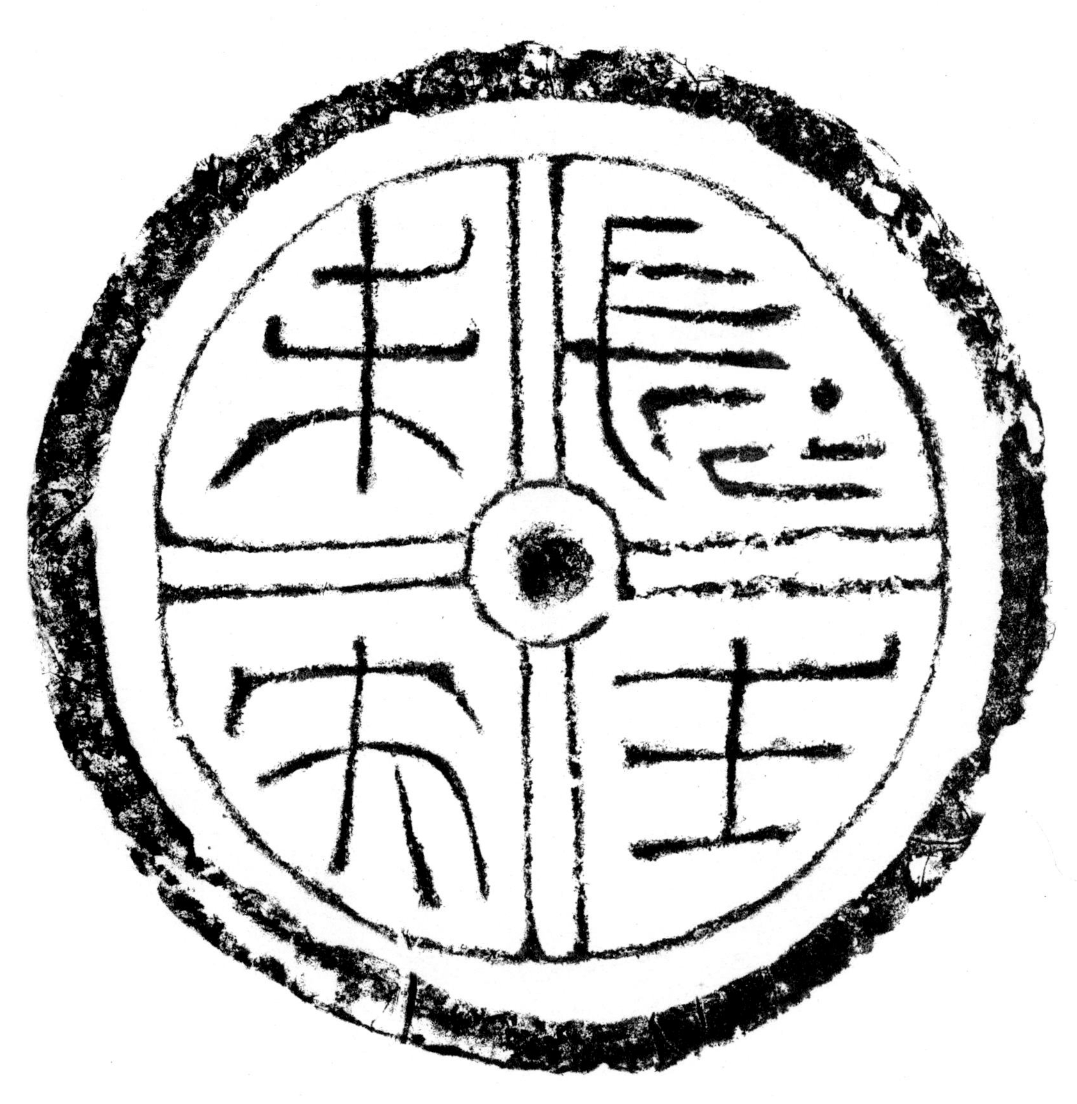

圖七二　長生未央瓦當　西漢

一九七九年十一月漢甘泉宫遺址董家村採集。陶色黑灰，瓦筒里布紋。瓦筒接當沿後，背沿有繩勒痕蹟。當面塗白色。面徑 17.6 厘米，邊沿寬 0.8 ~ 1.1 厘米。淳化縣文化館藏。

圖七三　長生未央瓦當　西漢

漢甘泉宮遺址凉武帝村採集。陶色青灰。瓦筒里布紋，當背抹光。面徑 17.3 厘米，邊沿寬 1 ~ 1.3 厘米。

圖七四　長生未央瓦當　西漢

一九七九年十二月漢甘泉宫遺址凉武帝村採集。陶色淺灰，瓦筒里布紋。面徑16.2厘米，邊沿寬1.4厘米。淳化縣文化館藏。

圖七五　長生未央瓦當　西漢

漢甘泉宫遺址凉武帝村採集。陶色青灰，瓦筒接當沿後。面徑 16.5 厘米，邊沿寬 1.1 厘米。淳化縣文化館藏。

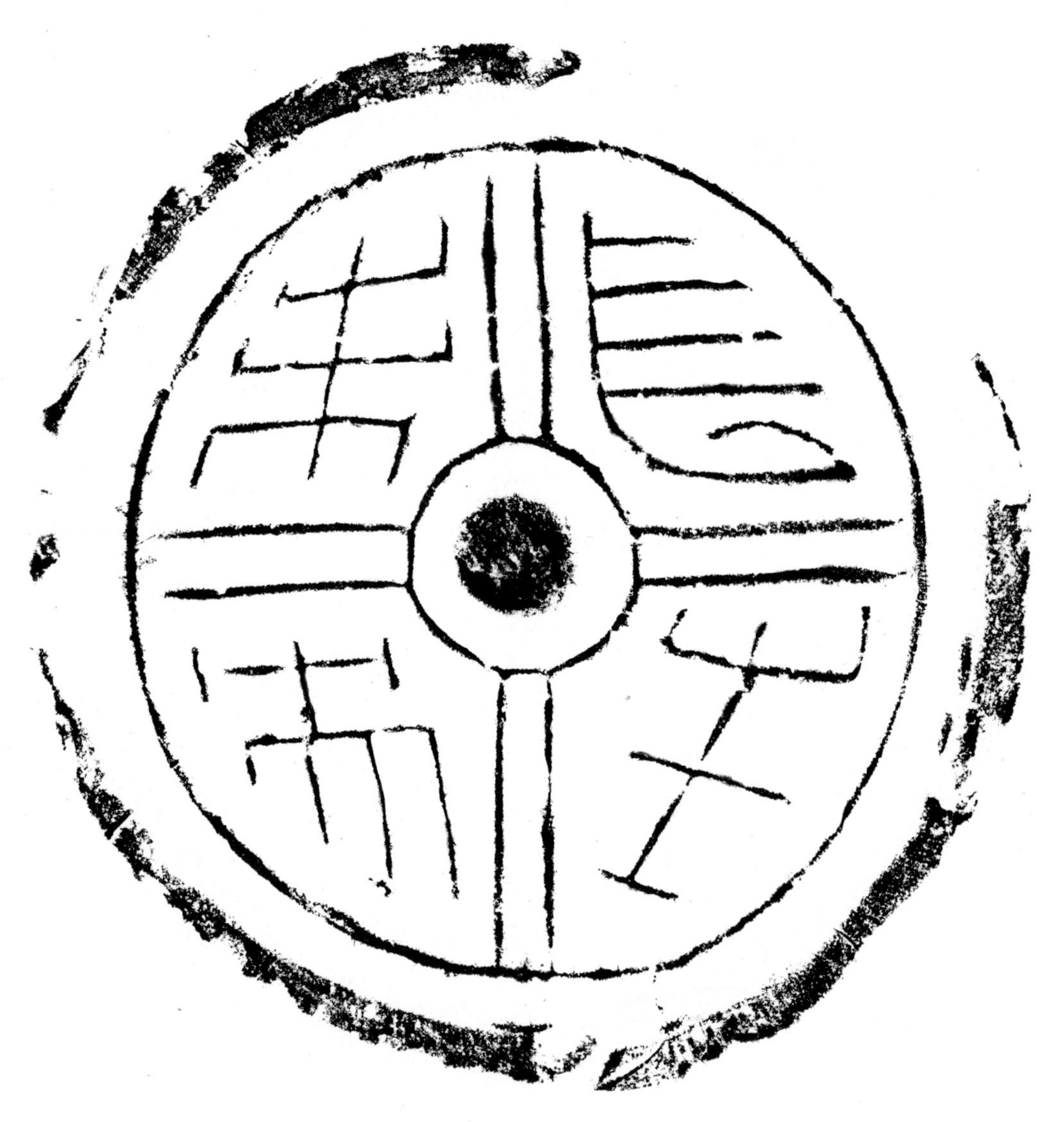

圖七六　長生未央瓦當　西漢

漢甘泉宫遺址凉武帝村採集。陶色青灰。面徑17.5厘米，邊沿寬0.7厘米。淳化縣文化館藏。

圖七七　長生未央瓦當　西漢

一九八八年十二月漢甘泉宫遺址凉武帝村採集。陶色青灰，瓦筒外斜細繩紋，筒里布紋。瓦筒接當沿後。面徑17.4厘米，邊沿寬1.3厘米。淳化縣文化館藏。

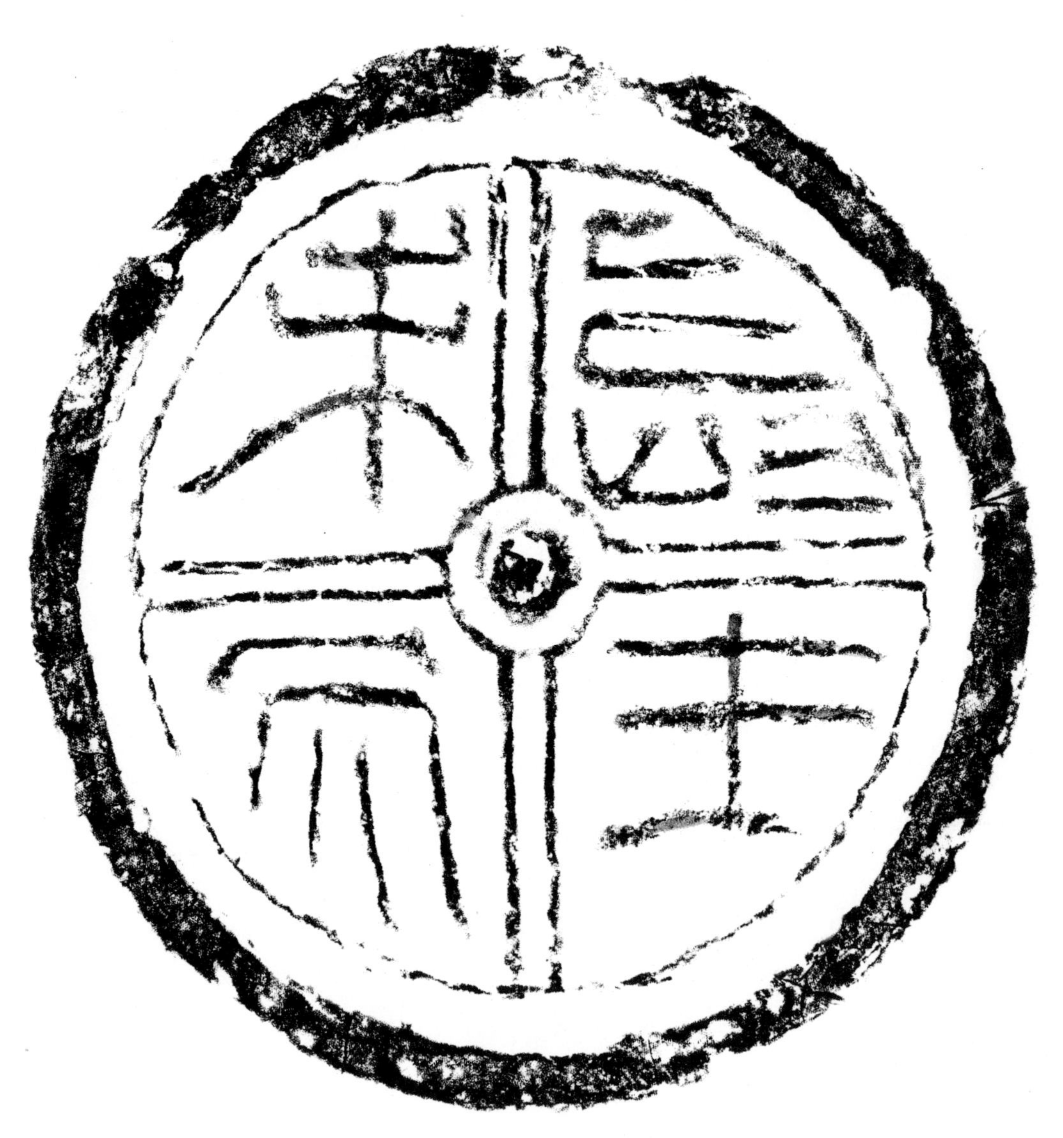

圖七八　長生未央瓦當　西漢

一九八七年十月漢甘泉宮遺址凉武帝村採集。陶色淺灰，瓦筒外竪細繩紋，筒内布紋。面徑15.6厘米，邊沿寬0.8厘米。淳化縣文化館藏。

圖七九　長生未央瓦當　西漢

漢甘泉宫遺址凉武帝村採集。陶色青灰，瓦筒里布紋，當面塗白色。面徑16.5厘米，邊沿寬0.7厘米。淳化縣文化館藏。

圖八〇　長生未央瓦當　西漢中後期

一九七九年五月漢甘泉宫遺址董家村採集。陶色青灰，瓦筒里布紋，當背抹光。面徑 15.1 厘米，邊沿寬 1.1 厘米。

圖八一　長生未央瓦當　西漢中後期

漢甘泉宫遺址凉武帝村採集。陶色青灰，瓦筒里布紋，當背抹光。面徑 16 厘米，邊沿寬 1 厘米。

圖八二　長生未央瓦當　西漢中後期

一九八〇年十一月漢甘泉宫遺址凉武帝村採集。陶色黑灰，瓦筒外竪繩紋，筒里布紋，當背抹光。面徑 14.5 厘米，邊沿寬 1.1 厘米。淳化縣文化館藏。

圖八三　長生未央瓦當　西漢中後期

漢甘泉宫遺址董家村採集。陶色淺灰，瓦筒里布紋。當背抹光，顯有繩紋痕。面徑 16.3 厘米，邊沿寬 1.3 厘米。淳化縣文化館藏。

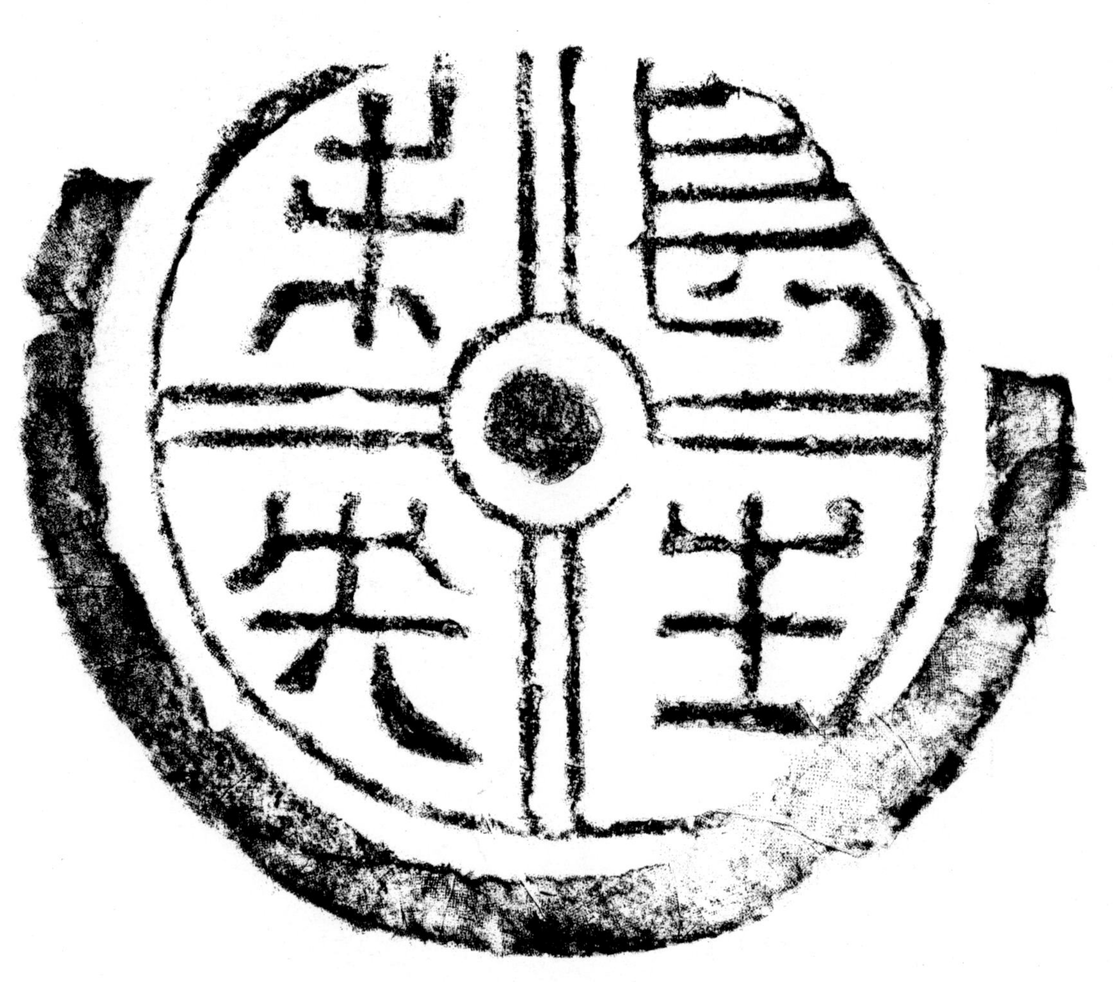

圖八四　長生未央瓦當　西漢中後期

一九七九年四月漢甘泉宫遺址董家村採集。陶色青灰，當背抹光。面徑 17 厘米，邊沿寬 1.2 厘米。淳化縣文化館藏。

圖八五　長生未央瓦當　西漢中後期

一九七九年四月漢甘泉宮遺址凉武帝村採集。陶色淺灰，筒瓦里布紋，當背抹光。面徑16.6厘米，邊沿寬1.2厘米。淳化縣文化館藏。

圖八六　長生未央瓦當　西漢中後期

一九九三年漢甘泉宮遺址董家村採集。陶色淺灰，瓦筒里布紋，當背抹光。面徑 15.2 厘米，邊沿寬 1.2 厘米。淳化縣文化館藏。

圖八七　長生未央瓦當　西漢中後期

一九八六年四月漢甘泉宮遺址董家村採集。陶色青灰，當背抹光，顯有繩紋痕。面徑17厘米，邊沿寬1.2厘米。淳化縣文化館藏。

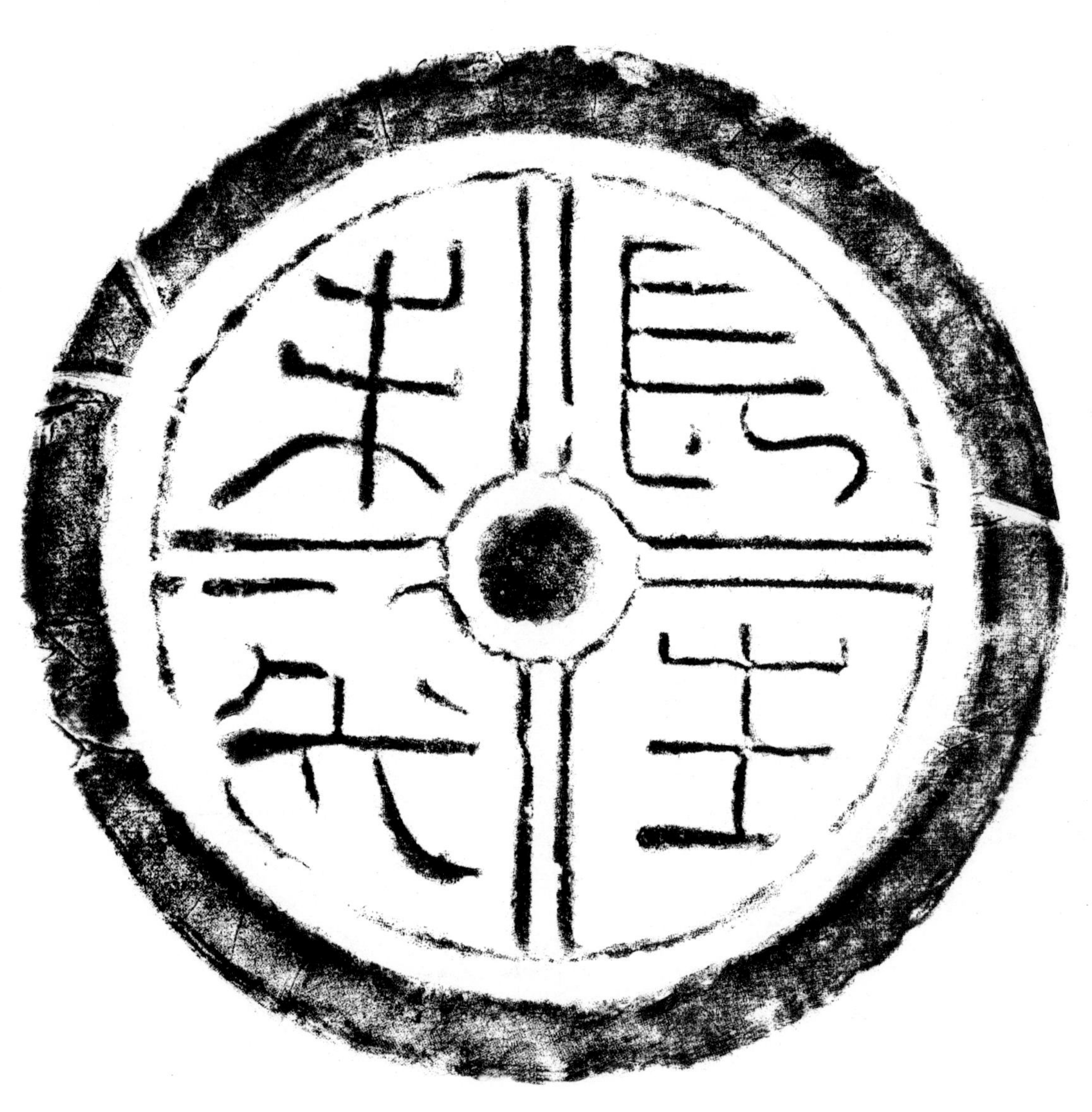

圖八八　長生未央瓦當　西漢中後期

一九八六年四月漢甘泉宫遺址董家村採集。陶色淺灰，瓦筒里布紋。當背抹光，顯有繩紋痕。面徑 18 厘米，邊沿寬 1.3 厘米。淳化縣文化館藏。

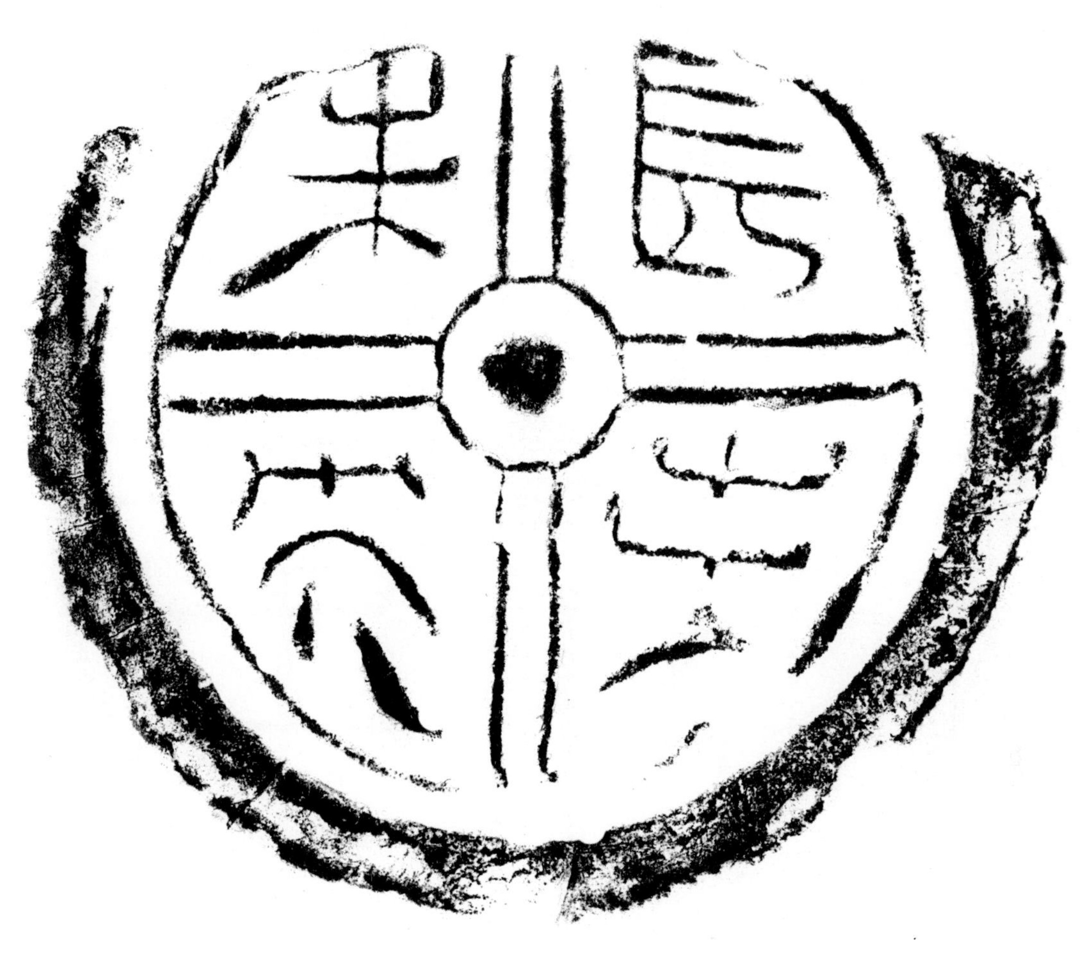

圖八九　長生未央瓦當　西漢中後期

一九八六年四月漢甘泉宫遺址董家村採集。陶色淺灰，瓦筒里布紋，當背抹光，筒接當沿後。面徑15厘米，邊沿寬1.2厘米。淳化縣文化館藏。

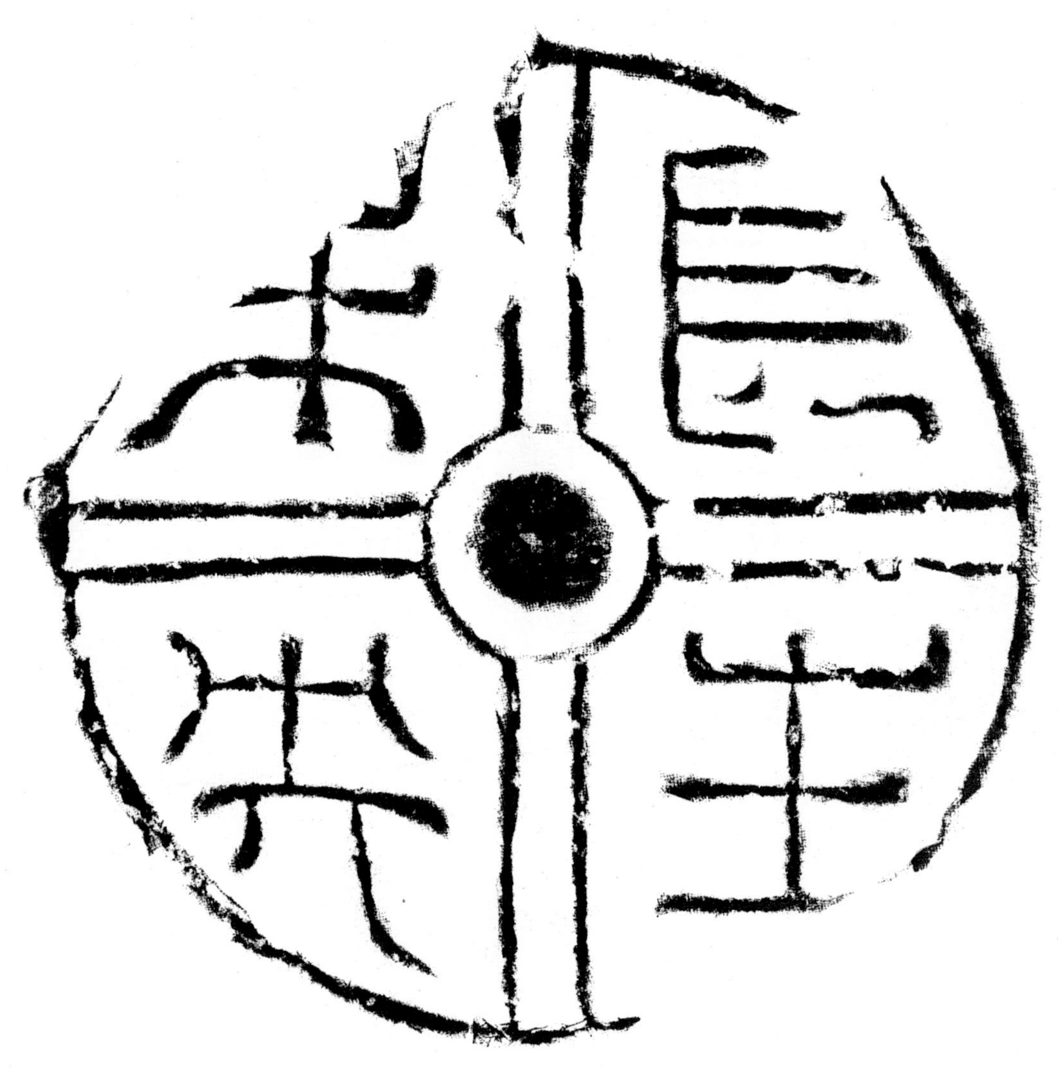

圖九〇　長生未央瓦當　西漢中後期

漢甘泉宫遺址凉武帝村採集。陶色青灰，質鬆。當背抹光，顯有繩紋。面徑 17.2 厘米。淳化縣文化館藏。

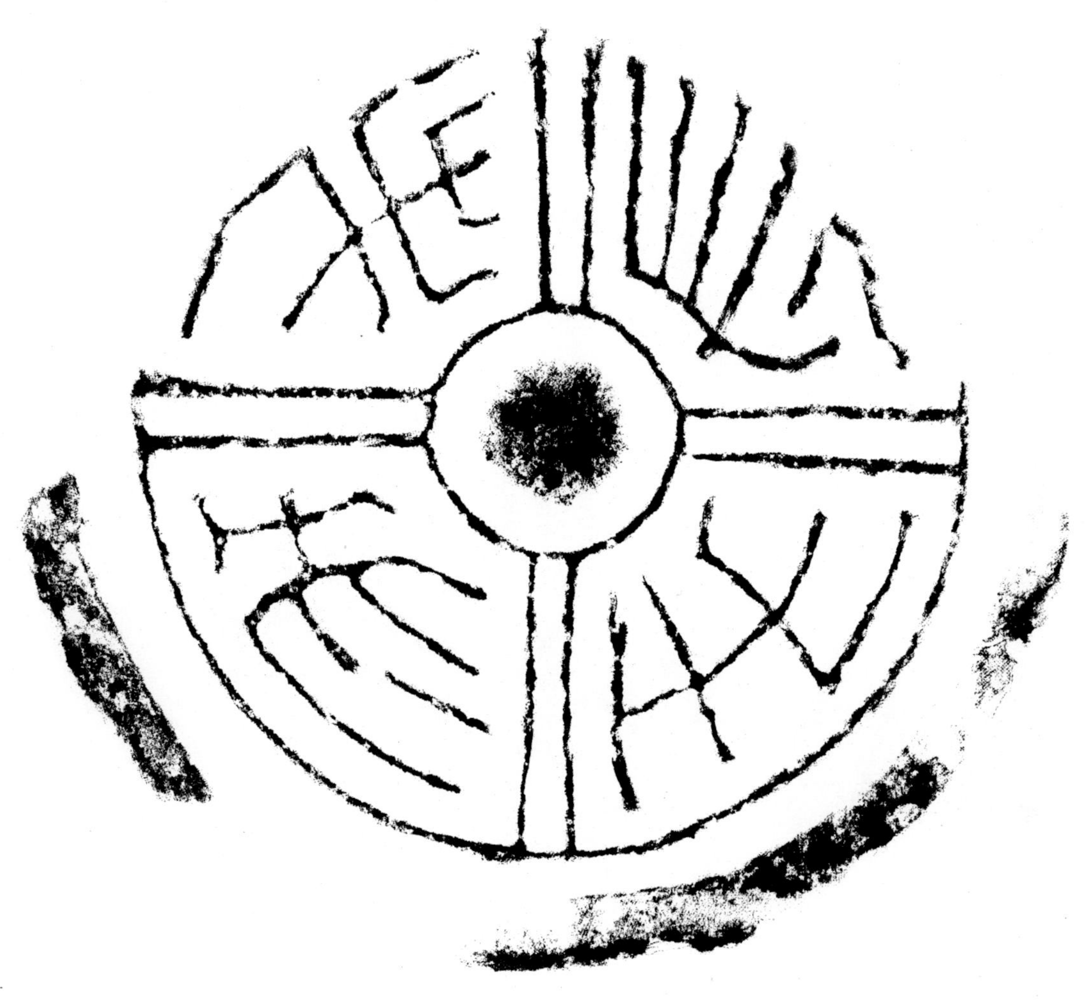

圖九一　長生未央瓦當　西漢中後期

一九八五年三月漢甘泉宫遺址董家村採集。陶色淺灰，當背抹光，顯有繩紋痕。面徑 17 厘米，邊沿寬 1 厘米。淳化縣文化館藏。

圖九二　長生未央瓦當　西漢中後期

一九八五年三月漢甘泉宮遺址涼武帝村採集。陶色淺灰，當背抹光。面徑約18厘米，邊沿寬1厘米。淳化縣文化館藏。

圖九三　長生未央瓦當　西漢中後期

一九九三年五月漢甘泉宫遺址凉武帝村採集。陶色淺灰，瓦筒外斜細繩紋，筒里布紋，當背抹光。面徑18厘米，邊沿寬0.9厘米。

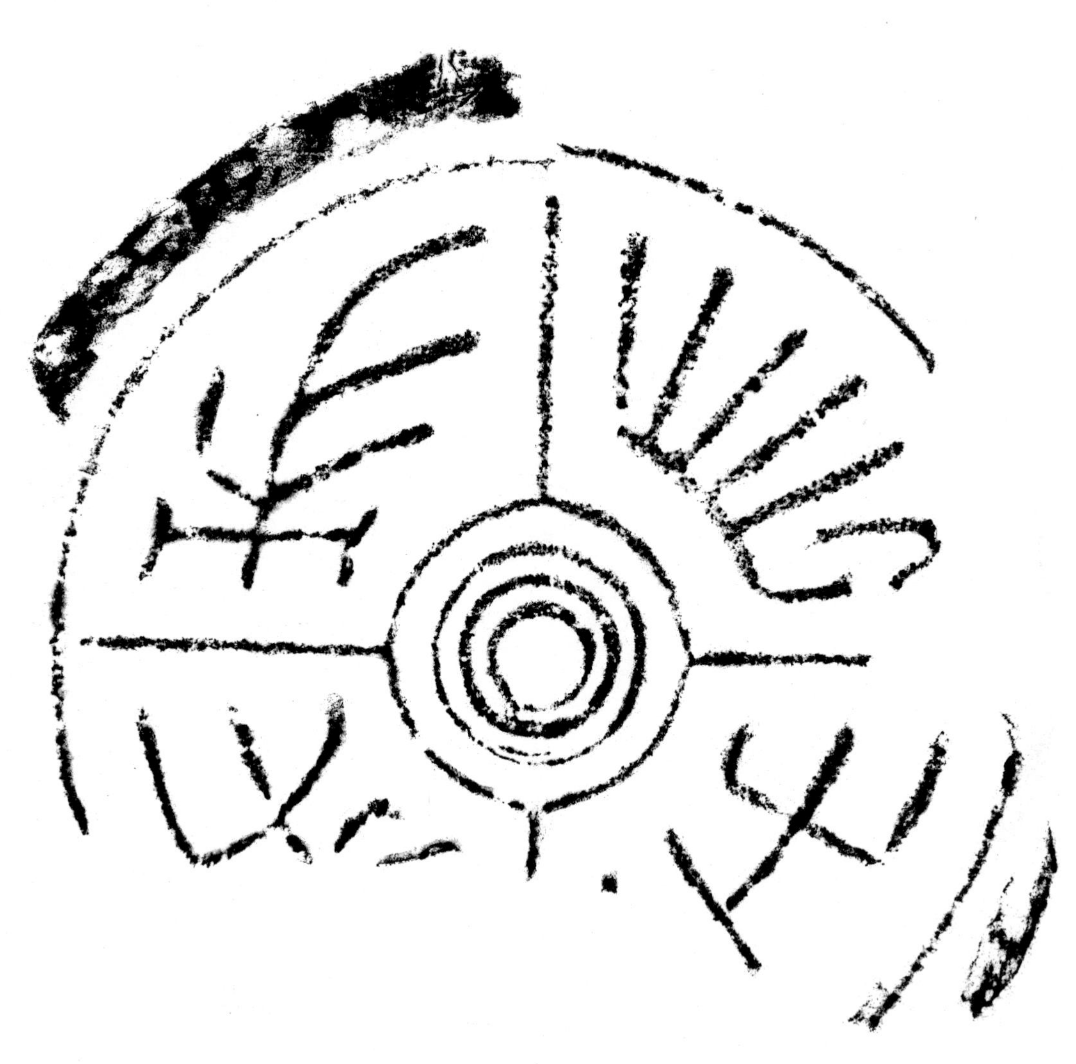

圖九四　長生未央瓦當　西漢中後期

一九九三年五月漢甘泉宮遺址涼武帝村採集。陶色淺灰，瓦筒外竪細繩紋，筒里布紋。瓦筒包裹當心，當背抹光。當面塗白色。面徑17.6厘米，邊沿寬0.9厘米。淳化縣文化館藏。

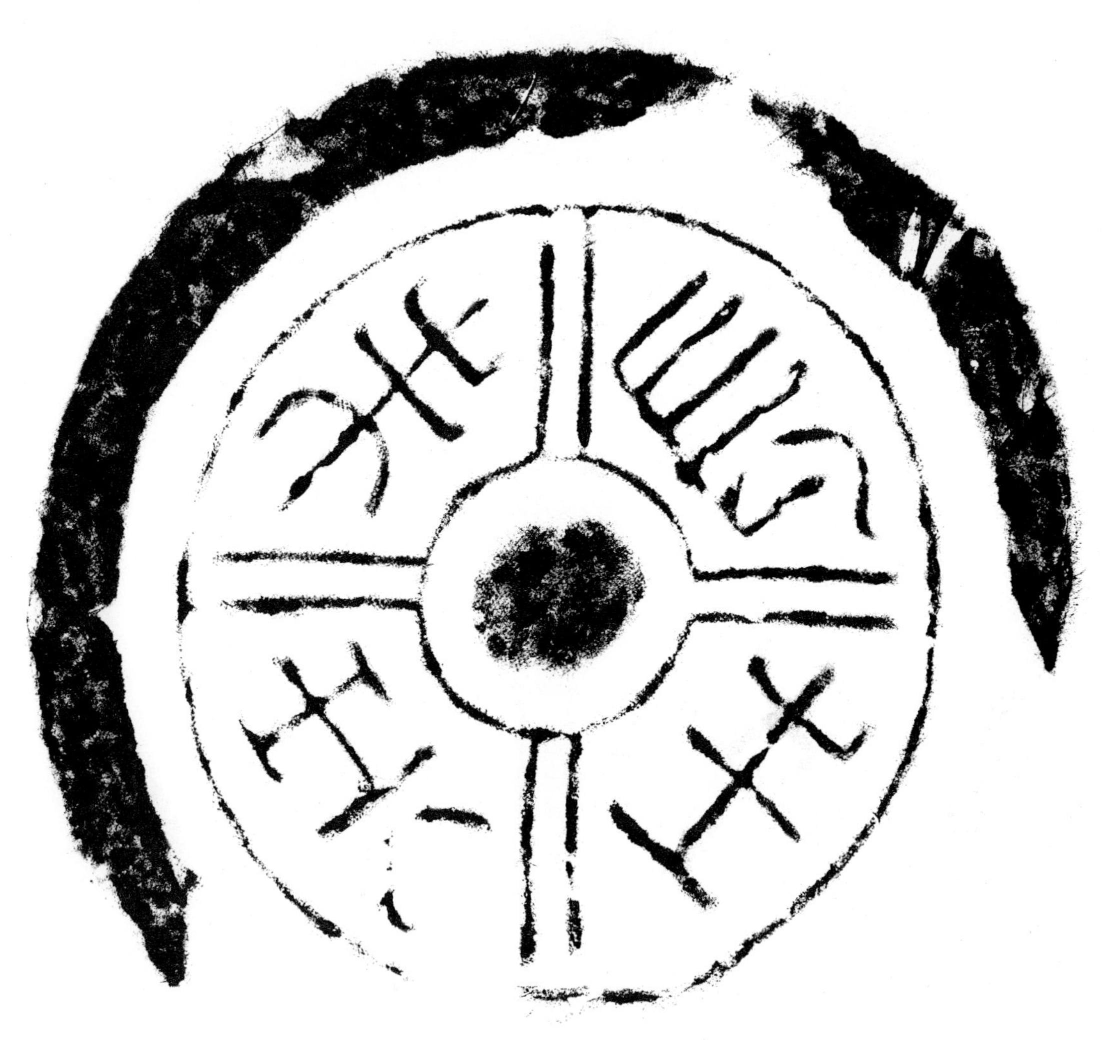

圖九五　長生未央瓦當　西漢中後期

一九八〇年五月漢甘泉宮遺址凉武帝村採集。陶色青灰，當背抹光。面徑16.7厘米，邊沿寬1.2厘米。淳化縣文化館藏。

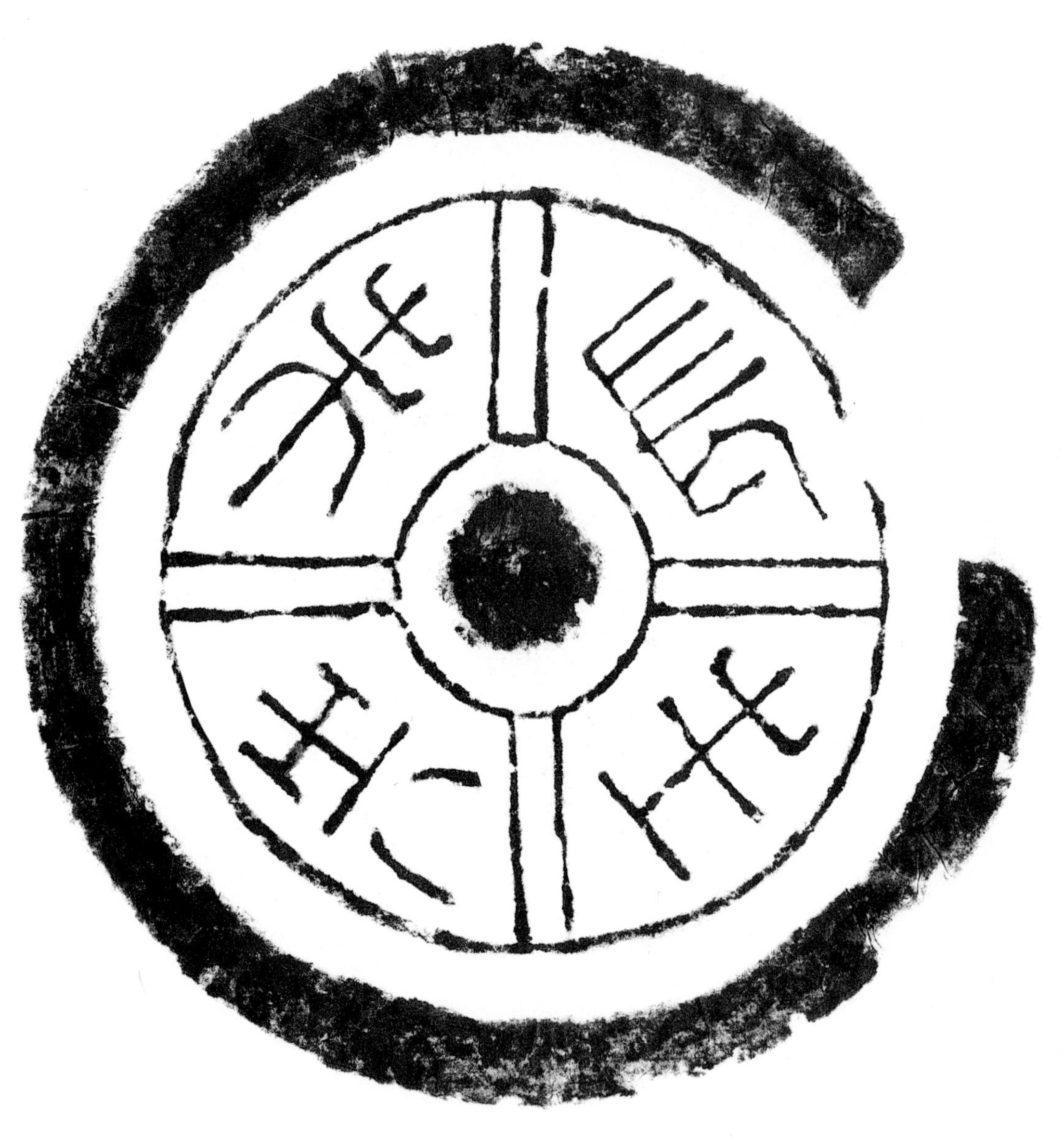

圖九六　長生未央瓦當　西漢中後期

一九八〇年漢甘泉宫遺址涼武帝村採集。陶色青灰，當背抹光。面徑 16.3 厘米，邊輪寬 1.2 厘米。淳化縣文化館藏。

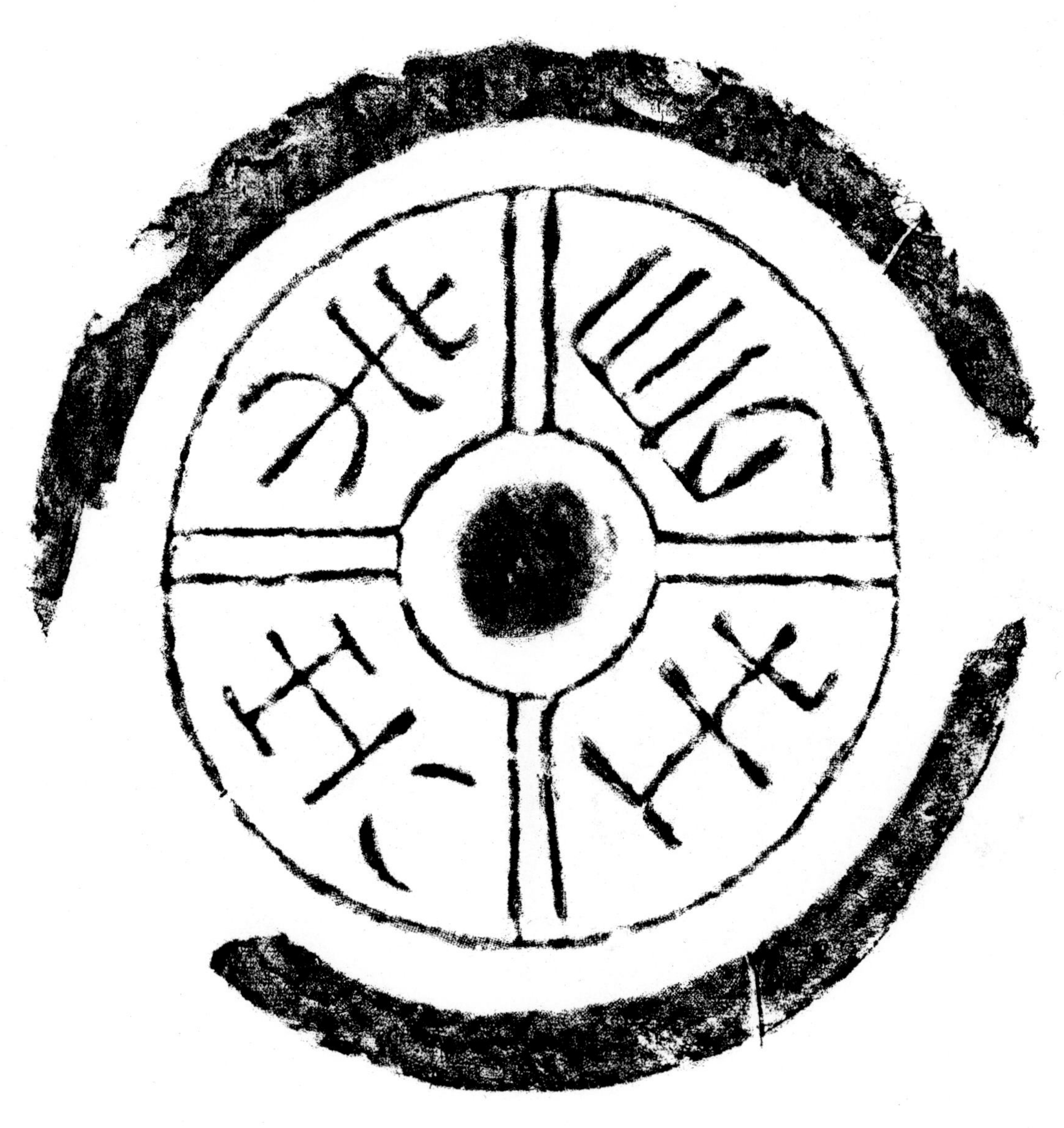

圖九七　長生未央瓦當　西漢中後期

一九八六年四月漢甘泉宫遺址董家村採集。陶色青灰，瓦筒外竪細繩紋，當背抹光，當面塗白色。面徑16.5厘米，邊沿寬1.2厘米。淳化縣文化館藏。

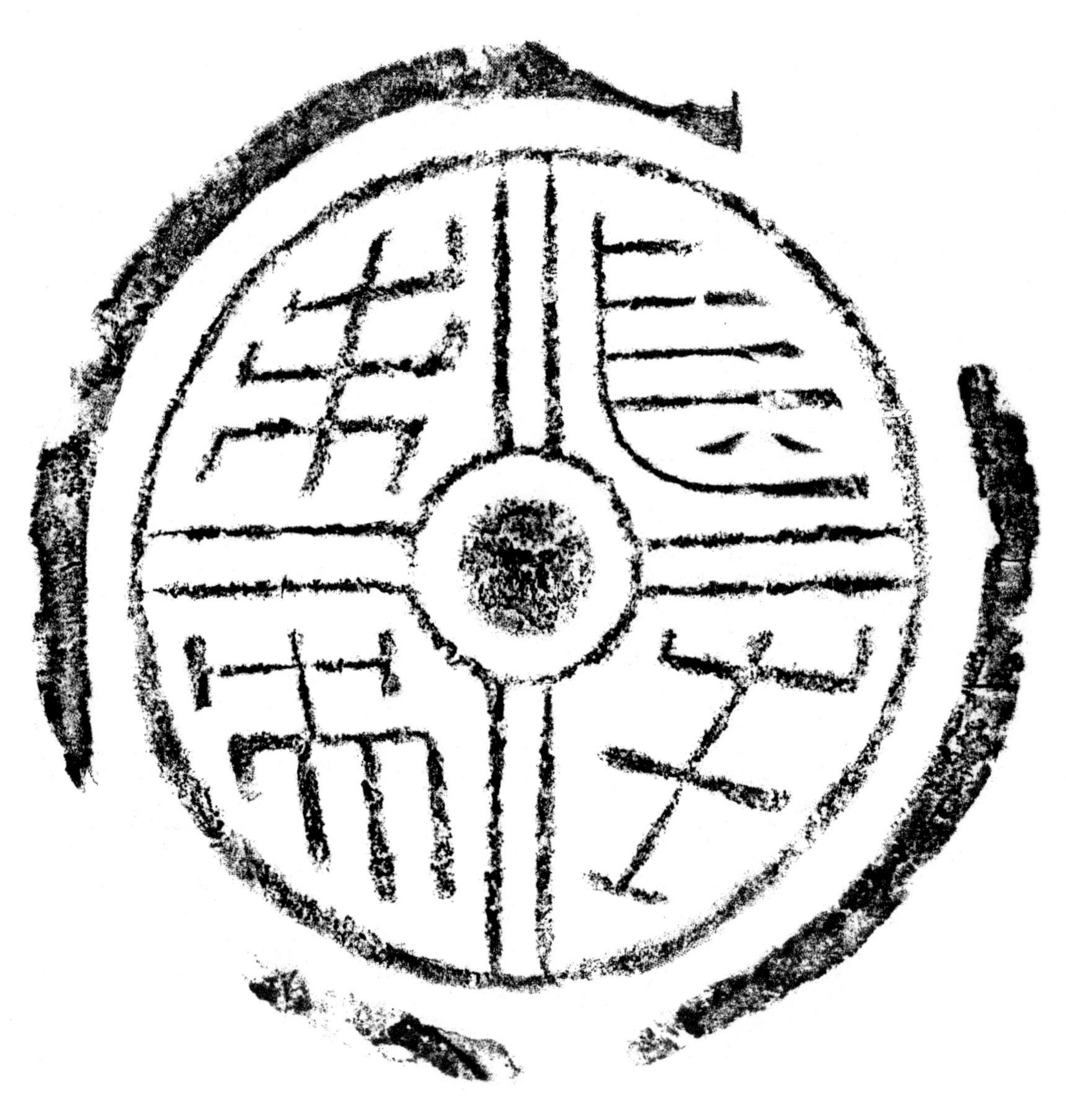

圖九八　長生未央瓦當　西漢中後期

一九七九年十一月漢甘泉宫遺址董家村採集。陶色青灰，瓦筒里布紋，當背抹光。面徑17.5厘米，邊沿寬1.1厘米。淳化縣文化館藏。

圖九九　長生未央瓦當　西漢中後期

一九八七年漢甘泉宫遺址凉武帝村採集。陶色淺灰，瓦筒外素面，里布紋。當背抹光。面徑17.7厘米，邊沿寬1.2厘米。淳化縣文化館藏。

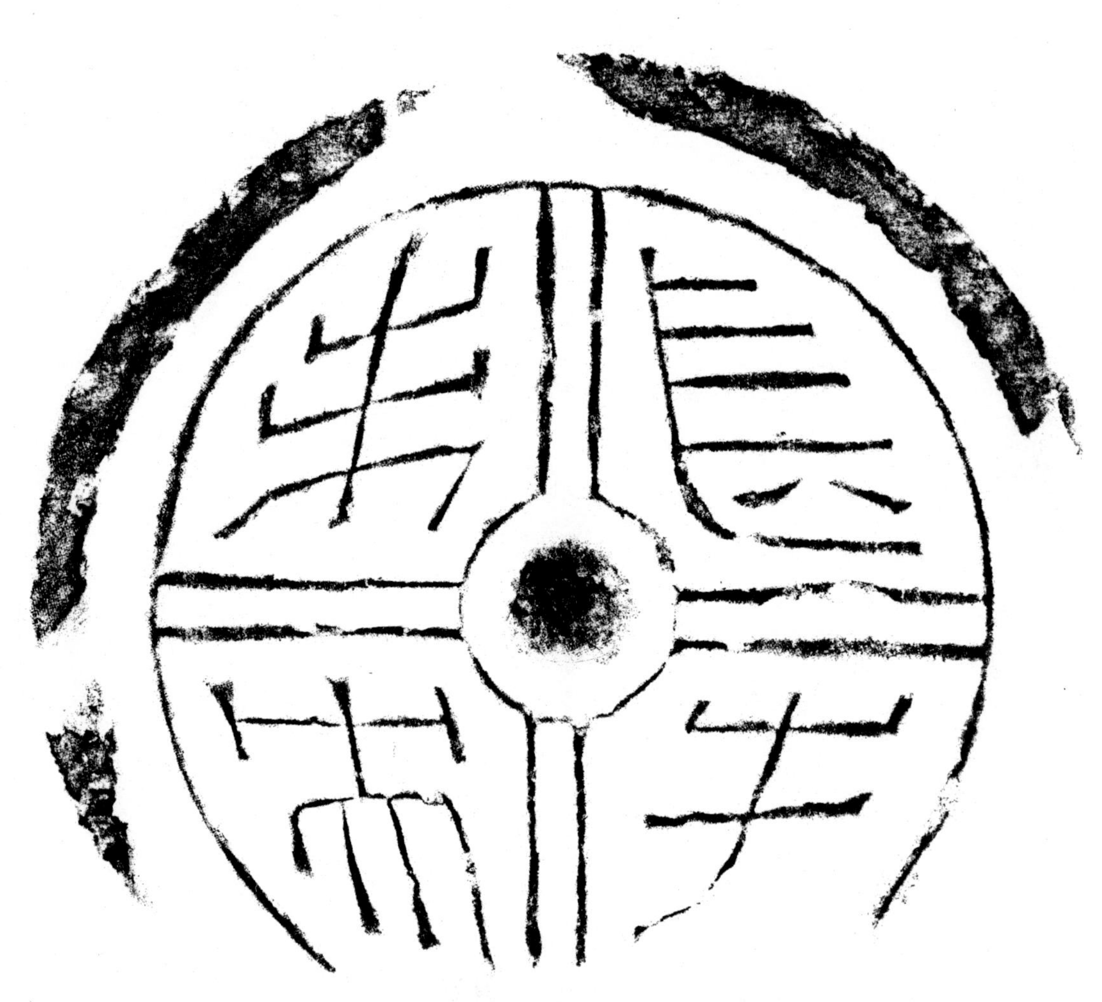

圖一〇〇　長生未央瓦當　西漢中後期

一九八六年四月漢甘泉宮遺址董家村採集。陶色淺灰，瓦筒外斜細繩紋，布紋里。當背抹光。面徑 17.3 厘米，邊沿寬 1 厘米。淳化縣文化館藏。

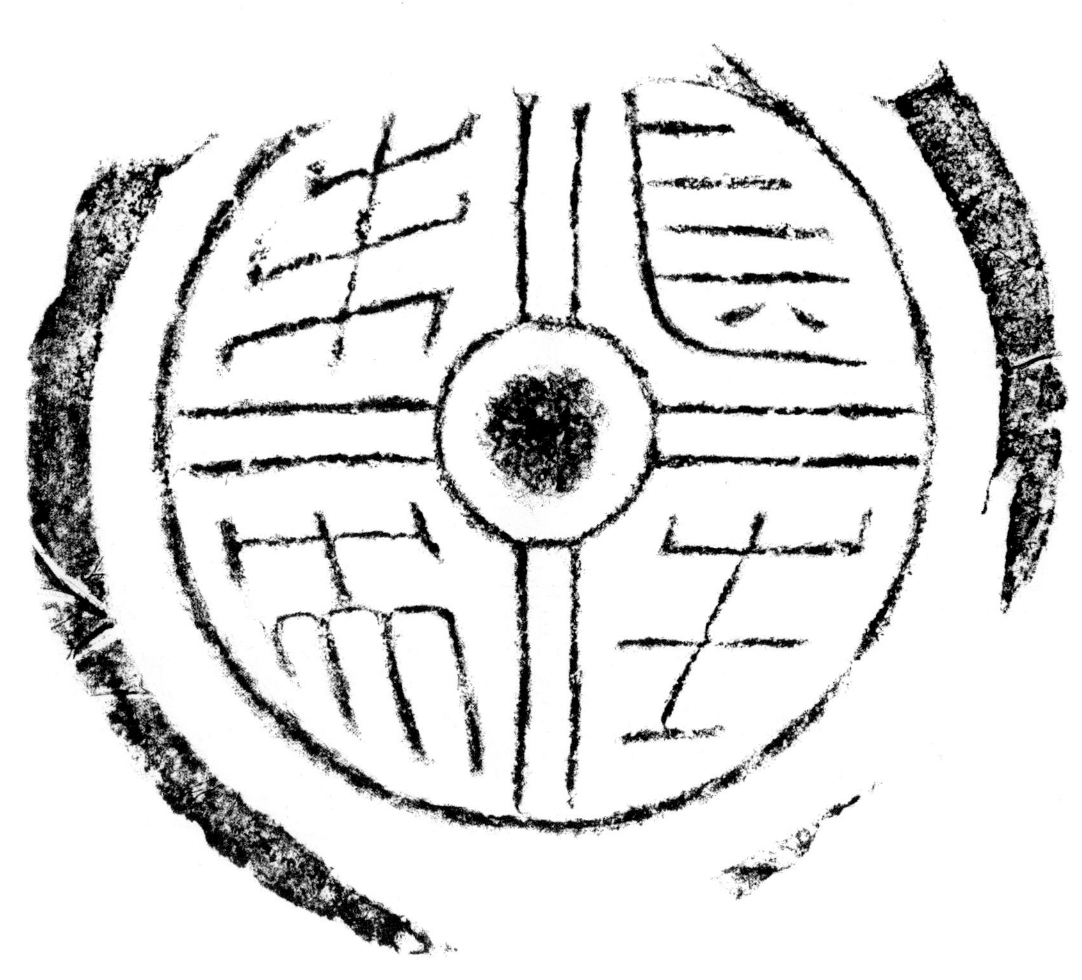

圖一〇一　長生未央瓦當　西漢中後期

一九七九年十一月漢甘泉宫遺址涼武帝村採集。陶色淺灰，瓦筒包裹當心，當背抹光，顯有繩紋。面徑18厘米，邊沿寬1厘米。淳化縣文化館藏。

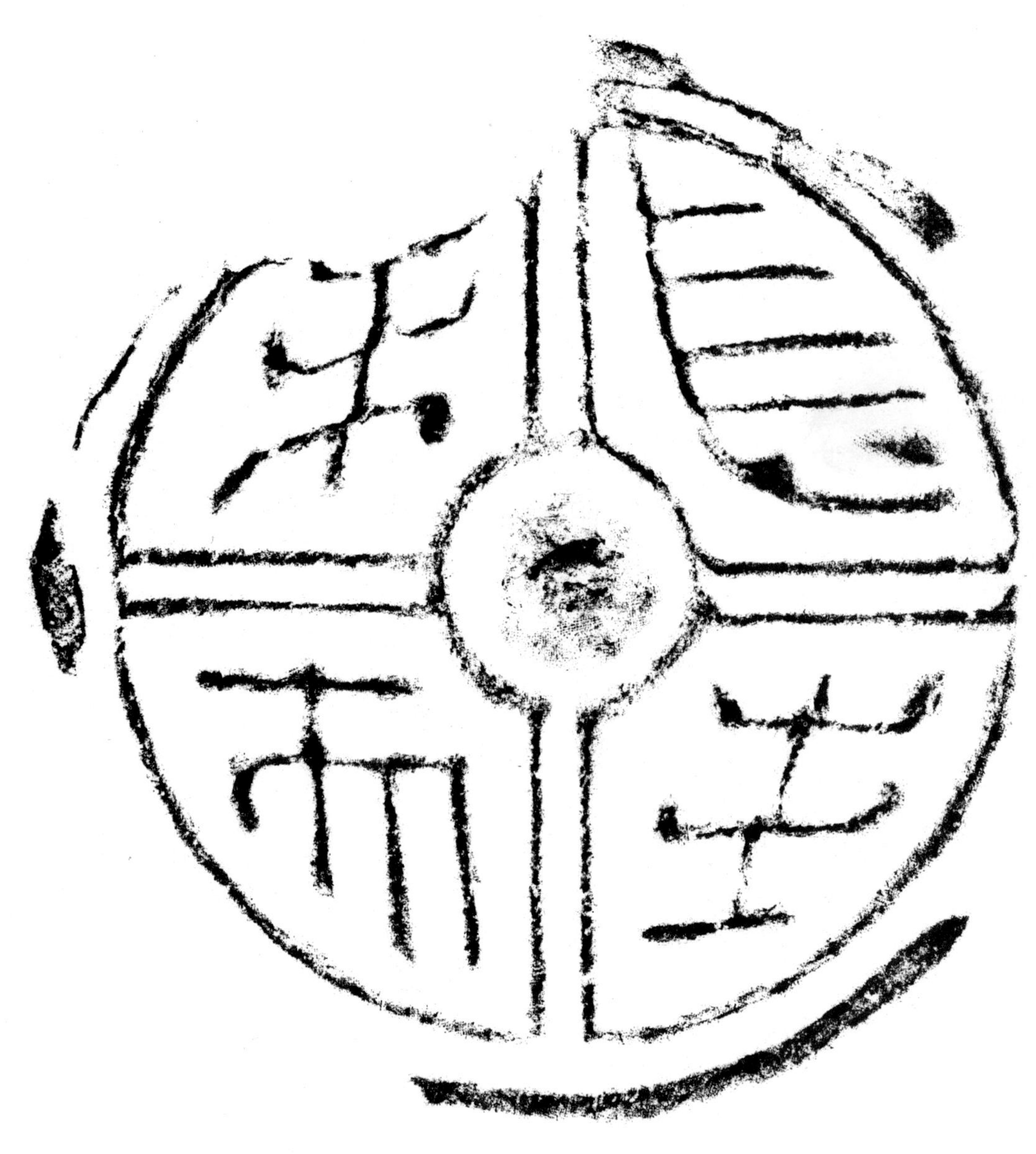

圖一〇二　長生未央瓦當　西漢中後期

一九七九年漢甘泉宫遺址凉武帝村採集。陶色淺灰，瓦筒里布紋，當面塗白色，當背抹光。面徑 15.8 厘米，邊沿寬 0.6 厘米。淳化縣文化館藏。

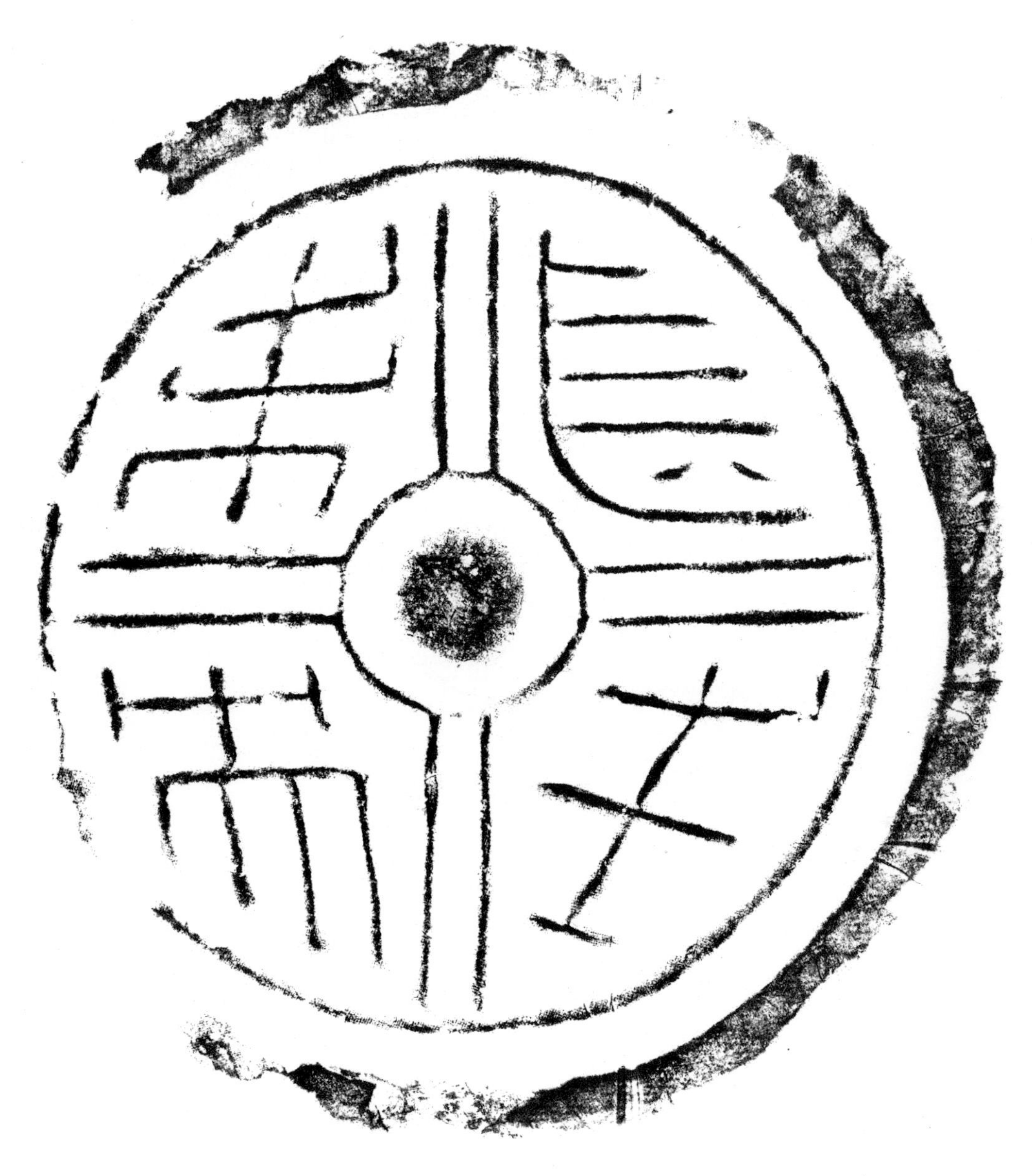

圖一〇三　長生未央瓦當　西漢中後期

一九八五年三月漢甘泉宫遺址董家村採集。陶色淺灰，瓦筒里布紋，當面塗白色，當背抹光。面徑17.4厘米，邊沿寬0.9厘米。淳化縣文化館藏。

圖一〇四　長生未央瓦當　西漢中後期

一九七三年四月漢甘泉宮遺址凉武帝村採集。陶色淺灰，瓦筒里布紋，當背抹光。面徑17厘米，邊沿寬1厘米。淳化縣文化館藏。

圖一〇五　長生未央瓦當　西漢中後期

一九八一年五月漢甘泉宫遺址凉武帝村採集。陶色淺灰，瓦筒里布紋，當背抹光。面徑20厘米，邊沿寬1.7厘米。淳化縣文化館藏。

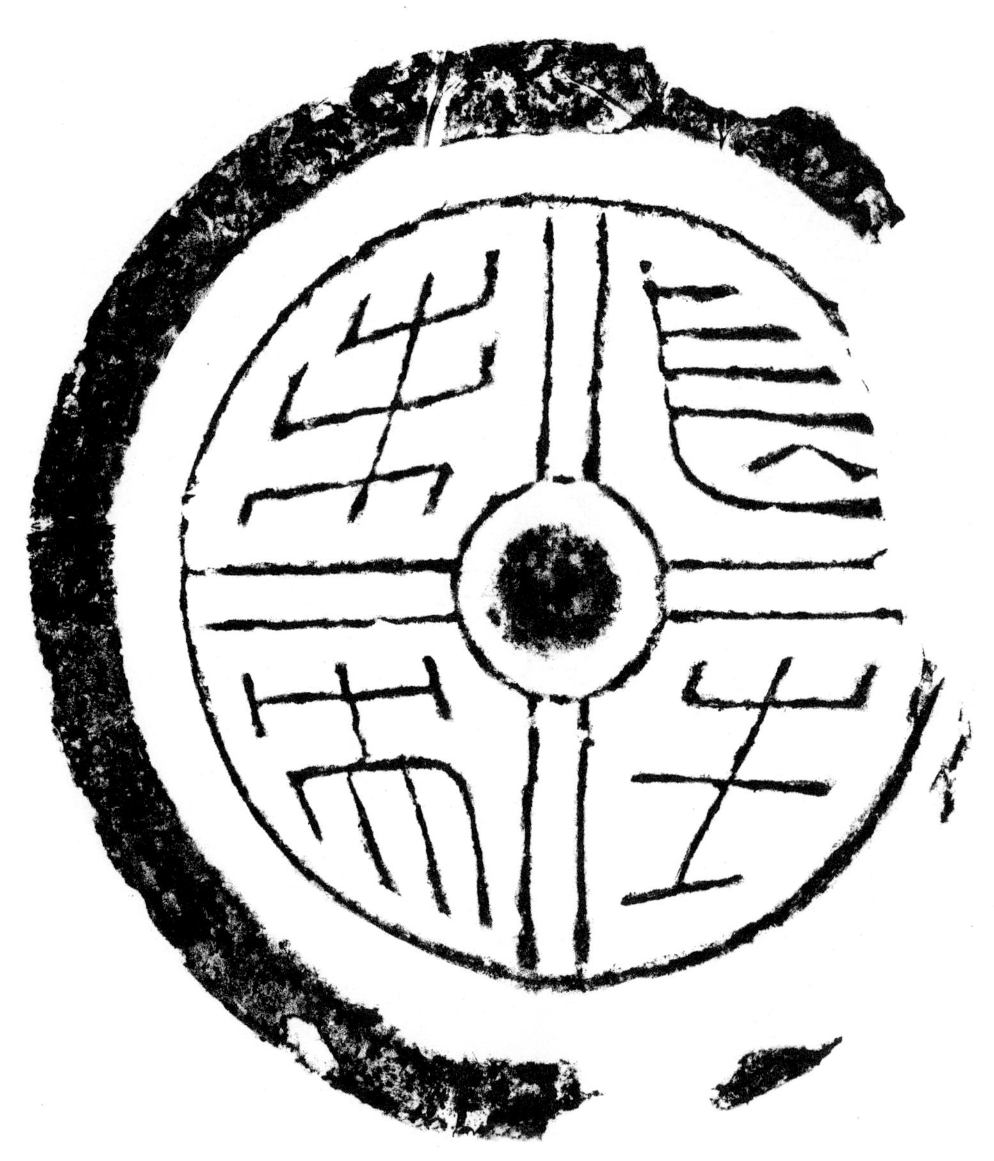

圖一〇六　長生未央瓦當　西漢中後期

一九八二年四月漢甘泉宫遺址凉武帝村採集。陶色淺灰，瓦筒外斜細繩紋，筒内布紋。當背抹光，背沿有繩勒痕蹟。面徑19.8厘米，邊沿寬1.5厘米。淳化縣文化館藏。

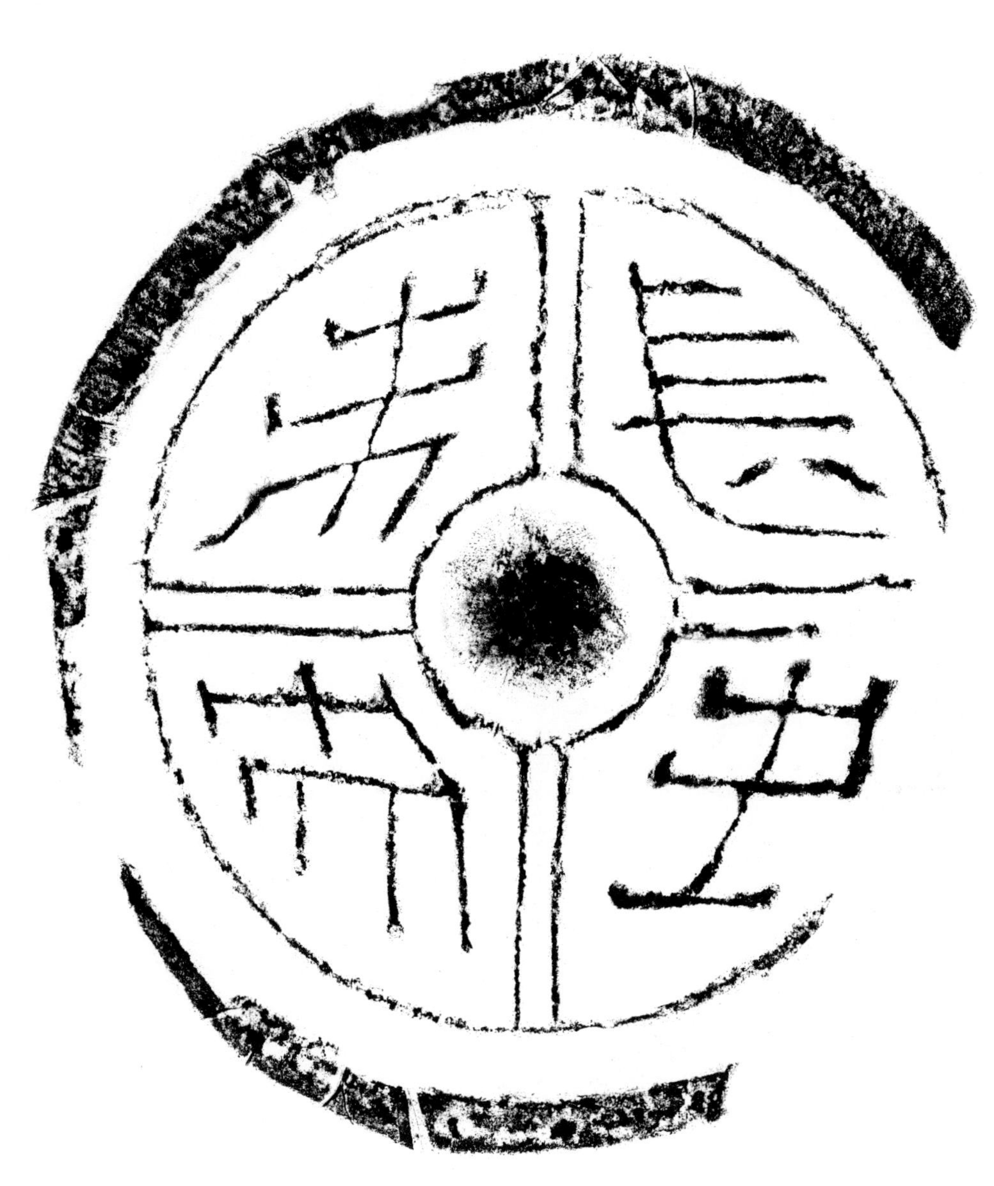

圖一〇七　長生未央瓦當　西漢中後期

一九九二年八月漢甘泉宮遺址凉武帝村採集。陶色青灰，瓦筒外竪細繩紋，筒里布紋。挨當筒外有小凸點，當背抹光。面徑 15.8 厘米，邊沿寬 0.9 厘米。淳化縣文化館藏。

圖一〇八　長生未央瓦當　西漢中後期

漢甘泉宫遺址凉武帝村採集。陶色淺灰，瓦筒里布紋，當背抹光。面徑18厘米，邊沿寬1.7厘米。淳化縣文化館藏。

圖一〇九　長生未央瓦當　西漢中後期

一九七九年五月漢甘泉宮遺址凉武帝村採集。陶色青灰，當背抹光。面徑16.1厘米，邊沿寬1.2厘米。淳化縣文化館藏。

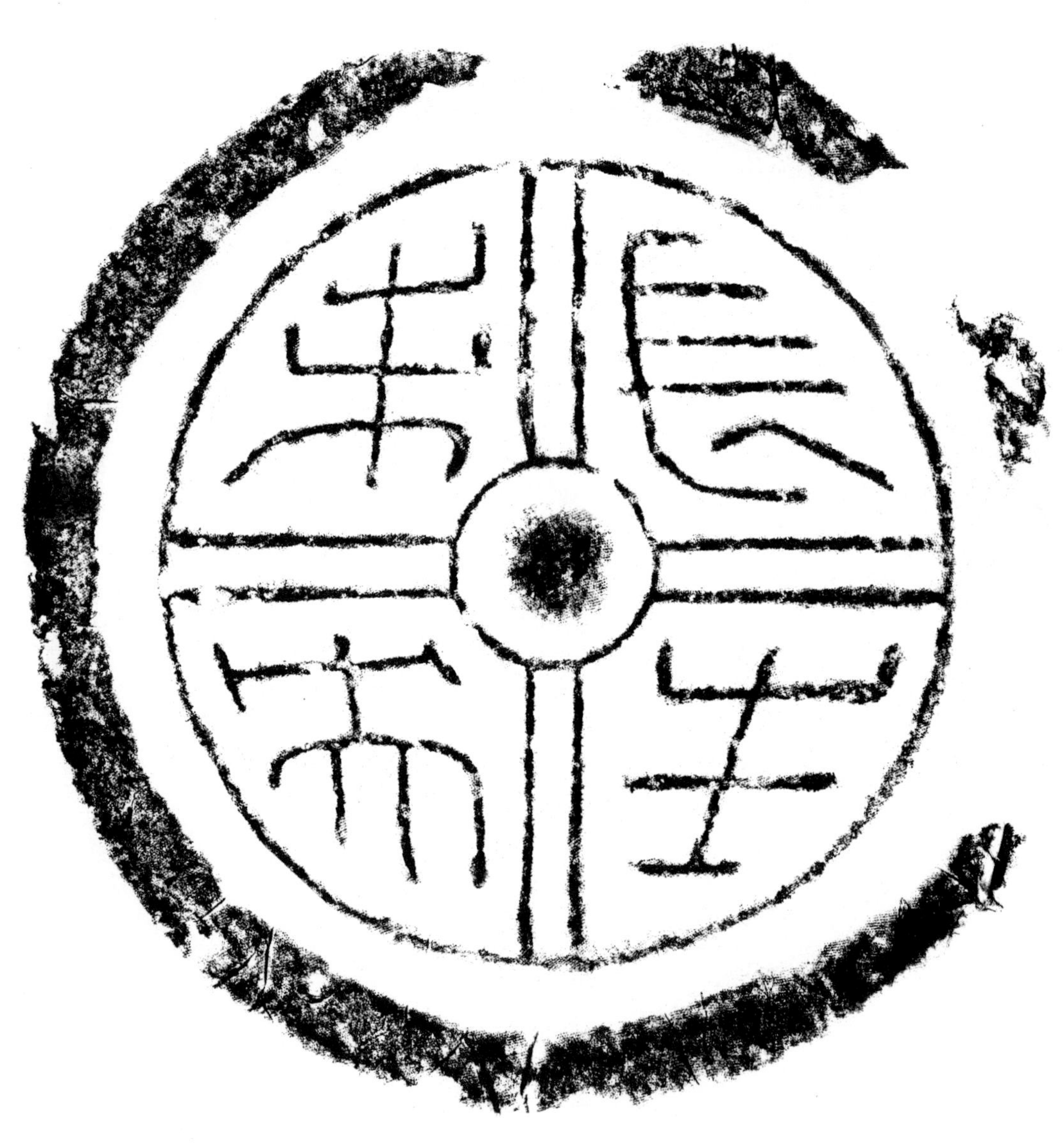

圖一一〇　長生未央瓦當　西漢中後期

一九七九年五月漢甘泉宫遺址凉武帝村採集。陶色淺灰，當背抹光，上有繩紋痕。面徑15.6厘米，邊沿寬1.1厘米。淳化縣文化館藏。

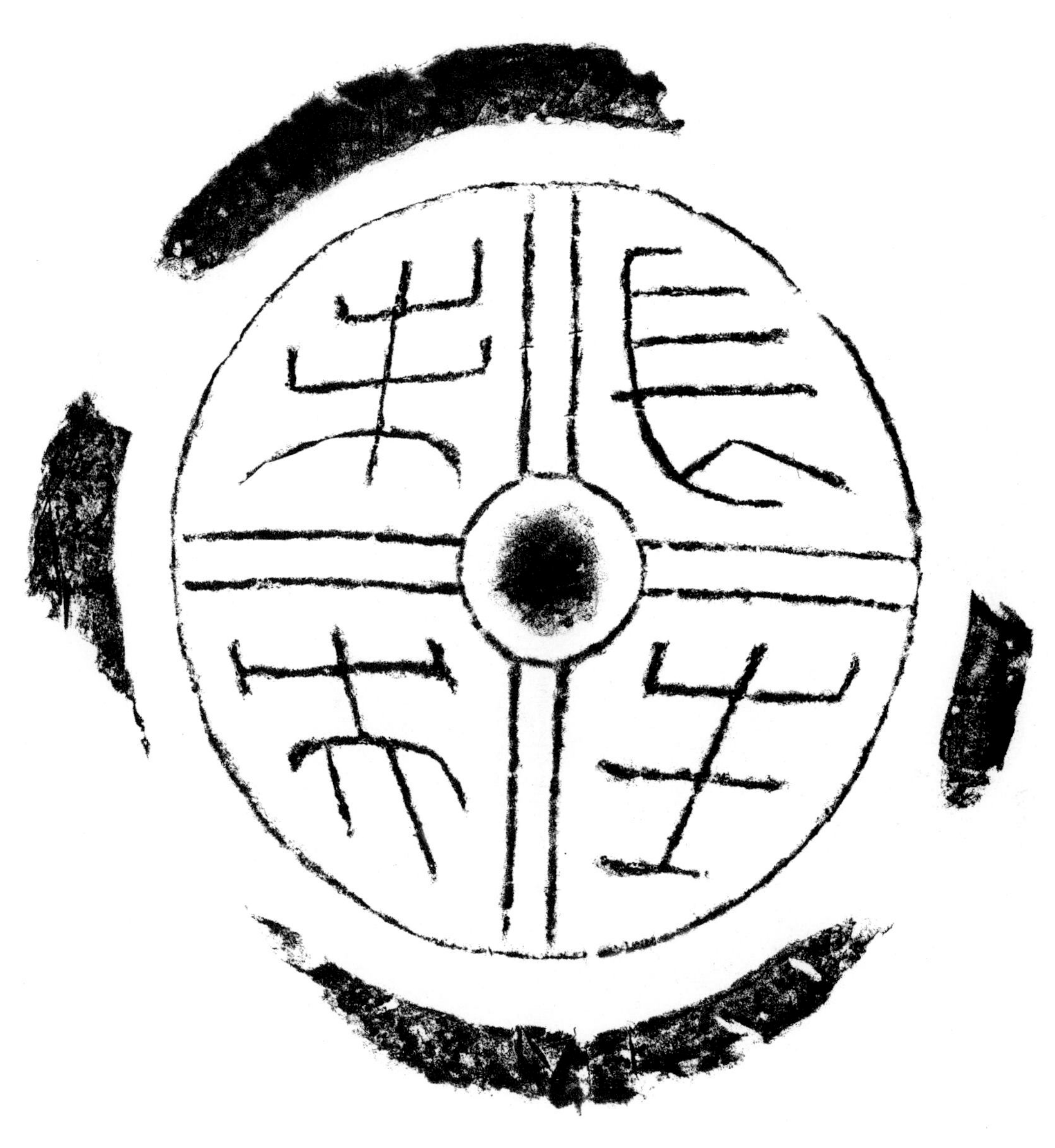

圖一一一　長生未央瓦當　西漢中後期

一九八〇年十一月漢甘泉宫遺址凉武帝村採集。陶色淺灰，當背抹光。面徑 16.2 厘米，邊沿寬 1.2 厘米。淳化縣文化館藏。

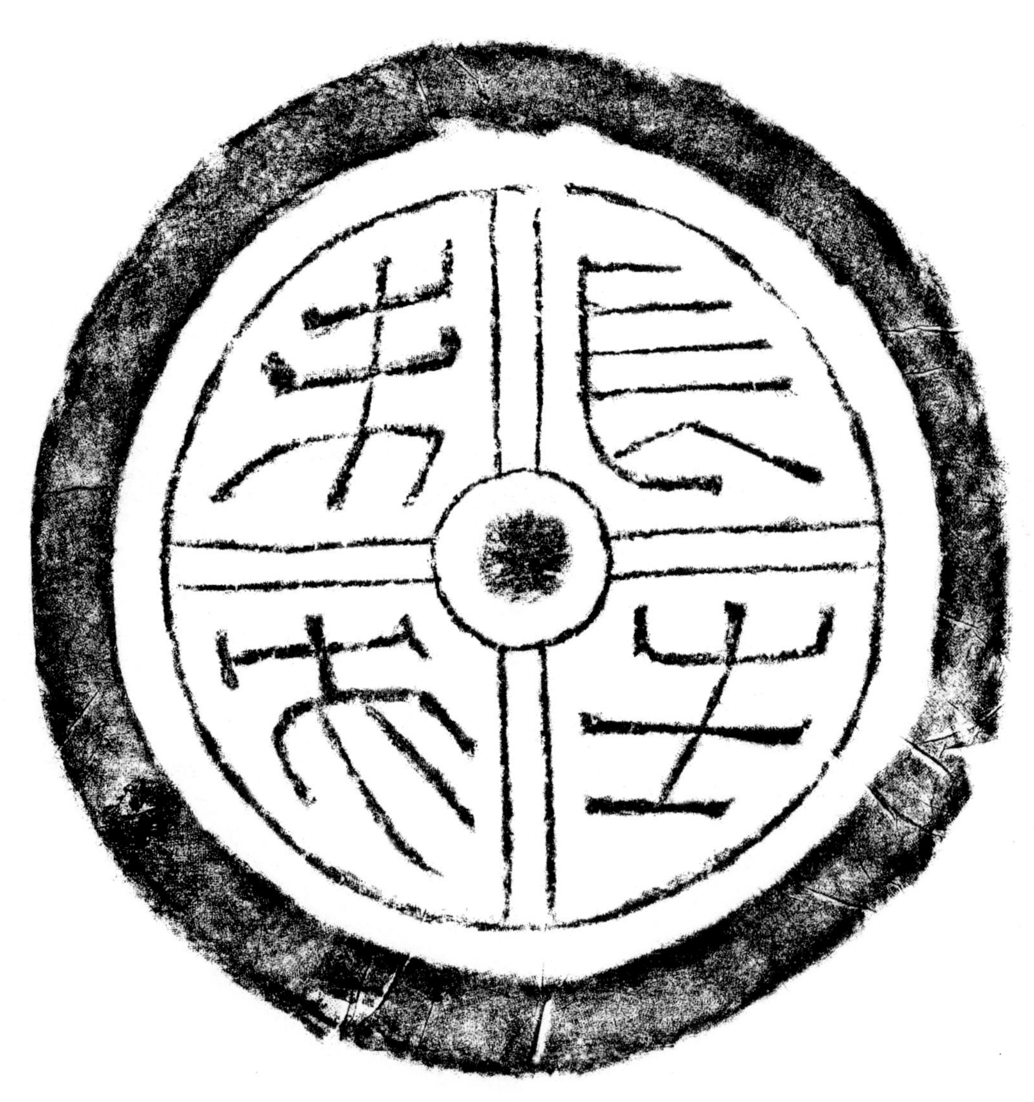

圖一一二　長生未央瓦當　西漢中後期

一九八三年十一月漢甘泉宫遺址凉武帝村採集。陶色黑灰，瓦筒外竪繩紋，筒里布紋，當背抹光。面徑17.8厘米，邊沿寬1.7厘米。淳化縣文化館藏。

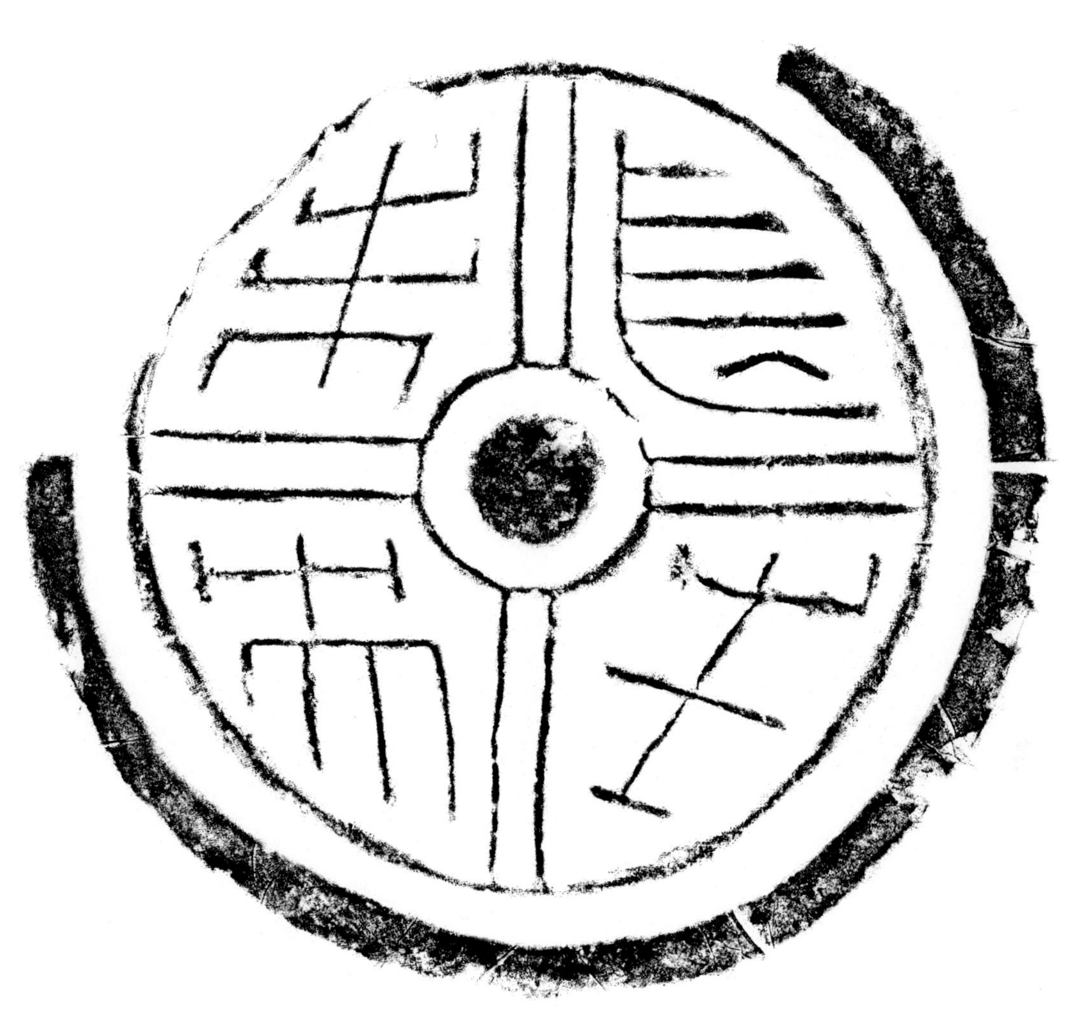

圖一一三　長生未央瓦當　西漢中後期

一九八〇年漢甘泉宫遺址凉武帝村採集。陶色青灰，瓦筒外竪細繩紋，筒里布紋。瓦筒包裹當心，當背抹光。面徑 17.5 厘米，邊沿寬 1 厘米。淳化縣文化館藏。

圖一一四　長生未央瓦當　西漢中後期

一九八六年四月漢甘泉宫遺址董家村採集。陶色淺灰，瓦筒里布紋，當背抹光。面徑18厘米，邊沿寬1.6厘米。淳化縣文化館藏。

圖一一五　長生未央瓦當　西漢中後期

一九八四年十月漢甘泉宫遺址董家村採集。陶色淺灰，瓦筒里布紋，當背抹光。面徑 17.8 厘米，邊沿寬 1.3 厘米。淳化縣文化館藏。

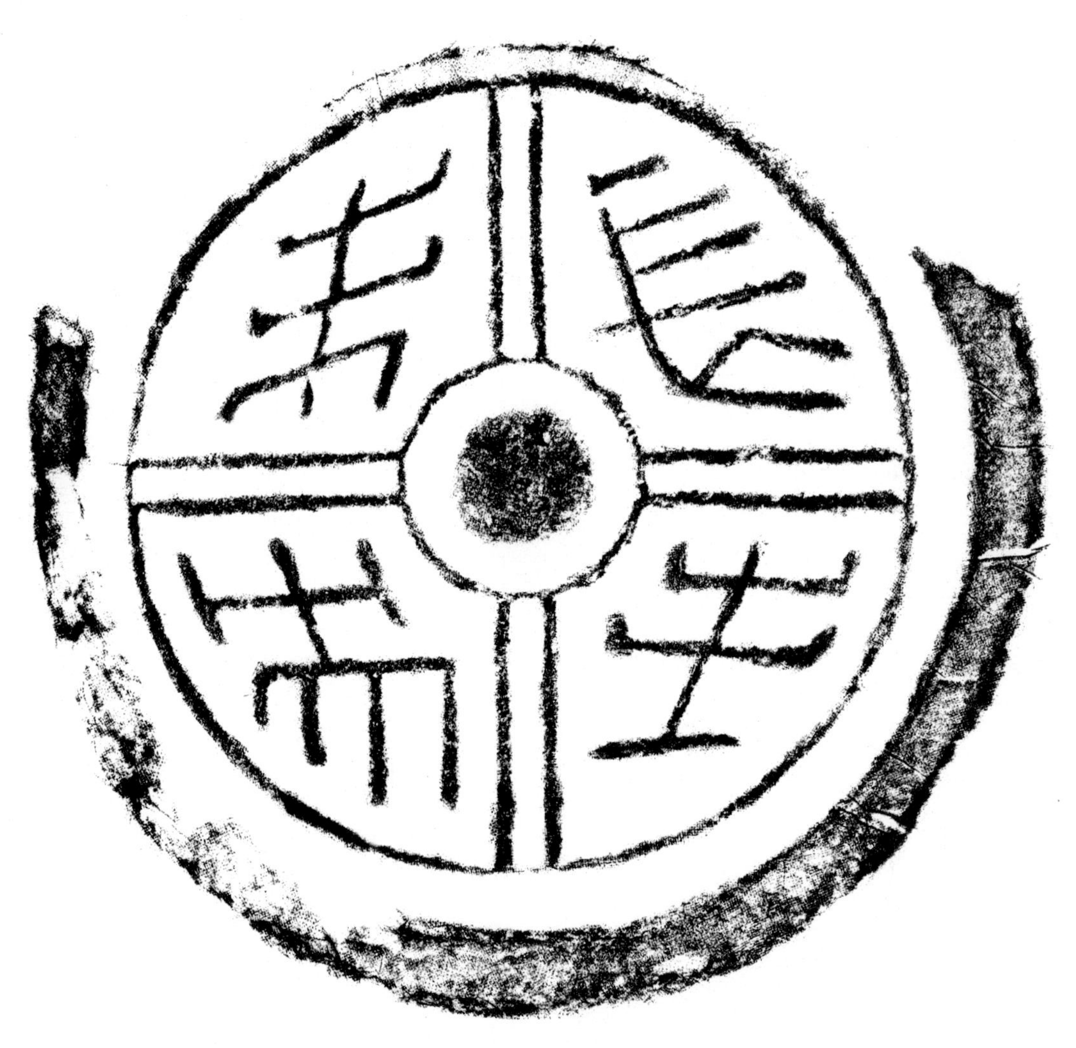

圖一一六　長生未央瓦當　西漢中後期

漢甘泉宫遺址凉武帝村採集。陶色青灰，瓦筒里布紋，瓦筒包裹當心，當背抹光。面徑 16.5 厘米，邊沿寬 1.1 厘米。淳化縣文化館藏。

圖一一七　長生未央瓦當　西漢中後期

漢甘泉宫遺址凉武帝村採集。瓦筒接当沿後，陶色青灰。筒外竪細繩紋，當背抹光。面徑 14.6 厘米，邊沿寬 1 厘米。

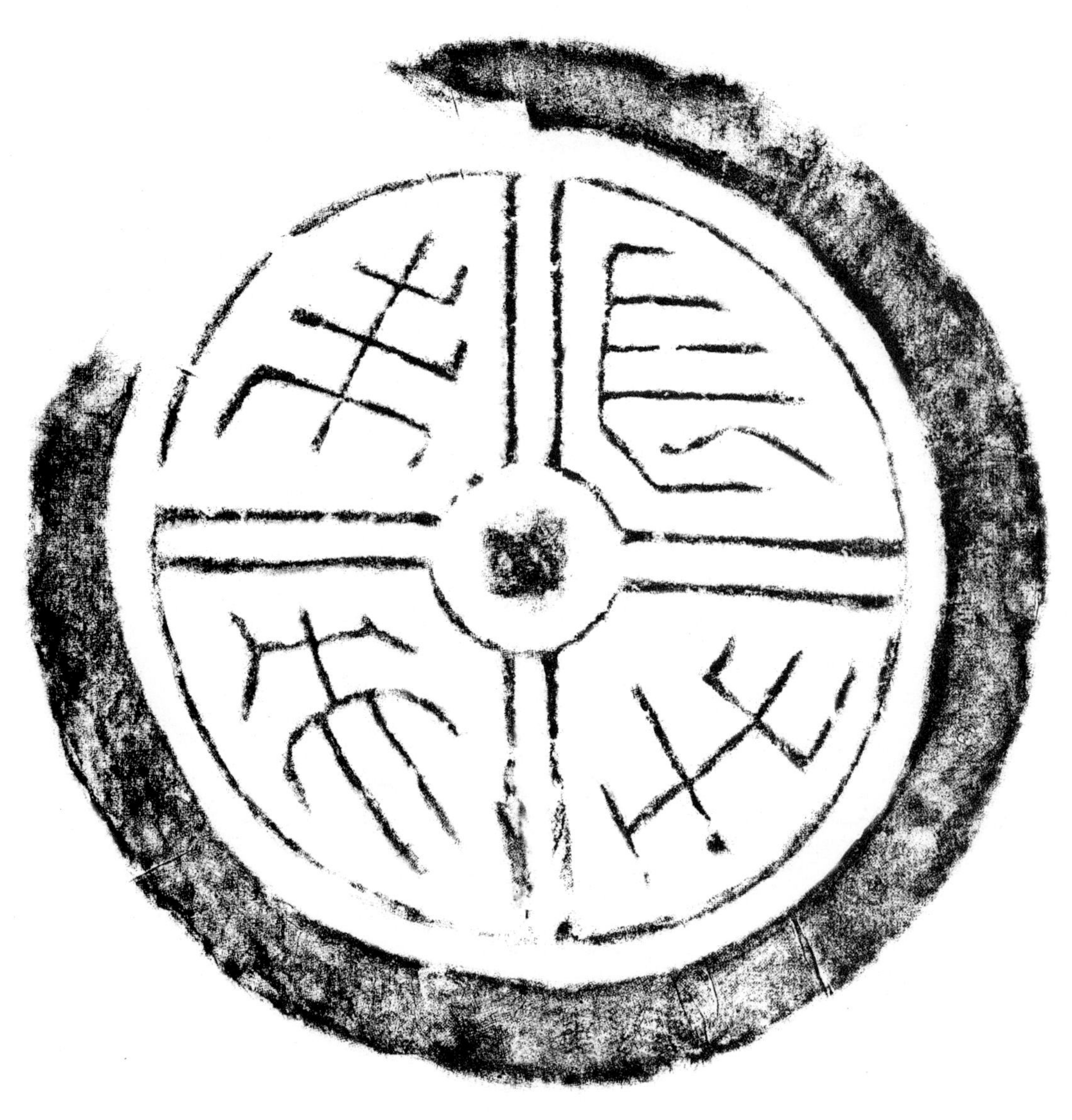

圖一一八　長生未央瓦當　西漢中後期

一九八五年三月漢甘泉宫遺址凉武帝村採集。陶色淺灰，瓦筒里布紋，瓦筒包裹當心。面徑18.5厘米，邊沿寬1.8厘米。淳化縣文化館藏。

圖一一九　長生未央瓦當　西漢中後期

一九八四年十月漢甘泉宮遺址京武帝村採集。陶色蔚藍，瓦筒外細繩紋。當背抹光。面徑 16.5 厘米，邊沿寬 1.3 厘米。

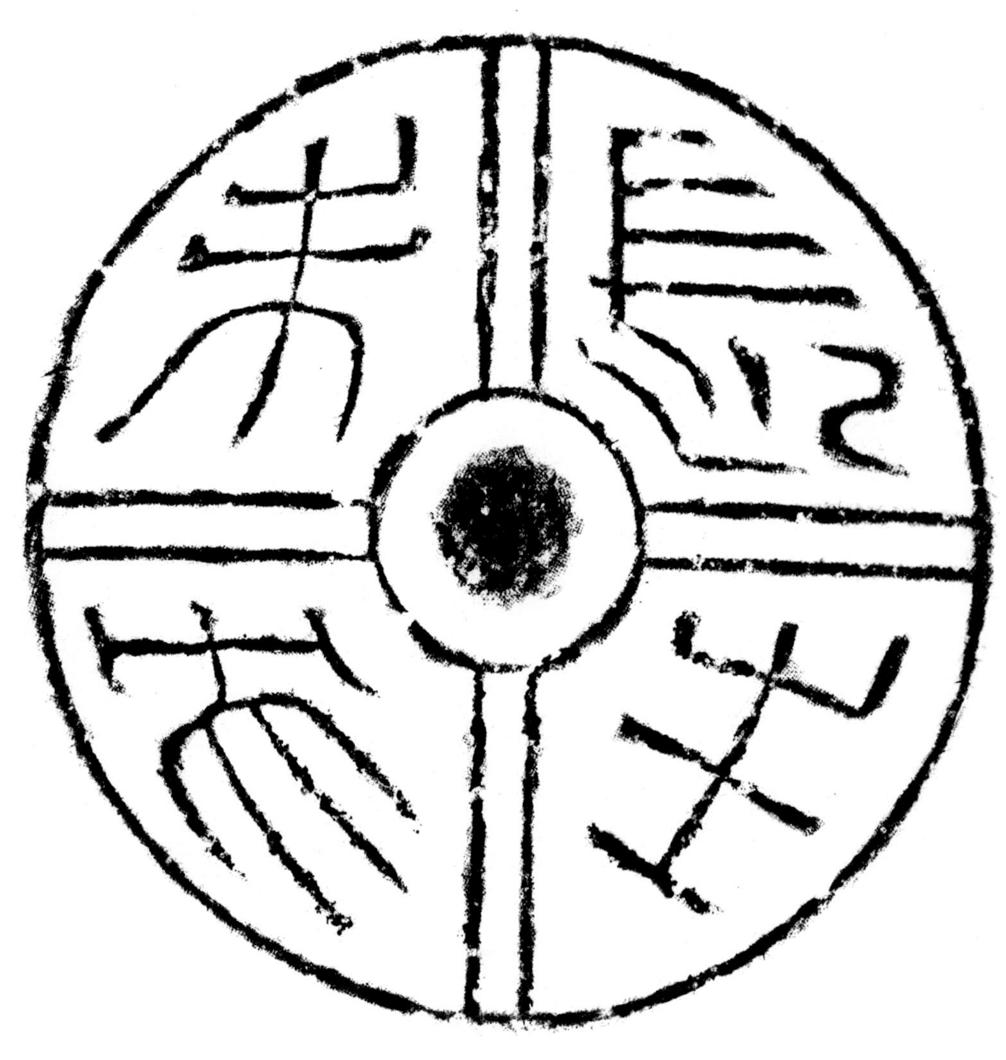

圖一二〇　長生未央瓦當　西漢中後期

一九八一年十月漢甘泉宮遺址凉武帝村採集。陶色青灰。包裹當心的瓦筒脱落，當背抹光，當面塗白色。當心徑 13.2 厘米，淳化縣文化館藏。

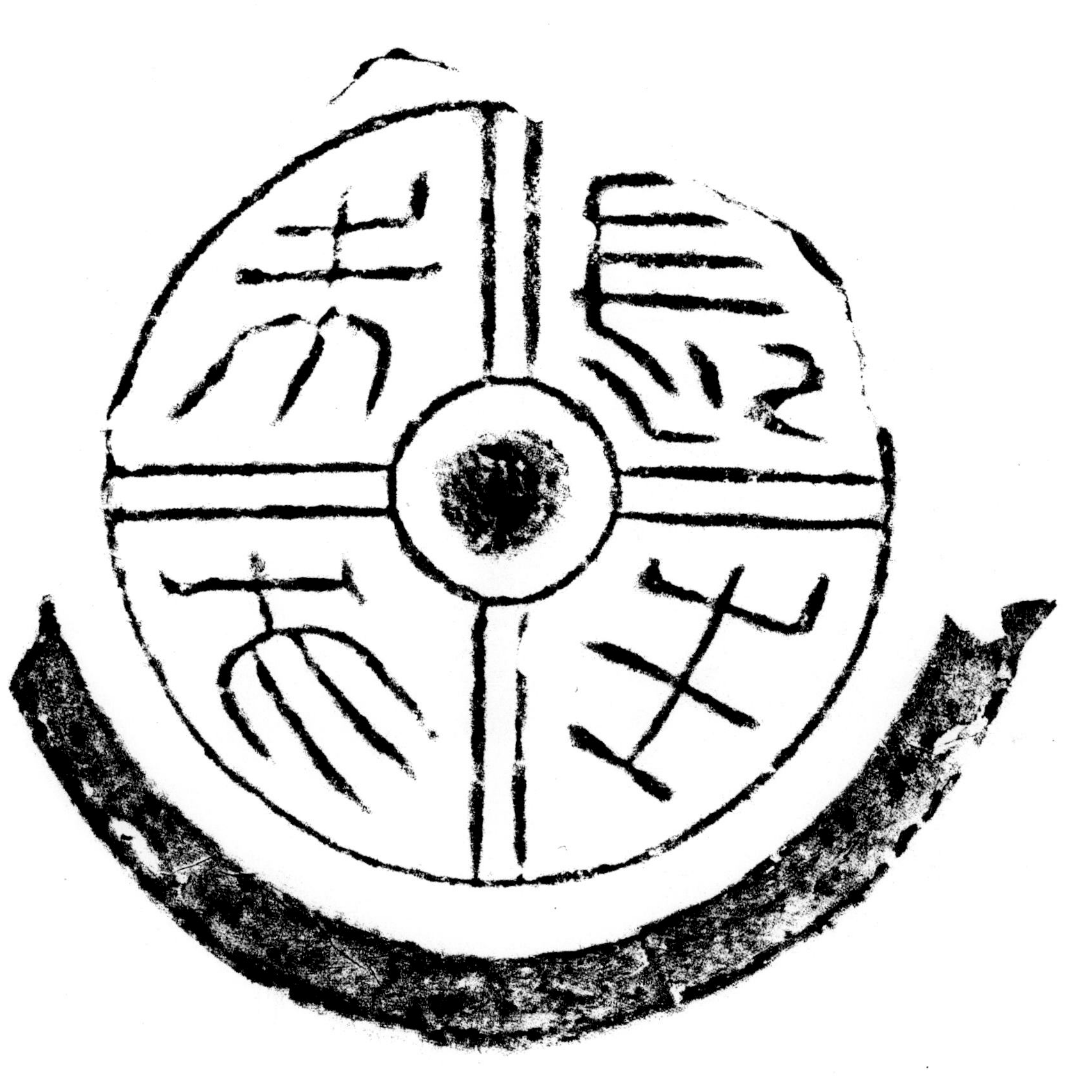

圖一二一　長生未央瓦當　西漢中後期

一九八七年五月漢甘泉宫遺址凉武帝村採集。陶色青灰，瓦筒内布紋。當背抹光。面徑約17.5厘米，邊沿寬1.4厘米。淳化縣文化館藏。

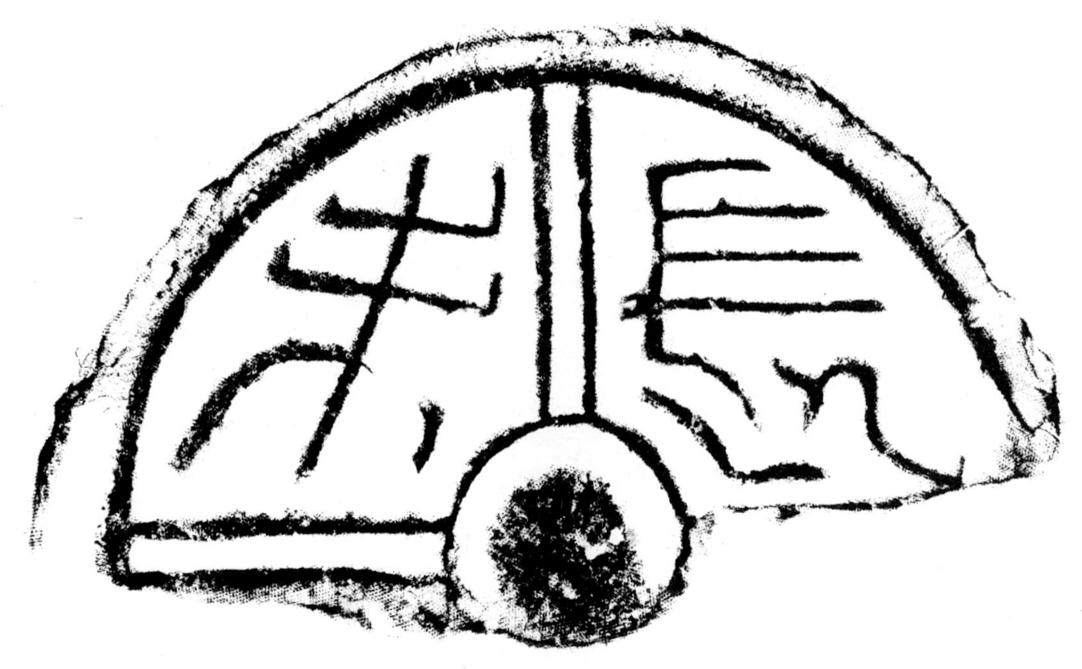

圖一二二　長□未□瓦當　西漢中後期

一九九一年四月漢甘泉宮遺址凉武帝村採集，陶色青灰，當背抹光。佚文應爲“生”“央”二字。殘徑 14 厘米，淳化縣文化館藏。

圖一二三　長生未央瓦當　西漢中後期

一九七八年漢甘泉宫遺址凉武帝村採集，陶色青灰，瓦筒里布紋。當背抹光。面徑 17 厘米，邊沿寬 1.1 厘米。淳化縣文化館藏。

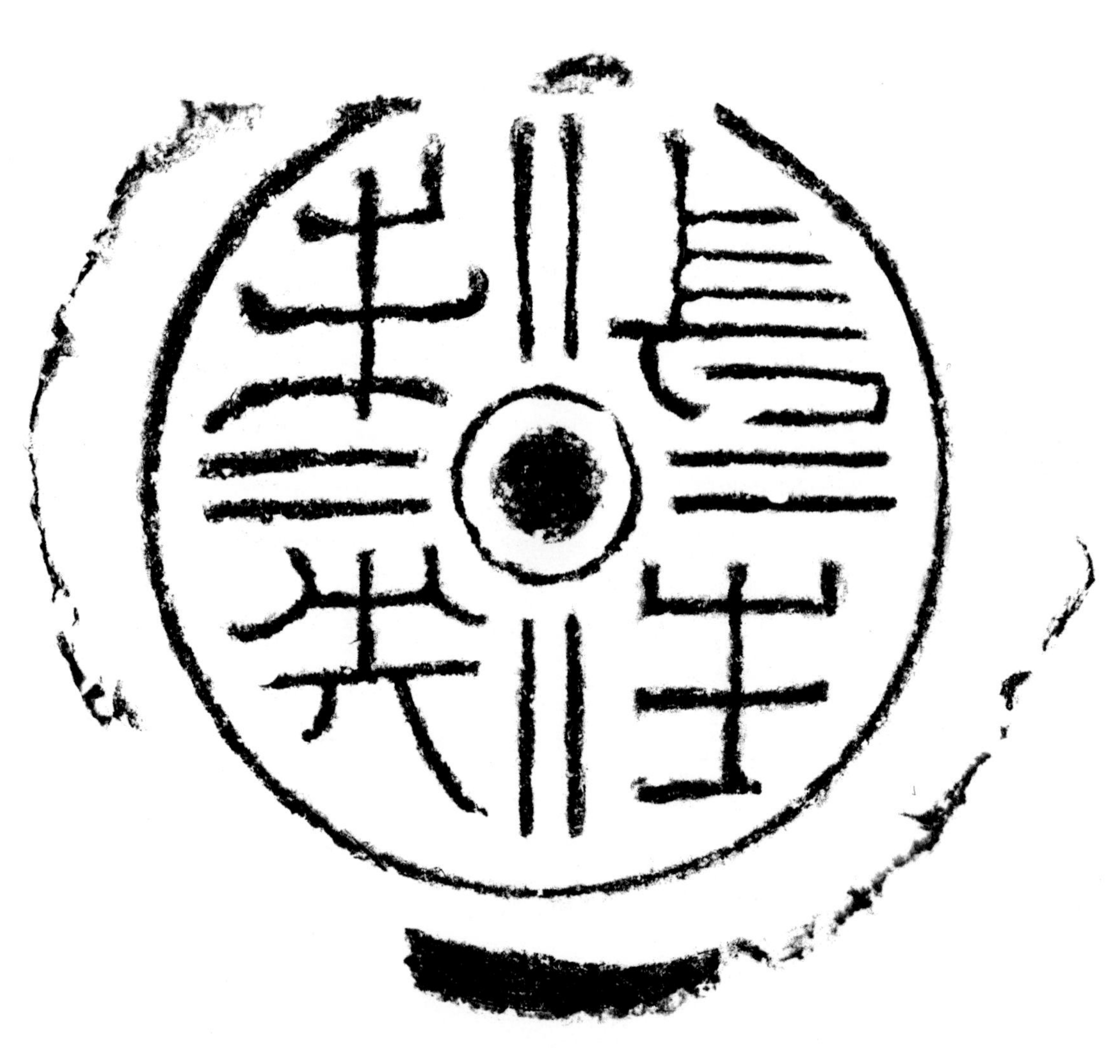

圖一二四　長生未央瓦當　西漢中後期

一九七九年四月漢甘泉宮遺址董家村採集，陶色青灰，瓦筒里布紋，當背抹光。面徑約 17.8 厘米，邊沿寬 1 厘米。淳化縣文化館藏。

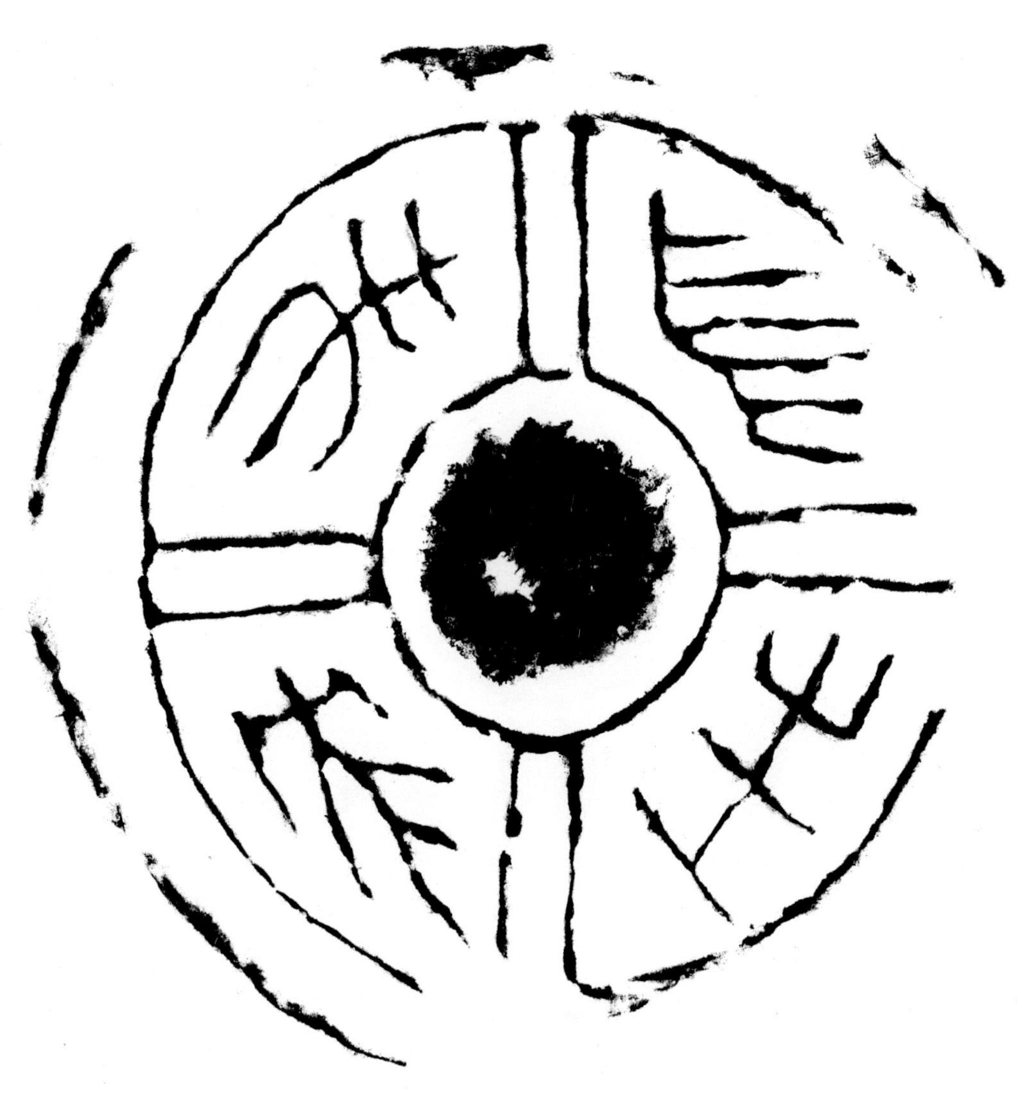

圖一二五　長生未央瓦當　西漢中後期

一九七九年十一月漢甘泉宫遺址凉武帝村採集。陶色淺灰，瓦筒里布紋，瓦筒接當沿後，當背抹光。面徑約15厘米，淳化縣文化館藏。

圖一二六　長生未央瓦當　西漢中後期

一九八〇年漢甘泉宫遺址董家村採集，陶色淺灰，瓦筒里布紋，當背抹光。面徑20厘米，邊沿寬1.3厘米。淳化縣文化館藏。

圖一二七　長生未央瓦當　西漢中後期

一九九二年十一月漢甘泉宫遺址凉武帝村採集，陶色淺灰，質鬆。瓦筒外斜細繩紋，筒里布紋。當背抹光。面徑17厘米，邊沿寬1.2厘米。

圖一二八　長□未央瓦當　西漢中後期

一九八九年四月漢甘泉宫遺址凉武帝村採集，陶色青灰，瓦筒里布紋，當背抹光。佚文應爲“生”字。面徑 16.4 厘米，邊沿寬 1.1 厘米。淳化縣文化館藏。

圖一二九　長生未央瓦當　西漢中後期

一九八九年四月漢甘泉宮遺址凉武帝村採集。陶色淺灰，瓦筒里布紋。瓦筒包裹當心，當背抹光。面徑 18.2 厘米，邊沿寬 1.6 厘米。淳化縣文化館藏。

圖一三〇　長□未央瓦當　西漢中後期

漢甘泉宫遺址凉武帝村採集。陶色淺灰，當背抹光。佚文應爲"生"字。面徑15.8厘米，邊沿寬1厘米，淳化縣文化館藏。

圖一三一　長生未央瓦當　西漢中後期

一九八四年十月漢甘泉宫遺址凉武帝村採集。陶色淺灰，瓦筒外細繩紋，筒里布紋。瓦筒接當沿後，當背抹光。面徑16.4厘米，邊沿寬1厘米。

圖一三二　長生未央瓦當　西漢中後期

漢甘泉宫遺址凉武帝村採集。陶色青灰，瓦筒外竪細繩紋，筒里布紋。瓦筒接當沿後，當背抹光。面徑 17.6 厘米，邊沿寬 1.3 ~ 2 厘米。淳化縣文化館藏。

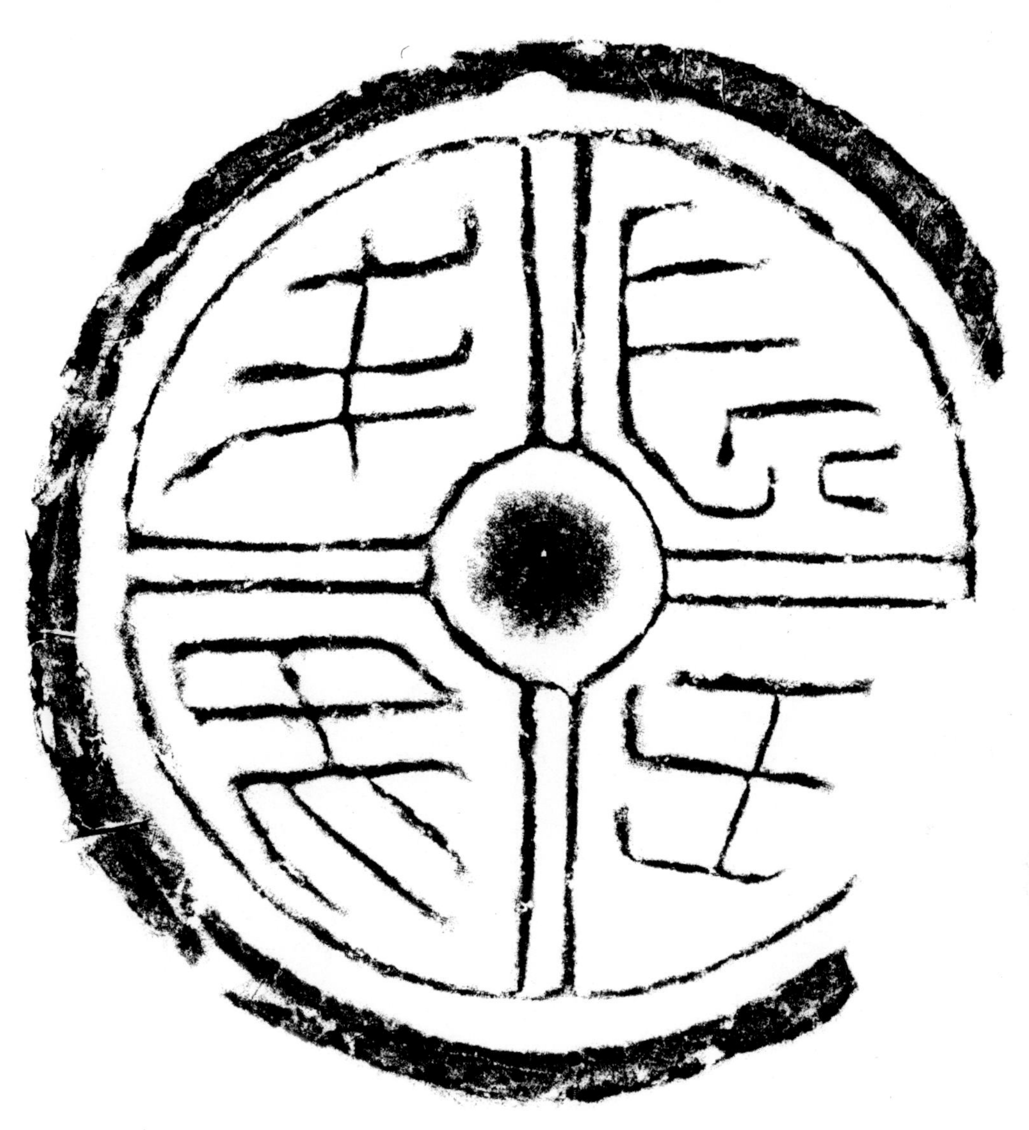

圖一三三　長生未央瓦當　西漢中後期

漢甘泉宫遺址涼武帝村採集。陶色青灰，瓦筒外竪細繩紋，筒內布紋。當背抹光。面徑 17.3 厘米，邊沿寬 0.9 厘米。淳化縣文化館藏。

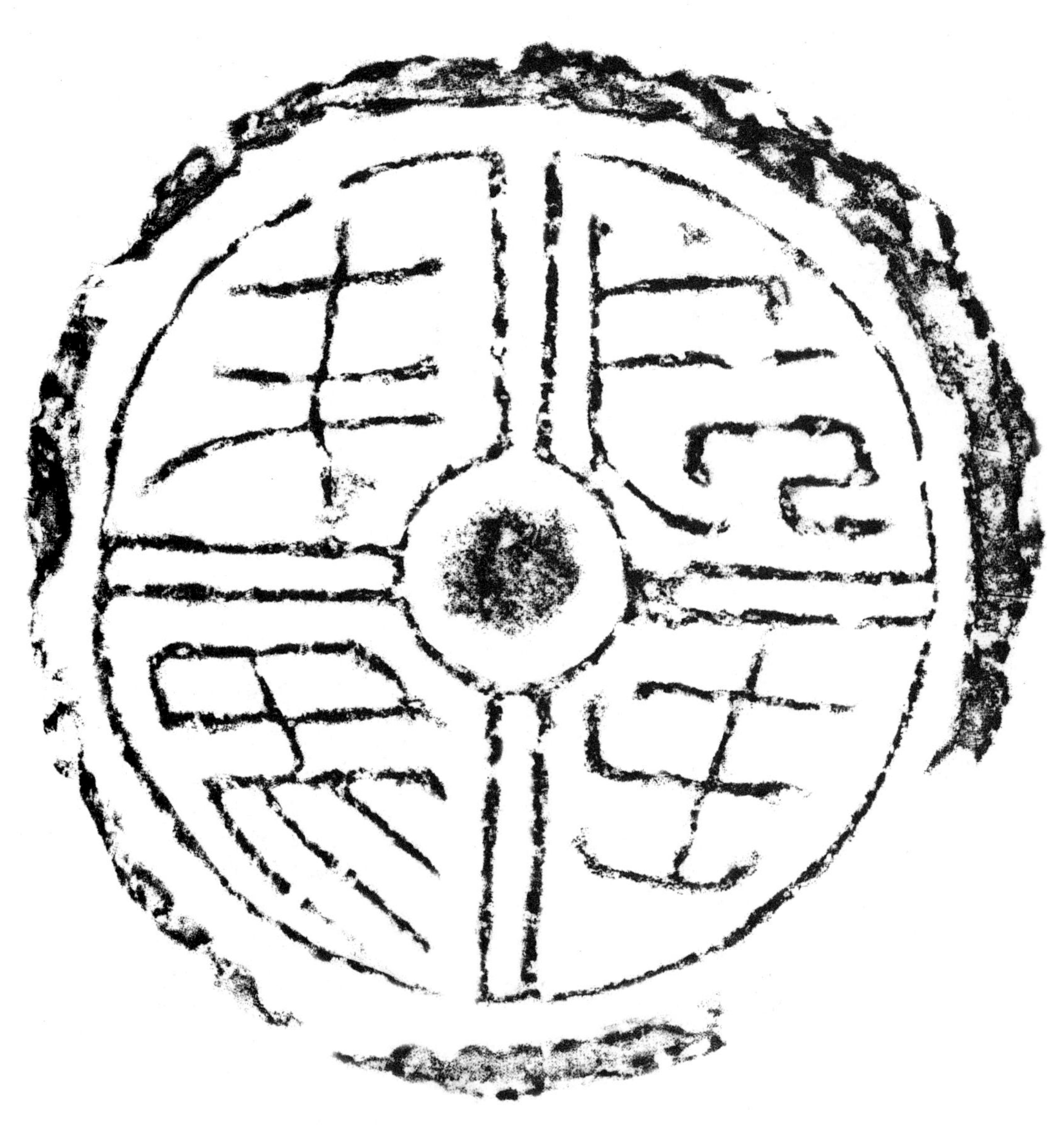

圖一三四　長生未央瓦當　西漢中後期

一九八八年八月漢甘泉宮遺址凉武帝村採集。陶色淺灰，瓦筒里布紋，當背抹光。面徑 16.8 厘米，邊沿寬 1 厘米。淳化縣文化館藏。

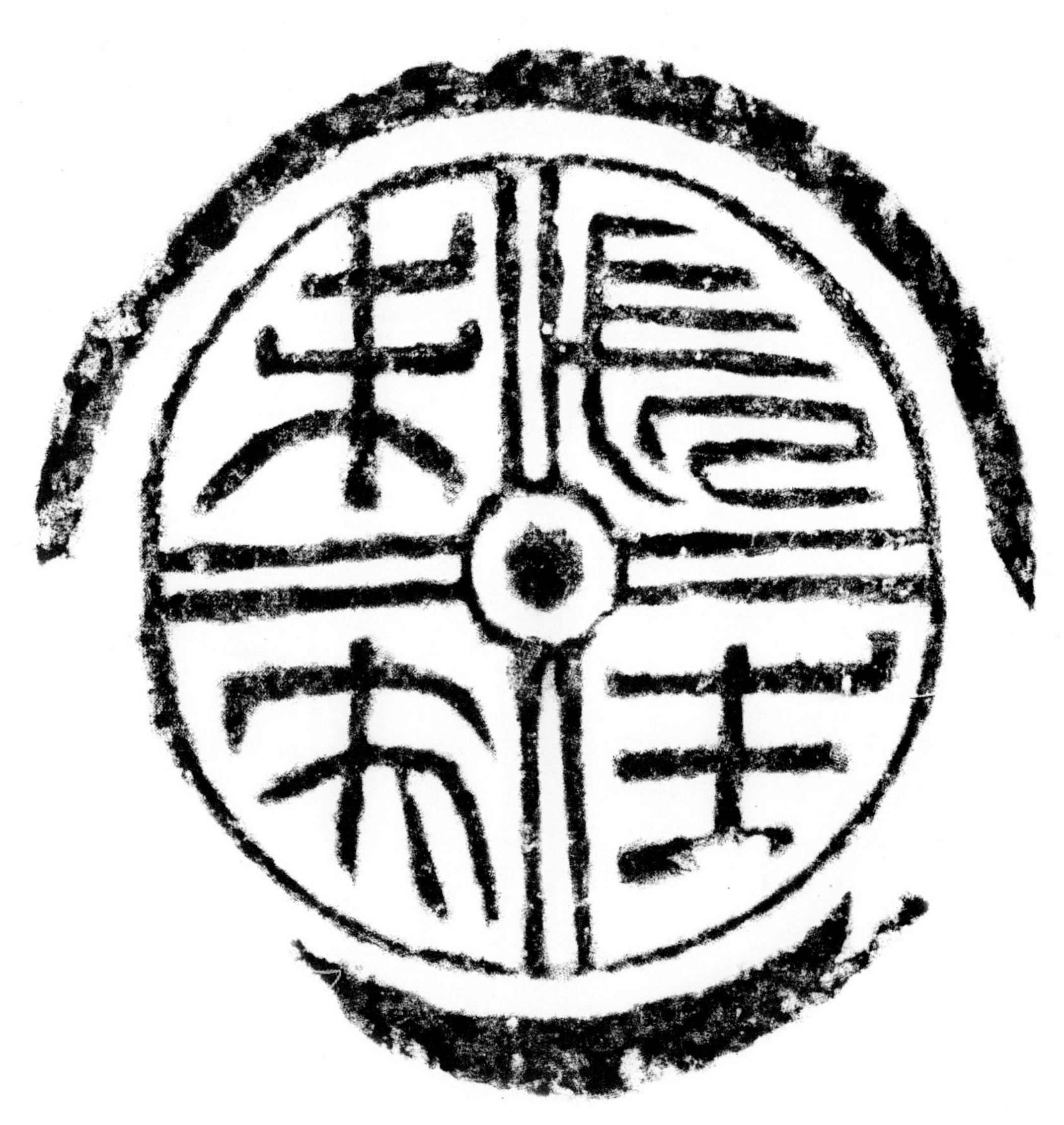

圖一三五　長生未央瓦當　西漢中後期

漢甘泉宮遺址凉武帝村採集。陶色青灰，瓦筒外竪細繩紋，當背抹光。面徑 17.2 厘米，邊沿寬 0.8 ~ 1.4 厘米。淳化縣文化館藏。

圖一三六　長生未央瓦當　西漢中後期

一九八〇年九月漢甘泉宮遺址涼武帝村採集。陶色淺灰，瓦筒里布紋。當背抹光。面徑 17.8 厘米，邊沿寬 1.4 厘米。

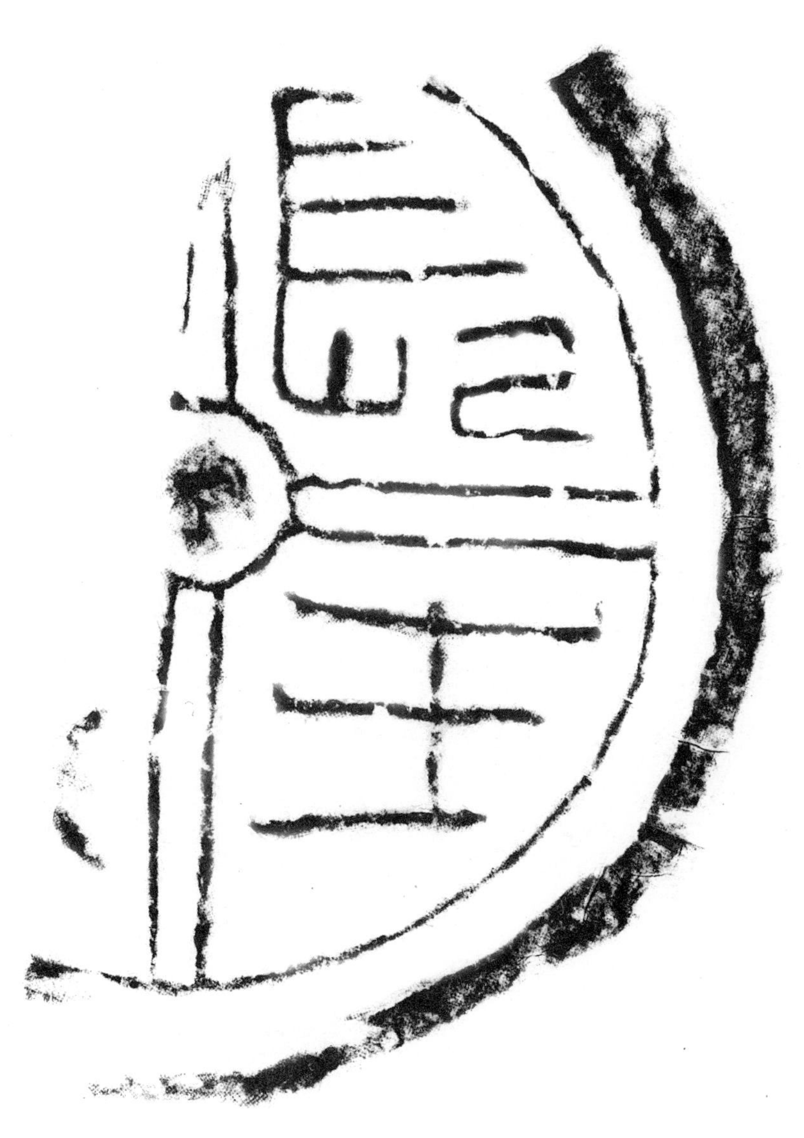

圖一三七　長生□□瓦當　西漢中後期

一九七九年五月漢甘泉宮遺址凉武帝村採集。陶色青灰，瓦筒里布紋。當背抹光，顯有繩紋痕。佚文應爲“未央”二字。面徑約 16 厘米，邊沿寬 0.8 厘米。淳化縣文化館藏。

圖一三八　□生未央瓦當　西漢中後期

一九八〇年十一月漢甘泉宮遺址凉武帝村採集。陶色青灰，當背抹光。佚文應爲“長”字。面徑 16.3 厘米，邊沿寬 0.8 厘米。淳化縣文化館藏。

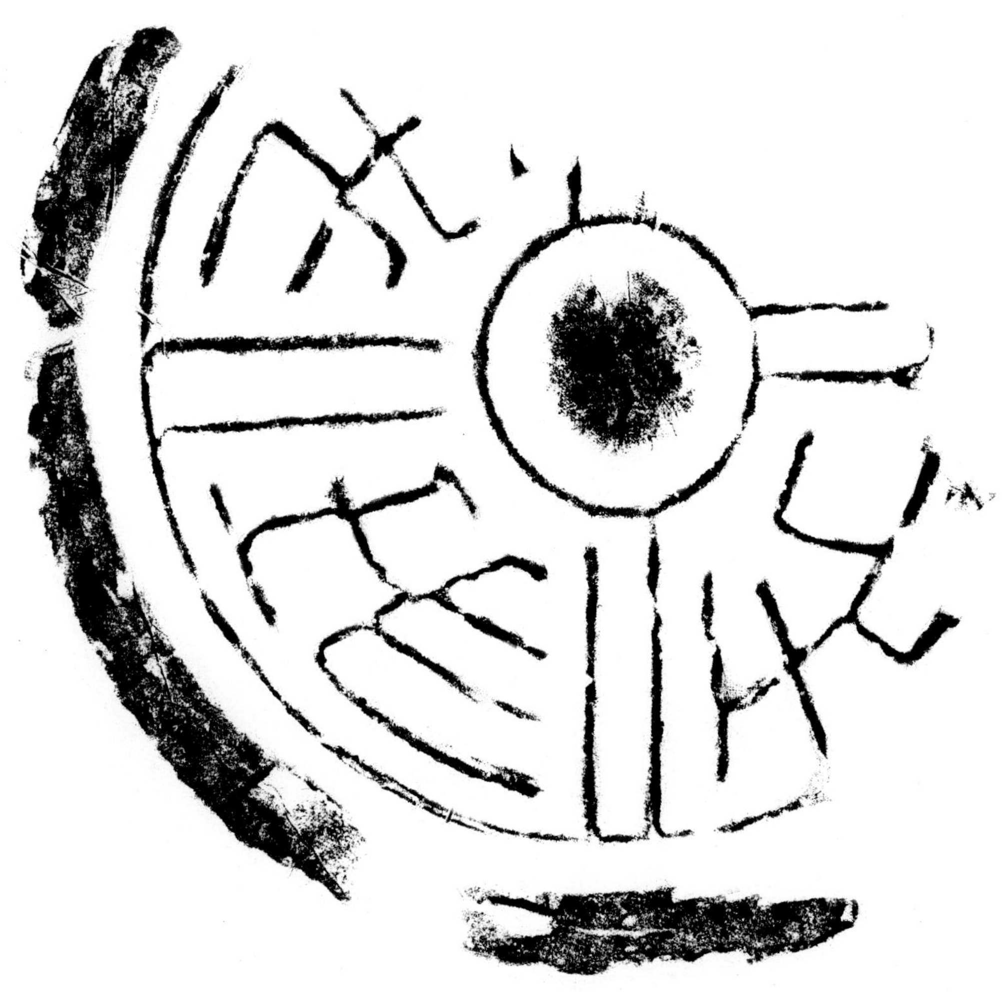

圖一三九　□生未央瓦當　西漢中後期

漢甘泉宫遺址涼武帝村採集。陶色淺灰，瓦筒里布紋，當背抹光。佚文應爲“長”字。面徑約 18.5 厘米，邊沿寬 1.2 厘米。淳化縣文化館藏。

圖一四〇　長生未央瓦當　西漢中後期

漢甘泉宮遺址凉武帝村採集。陶色青灰，筒瓦接當沿後，筒里布紋，當背抹光。"長生"二字中居上。面徑14.5厘米，邊沿寬0.8厘米。

圖一四一　長生未央瓦當　西漢中後期

一九八九年三月漢甘泉宫遺址董家村採集。陶色淺灰，瓦筒內布紋。當面塗白色，當背抹光。面徑16.7厘米，邊沿寬0.8厘米。淳化縣文化館藏。

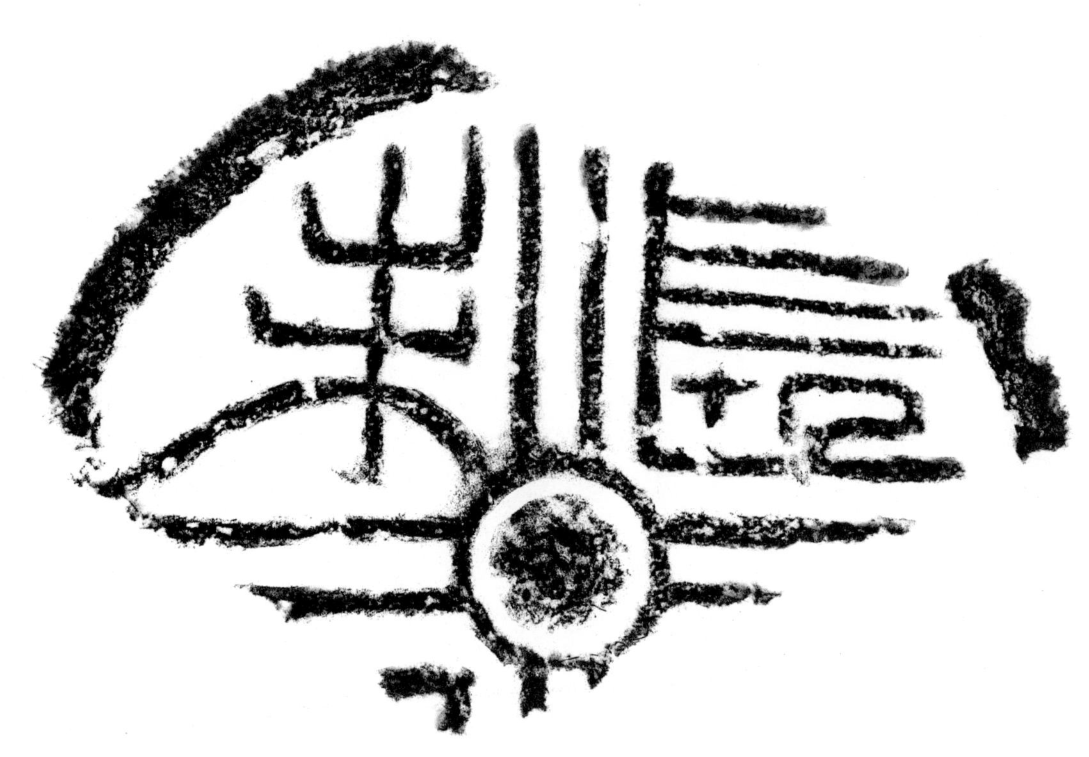

圖一四二　長□未□瓦當　西漢中後期

一九八九年四月漢甘泉宫遺址涼武帝村採集。陶色青灰，瓦筒里布紋，當背抹光。佚文應爲“生”“央”二字。面徑約17厘米，邊沿寬0.9厘米。淳化縣文化館藏。

圖一四三　長生未央瓦當　西漢中後期

一九七九年五月漢甘泉宫遺址凉武帝村採集。陶色深灰，當背抹光，背上顯繩紋。面徑17厘米，邊沿寬1.2厘米。淳化縣文化館藏。

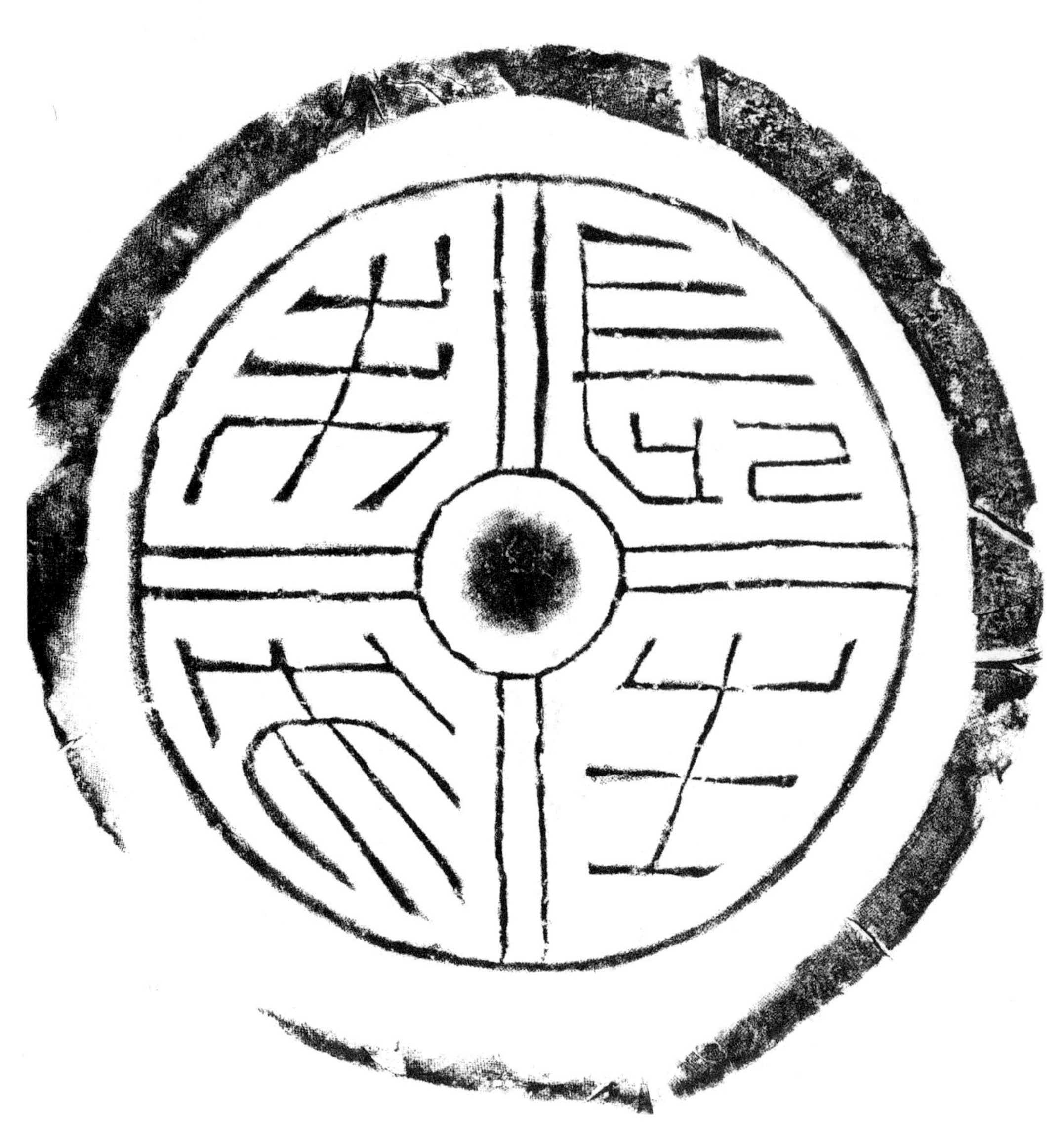

圖一四四　長生未央瓦當　西漢中後期

一九八七年十月漢甘泉宫遺址凉武帝村採集。陶色青灰，當背抹光，瓦筒里布紋。面徑16.8厘米，邊沿寬1厘米。淳化縣文化館藏。

圖一四五　長生未央瓦當　西漢中後期

一九八六年四月漢甘泉宮遺址涼武帝村採集。陶色紅褐，筒瓦里布紋，當背抹光。面徑 16.6 厘米，邊沿寬 0.8 厘米。淳化縣文化館藏。

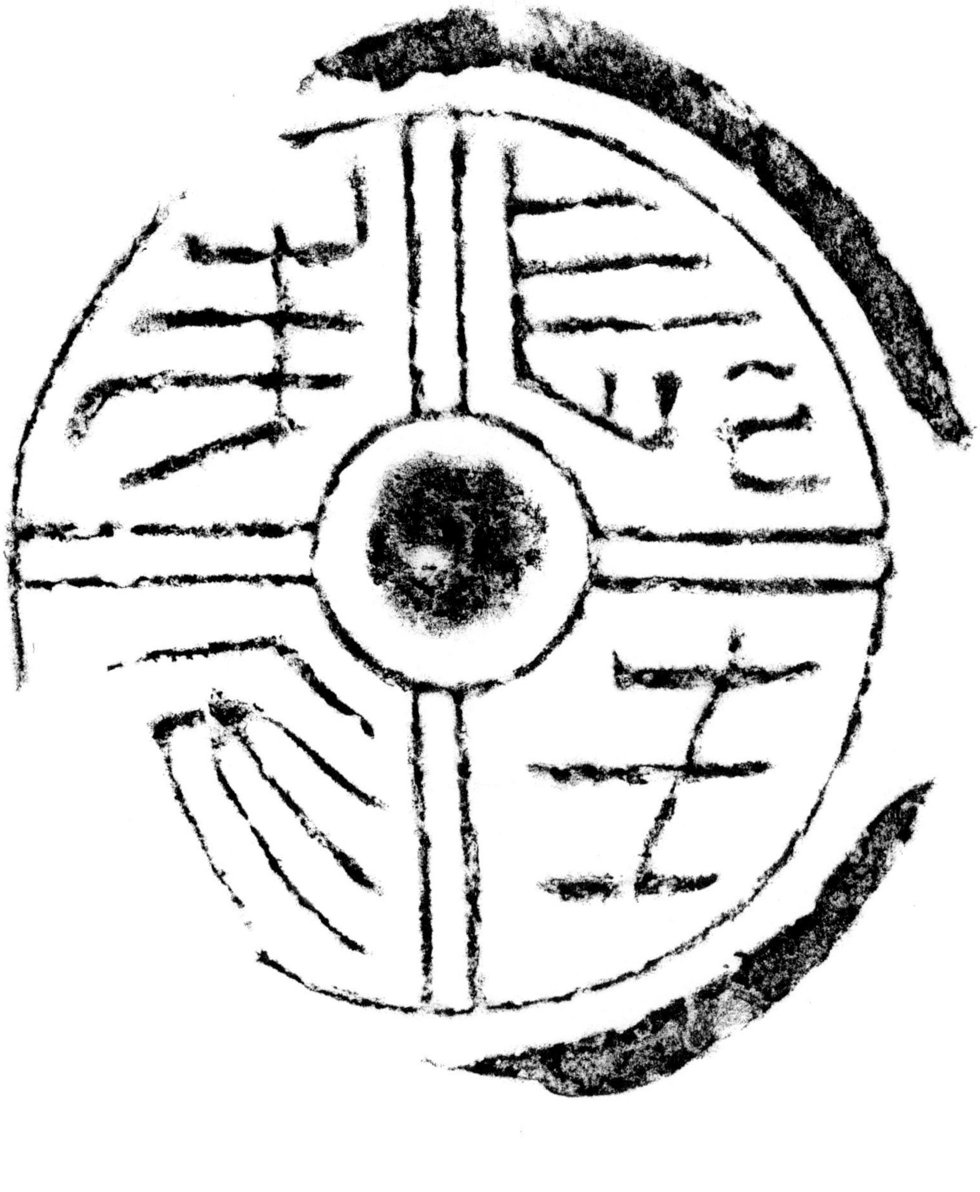

圖一四六　長生未央瓦當　西漢中後期

一九九二年三月漢甘泉宫遺址凉武帝村採集。陶色青灰，瓦筒里布紋，當背抹光。面徑16.1厘米，邊沿寬1厘米。淳化縣文化館藏。

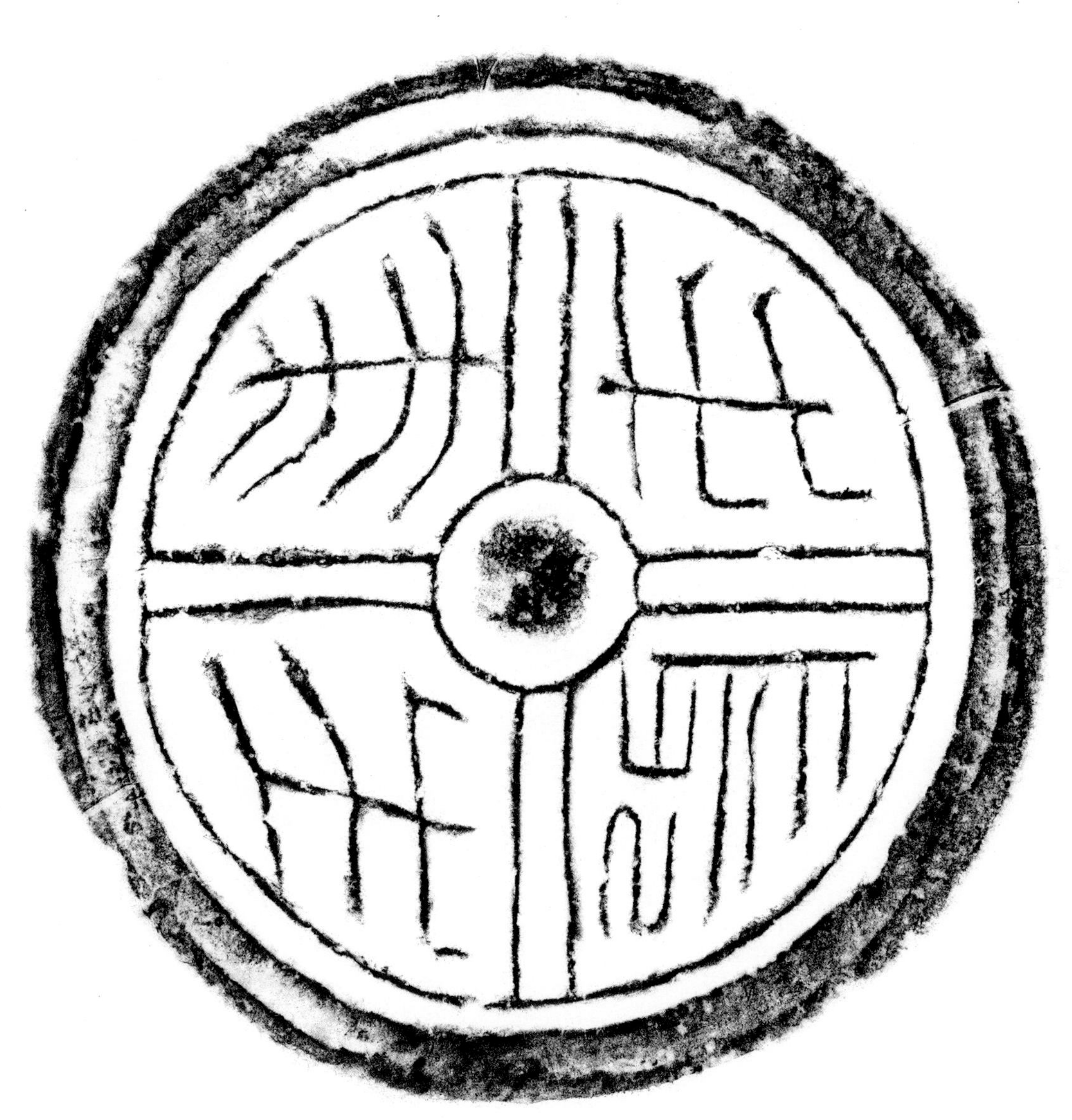

圖一四七　長生未央瓦當　西漢中後期

一九九七年十月漢甘泉宮遺址凉武帝村採集。陶色青灰，瓦筒里布紋，瓦筒接當沿後，當背抹光。“長生未央”四字在瓦面右向横置。面徑17.8厘米，邊沿寬1.3厘米。

圖一四八　長生未央瓦當　西漢中後期

漢甘泉宮遺址凉武帝村採集。陶色青灰，瓦筒外竪細繩紋，當背抹光。面徑 14.8 厘米，邊沿寬 0.8 厘米。“生”“央”二字在上，“長生未央”四字在當面倒置。

圖一四九　長生未央瓦當　西漢中後期

一九七九年八月漢甘泉宮遺址董家村採集。陶色青灰，瓦筒外細繩紋，筒里布紋，當背抹光。面徑15.6厘米，邊沿寬1.3厘米。

圖一五〇　長生未央瓦當　西漢中後期

一九七九年五月漢甘泉宫遺址凉武帝村採集。陶色黑灰，瓦筒里布紋。瓦筒接當沿後，當背抹光。面徑19.5厘米，邊沿寬1厘米。淳化縣文化館藏。

圖一五一　長生未央瓦當　西漢中後期

漢甘泉宮遺址凉武帝村採集。夾砂青灰陶，瓦筒里布紋。當背抹光。面徑約20厘米，邊沿寬1.1厘米。淳化縣文化館藏。

圖一五二　長生□□瓦當　西漢中後期

一九八六年四月漢甘泉宫遺址董家村採集。陶色青灰，瓦筒外竪繩紋，筒里布紋。當背抹光，顯有繩紋。佚文應爲“未央”二字。面徑 15.7 厘米，邊沿寬 0.9 厘米。淳化縣文化館藏。

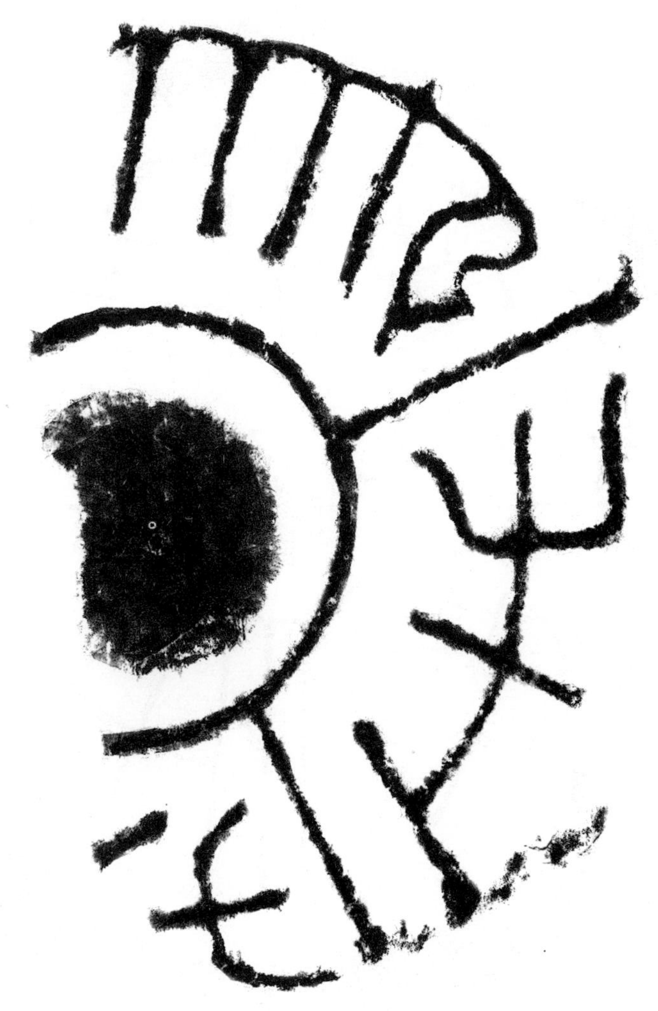

圖一五三　長生未□瓦當　西漢中後期

一九七九年五月漢甘泉宮遺址董家村採集。陶色青灰，質鬆。當背後抹光。佚文應爲“央”字。殘徑13厘米。淳化縣文化館藏。

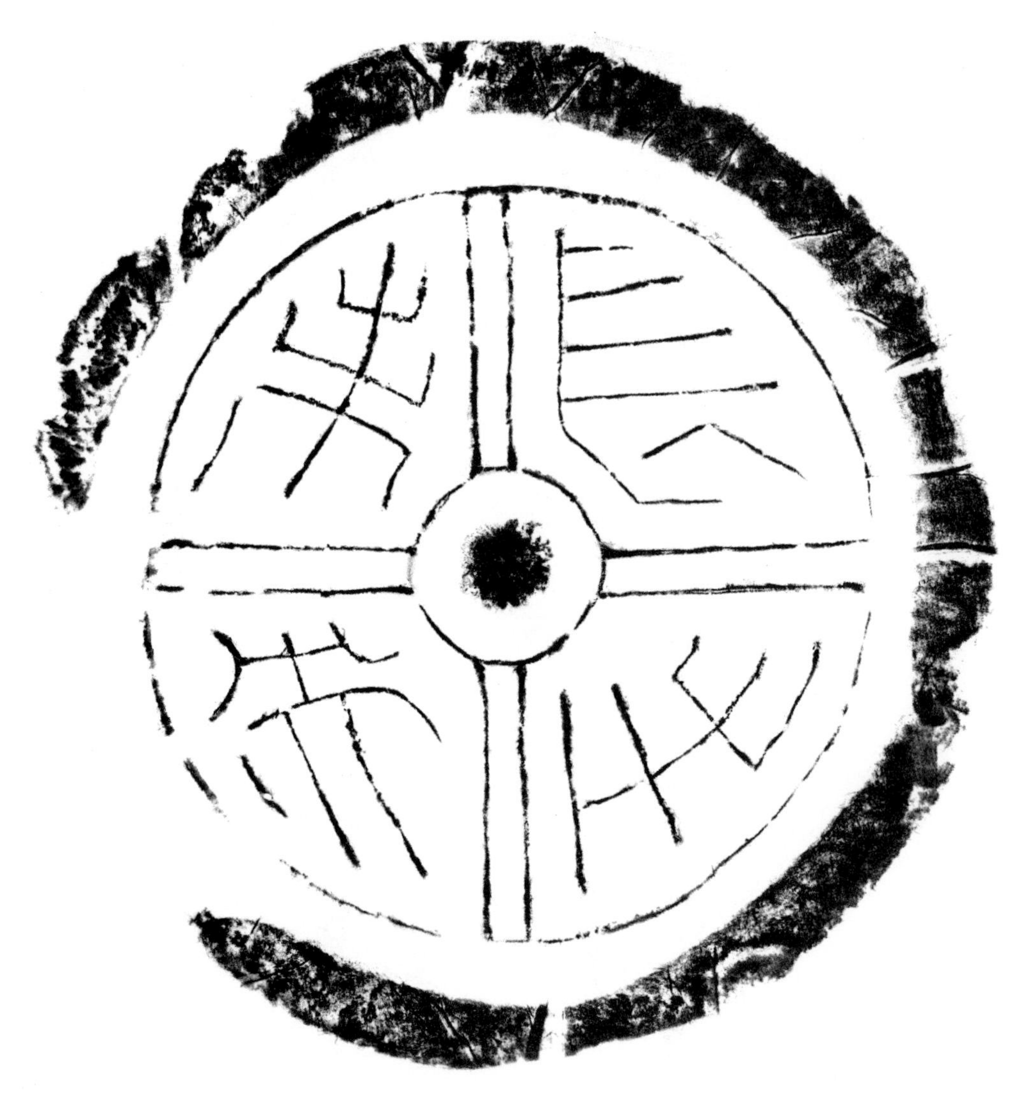

圖一五四　長生未央瓦當　西漢中後期

一九七九年五月漢甘泉宫遺址董家村採集。陶色青灰，瓦筒外竪細繩紋，當背抹光。面徑 19 厘米，邊沿寬 1.4 厘米。淳化縣文化館藏。

圖一五五　長生未央瓦當　西漢中後期

一九七五年漢甘泉宮遺址董家村採集。陶色青灰，瓦筒里布紋。面徑 18.7 厘米，邊沿寬 1.7 厘米。淳化縣文化館藏。

圖一五六　長生未央瓦當　西漢中後期

一九八二年四月漢甘泉宫遺址涼武帝村採集。陶色淺灰，當背抹光。面徑17.7厘米，邊沿寬1.1厘米。淳化縣文化館藏。

圖一五七　長生未央瓦當　西漢中後期

漢甘泉宫遺址凉武帝村採集。陶色青灰，當背抹光，背中一指渦。面徑 15.3 厘米，邊沿寬 1.3 厘米。淳化縣文化館藏。

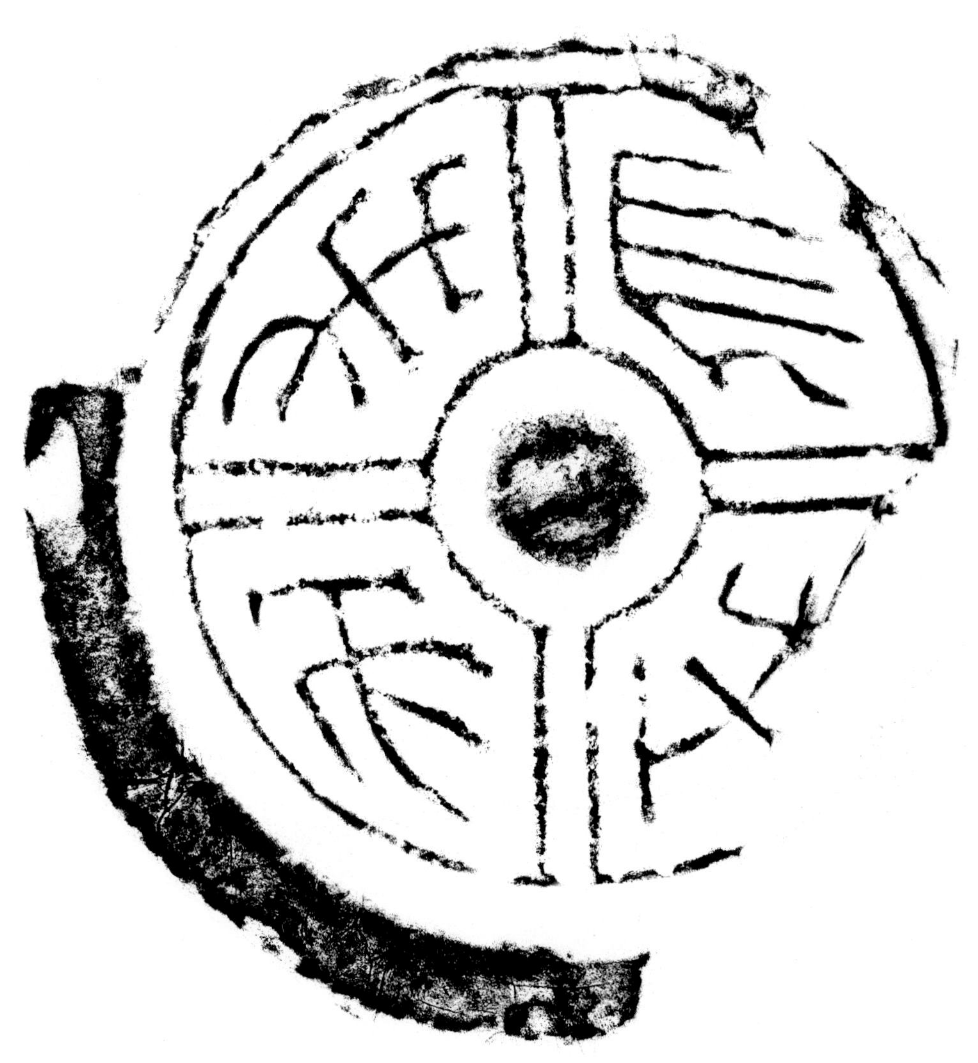

圖一五八　長生未央瓦當　西漢中後期

一九八一年四月漢甘泉宫遺址董家村採集。陶色淺灰，當背抹光。面徑約17厘米，邊沿寬1.4厘米。淳化縣文化館藏。

圖一五九 長生未央瓦當 西漢中後期

一九七九年六月漢甘泉宫遺址凉武帝村採集。陶色青灰，瓦當連有瓦筒，筒外挨當21厘米素面，餘10厘米竪繩紋，筒里布紋，當背抹光。面徑15厘米，邊沿寬1厘米。淳化縣文化館藏。

圖一六〇　長生未央瓦當　西漢中後期

一九七九年十一月漢甘泉宫遺址城前頭村採集。陶色青灰，當背抹光，背中一指渦。面徑15厘米，邊沿寬1厘米。淳化縣文化館藏。

圖一六一　長生未央瓦當　西漢中後期

一九八〇年十一月漢甘泉宫遺址董家村採集。陶色青灰，瓦筒外竪細繩紋，筒里布紋。當背抹光，顯有繩紋。面徑 15 厘米，邊沿寬 1.4 厘米。淳化縣文化館藏。

圖一六二　長樂未央與天相保瓦當　西漢

一九九八年仲秋漢甘泉宮遺址凉武帝村採集。文字順時針方向旋讀。面徑14.5厘米，邊沿寬1厘米。

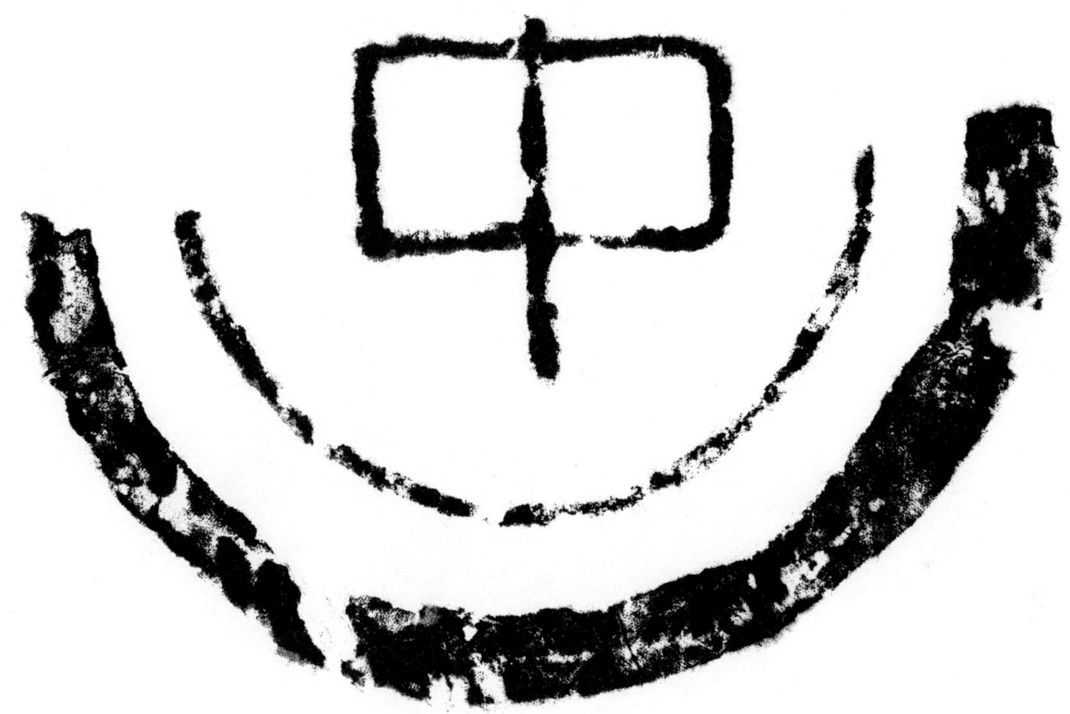

圖一六三　中字瓦當　西漢

一九九八年七月漢甘泉宫遺址採集。陶色青灰。瓦筒外竪細繩紋，布紋里。當背有穿孔和繩勒痕。面徑15.2厘米，邊沿寬1～1.4厘米。

圖一六四　維天降靈十二字瓦當範　西漢

一九九〇年十月漢甘泉宫遺址城前頭村採集。側視如“凸”字形，陶色淺灰。全文爲“維天降靈延元萬年天下康寧”十二字。面徑14.3厘米，高2.5厘米，底徑16厘米。

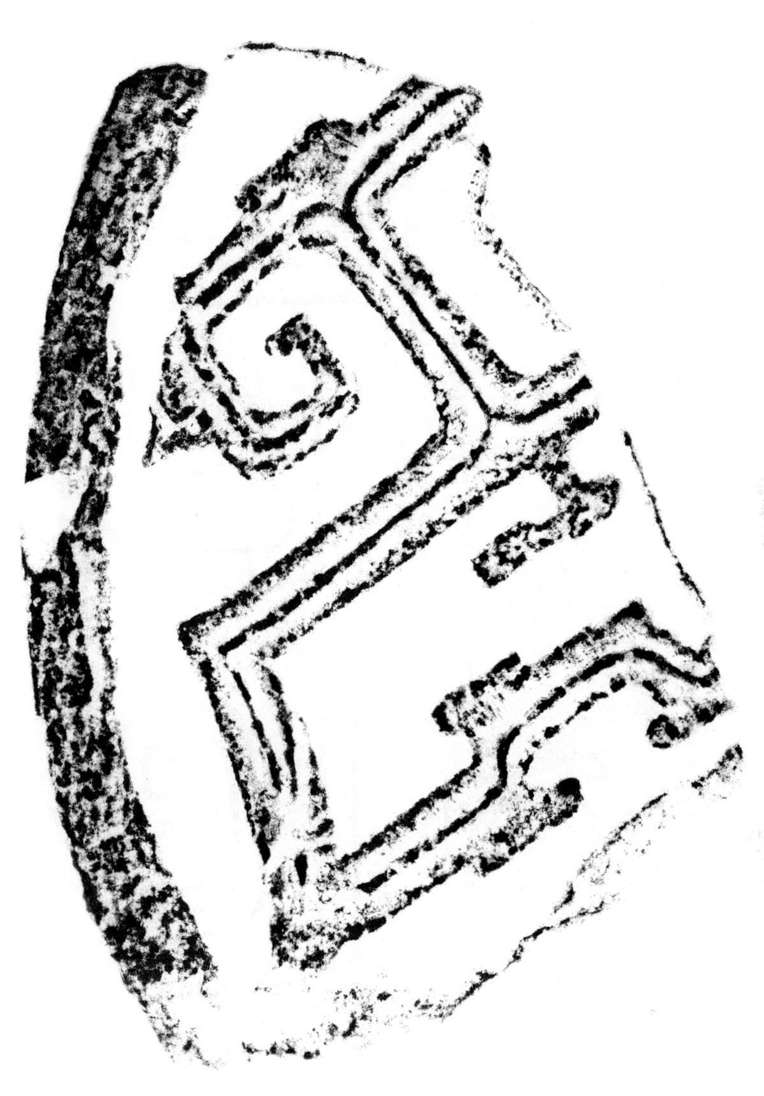

圖一六五　夔紋遮朽　秦

漢甘泉宫遺址董家村採集。殘。陶色蔚藍，筒瓦外竪細繩紋。復原面徑49.3厘米，邊沿厚2厘米。此件與臨潼出土號稱"瓦當王"之巨型遮朽相似，以遮朽名之爲妥。

圖一六六　夔紋遮朽　秦

漢甘泉宫遺址董家村採集。殘。陶色蔚藍，筒瓦外竪細繩紋。復原面徑 49.3 厘米，邊沿厚 2 厘米。

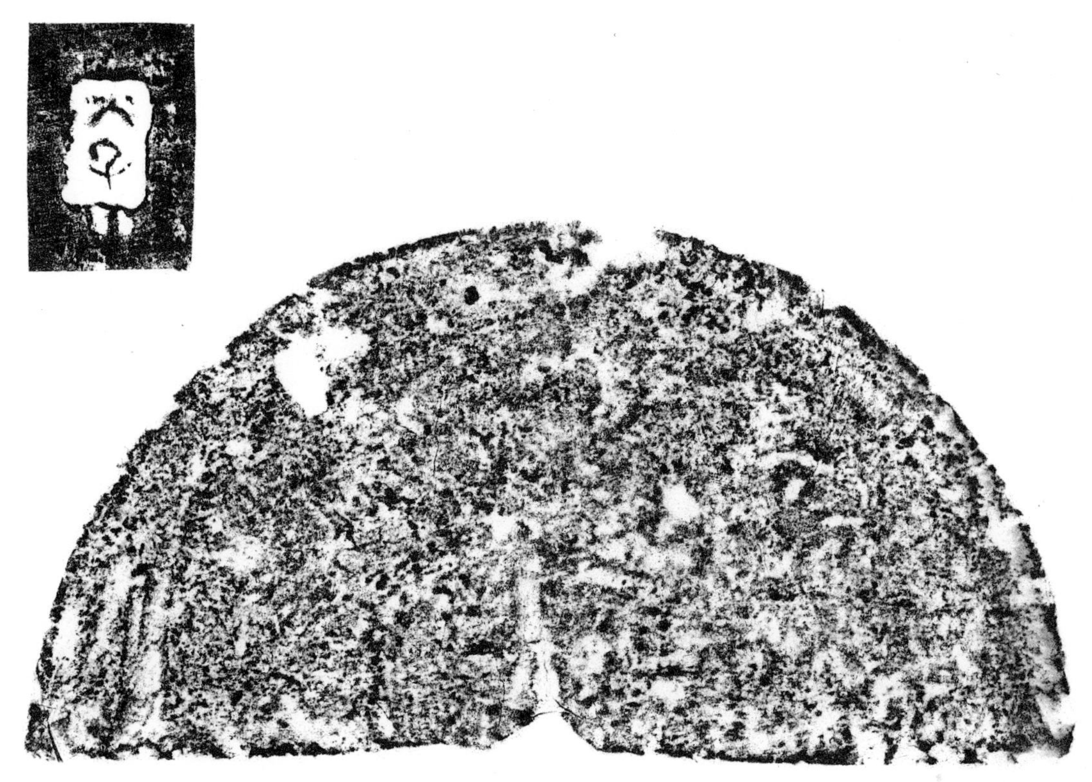

圖一六七　素面半瓦當　秦

一九八〇年一月漢甘泉宮遺址凉武帝村採集。陶色青灰，連殘長 22 厘米瓦筒，在當沿後 4 厘米處相接，筒外竪細繩紋，里麻點紋。“大子”陽文戳印在筒外近當沿處。底邊長 17 厘米，中高 8.3 厘米。淳化縣文化館藏。

圖一六八　素面半瓦當　秦

一九八〇年元月漢甘泉宫遺址凉武帝村採集。陶色蔚藍，瓦筒里麻點紋，底沿切面光滑。底邊長15厘米，中高7.3厘米。

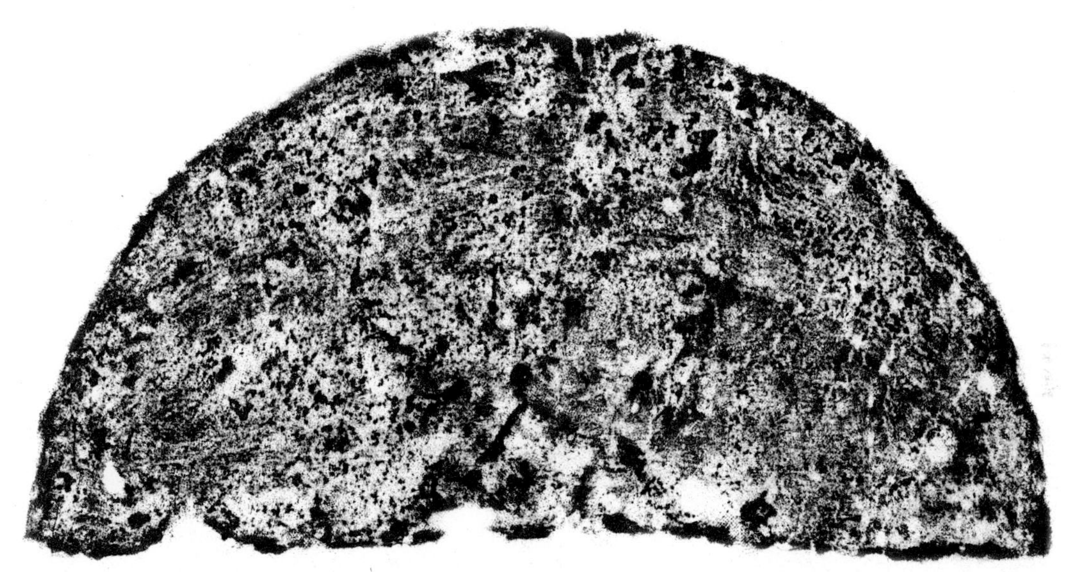

圖一六九　素面半瓦當　西漢初

一九八〇年元月漢甘泉宫遺址涼武帝村採集。陶色褐灰，瓦筒外竪細繩紋，麻點紋里。底沿切面光滑。底邊長16.5厘米，中高8厘米。淳化縣文化館藏。

圖一七〇　素面半瓦當　西漢初

漢甘泉宮遺址凉武帝村採集。陶色青灰，瓦筒外素面，布紋里。底沿切面光滑。底邊長約 15 厘米，中高 7.8 厘米。淳化縣文化館藏。

圖一七一　網紋半瓦當　西漢初

一九八〇年十一月漢甘泉宫遺址董家村採集。陶色黑灰，筒瓦外竪細繩紋，布紋里。底沿切面光滑。底邊長 15.7 厘米，中高 7.8 厘米。淳化縣文化館藏。

圖一七二　雲紋半瓦當　西漢初

一九七九年十一月漢甘泉宫遺址董家村採集。陶色青灰，包裹當心的瓦筒脱落，筒里麻點紋，底沿切面光滑。底邊長約13.2厘米，中殘高5.7厘米。

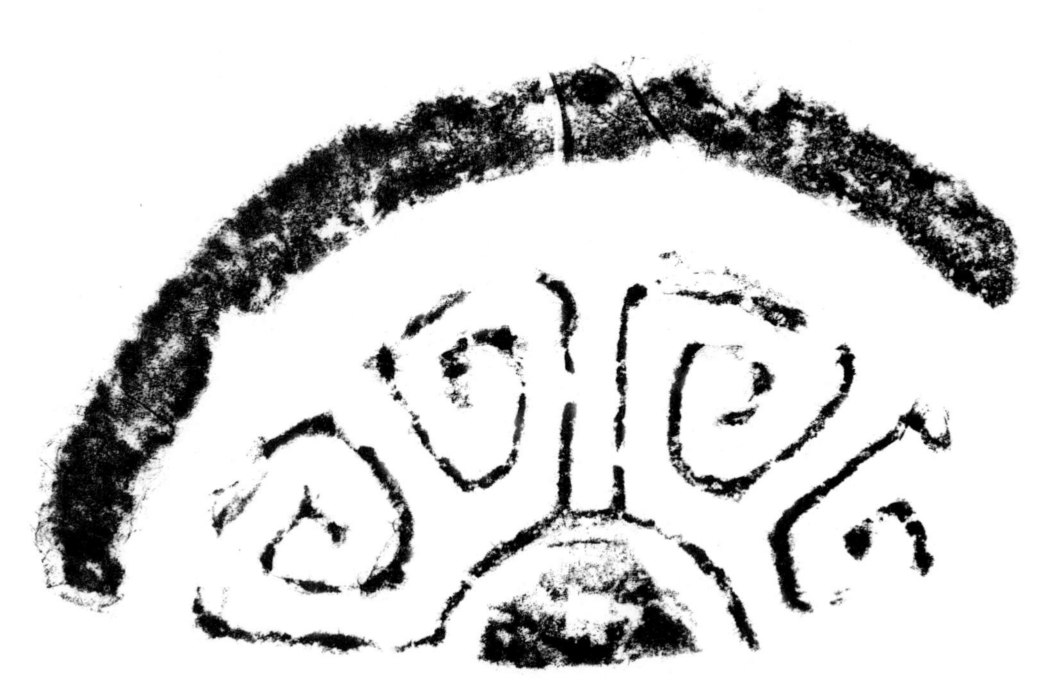

圖一七三　雲紋半瓦當　西漢初

一九七九年漢甘泉宫遺址採集。陶色青灰，瓦筒包裹當心，筒瓦里布紋。周秦漢瓦當圖二二四斷爲“捲雲紋圓瓦當”，非是。底邊長約15厘米，中高8厘米，邊沿寬1.4厘米。

圖一七四　獸紋瓦當　西漢初

一九八〇年元月漢甘泉宮遺址凉武帝村採集。陶色青灰，瓦筒外竪細繩紋，布紋里。瓦當背沿有繩勒紋。殘。邊輪寬1厘米。淳化縣文化館藏。

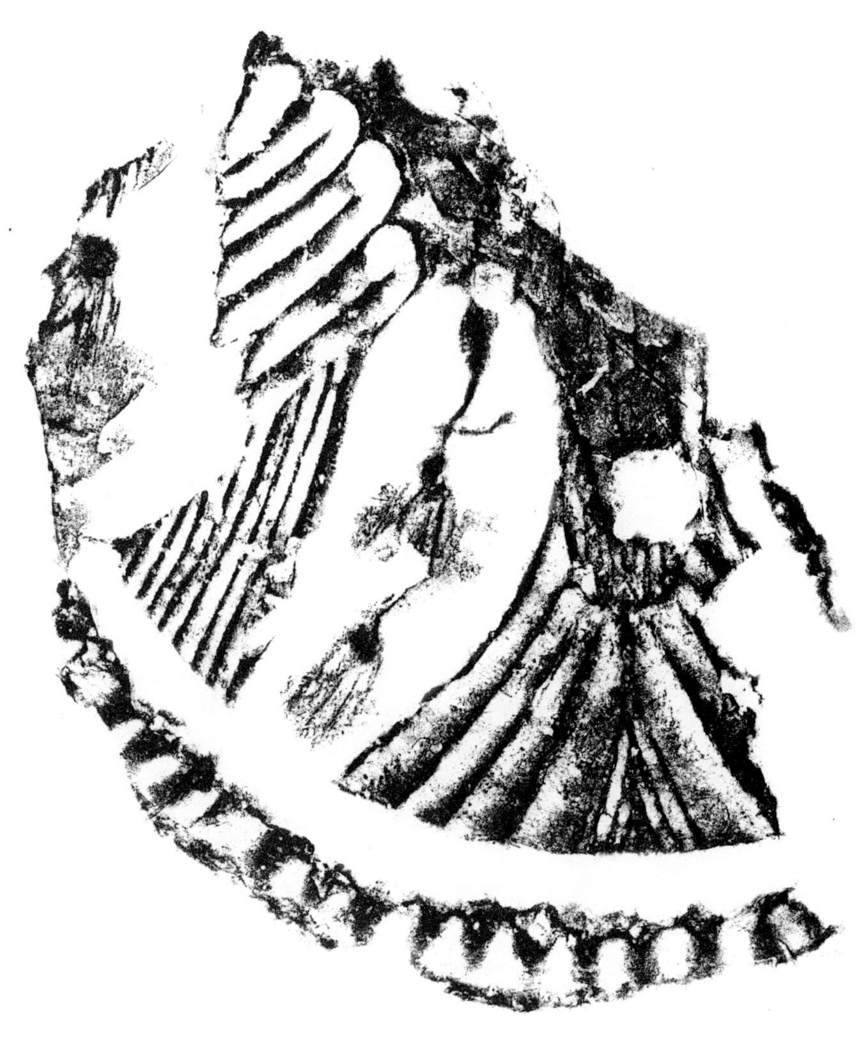

圖一七五　飛鴻銜綬紋瓦當　西漢

一九八七年十月漢甘泉宫遺址凉武帝村採集。陶内夾細砂，黑灰色。殘面徑約18厘米，中厚3.7厘米。

圖一七六　蟾兔紋瓦當　西漢中期

一九七九年四月漢甘泉宫遺址董家村採集。陶色黑灰。殘面徑 17.5 厘米。淳化縣文化館藏。

圖一七七　旟旐紋瓦當　西漢中期

一九七九年五月漢甘泉宫遺址董家村採集。陶色黑灰，瓦筒里布紋。面徑15.5 ~ 16厘米，邊沿寬1 ~ 1.4厘米。淳化縣文化館藏。

圖一七八　馬甲天下瓦當　西漢中期

一九七九年五月漢甘泉宮遺址涼武帝村採集。陶色黑灰，瓦筒外竪細繩紋。文字殘。面徑約16厘米，邊沿寬0.8厘米。淳化縣文化館藏。

圖一七九　雲紋瓦當　秦

一九八九年三月漢甘泉宮遺址凉武帝村採集。陶色淺灰，瓦筒外細綫紋，麻點紋里。當背沿有穿孔和繩勒紋。面徑 17.5 厘米，邊沿寬 1 厘米。淳化縣文化館藏。

圖一八〇　雲紋瓦當　秦

一九八七年七月漢甘泉宮遺址董家村採集。陶色青灰，瓦筒外竪細繩紋，布紋里。當背沿有繩勒痕。面徑15.4厘米，邊沿寬1厘米。淳化縣文化館藏。

圖一八一　雲紋瓦當　秦

一九八五年三月漢甘泉宫遺址採集。陶色青灰，瓦筒外細綫紋，麻點紋里。當背沿有穿孔和繩勒痕。面徑16厘米，邊沿寬0.8厘米。淳化縣文化館藏。

圖一八二　雲紋瓦當　秦

一九八三年十一月漢甘泉宫遺址凉武帝村採集。陶色青灰，瓦筒外竪細繩紋，麻點紋里。當背沿有繩勒紋。面徑16.4厘米，邊沿寬1厘米。

圖一八三　雲紋瓦當　秦

一九七九年四月漢甘泉宮遺址凉武帝村採集。陶色青灰，當背沿有穿孔和繩勒紋。面徑16厘米，邊沿寬1.3厘米。淳化縣文化館藏。

圖一八四　雲紋瓦當　秦

一九七九年十一月漢甘泉宮遺址涼武帝村採集。陶色青灰，當背沿有穿孔和繩勒紋。面徑約17厘米，邊沿寬1.1厘米。淳化縣文化館藏。

圖一八五　雲紋瓦當　秦

一九七九年十一月漢甘泉宫遺址涼武帝村採集。陶色青灰，瓦筒外斜細繩紋，當背沿有穿孔和繩勒痕。面徑16厘米，邊沿寬1厘米。淳化縣文化館藏。

圖一八六　雲紋瓦當　秦

一九七九年九月漢甘泉宫遺址凉武帝村採集。陶色青灰，瓦筒接當沿後，筒里麻點紋，當背沿有繩勒痕。面徑約17厘米，邊沿寬1厘米。淳化縣文化館藏。

圖一八七　雲紋瓦當　秦

一九七九年五月漢甘泉宮遺址涼武帝村採集。陶色淺灰，當背沿有穿孔和繩勒痕。面徑約16厘米，邊沿寬1厘米。淳化縣文化館藏。

圖一八八　雲紋瓦當　秦

一九八七年七月漢甘泉宮遺址董家村採集。陶色黑灰，瓦筒里麻點紋，外斜細繩紋。當背沿有穿孔和繩勒痕。面徑 15.2 厘米，邊沿寬 0.9 厘米。淳化縣文化館藏。

圖一八九　雲紋瓦當　秦

一九八二年漢甘泉宮遺址凉武帝村採集。陶色淺灰，瓦筒里麻點紋。瓦筒包裹當心，當背沿有穿孔和繩勒痕。面徑約 14 厘米，邊沿寬 1 厘米。淳化縣文化館藏。

圖一九〇　雲紋瓦當　秦

一九八〇年一月漢甘泉宫遺址董家村採集。陶色青灰，瓦筒外竪細繩紋，當背沿有繩勒痕。面徑15厘米，邊沿寬0.8厘米。淳化縣文化館藏。

圖一九一　雲紋瓦當　秦

一九七九年十一月漢甘泉宫遺址董家村採集。陶色青灰，瓦筒外斜細繩紋，麻點紋里。當背沿有穿孔和繩勒痕。面徑14.5厘米，邊沿寬 0.4 ~ 0.8 厘米。淳化縣文化館藏。

圖一九二　雲紋瓦當　秦

一九八三年漢甘泉宮遺址凉武帝村採集。陶色黑灰，瓦筒里布紋。瓦筒包裹當心，當背沿有穿孔和繩勒痕。當面塗白色。面徑 15.5 厘米，邊沿寬 0.5 ~ 1 厘米。

圖一九三　雲紋瓦當　秦

一九八五年三月漢甘泉宫遺址董家村採集。陶色青灰，瓦筒里麻點紋。當背沿有穿孔和繩勒痕。面徑約 15.5 厘米，邊沿寬 0.8 厘米。淳化縣文化館藏。

圖一九四　雲紋瓦當　秦

一九八三年十一月漢甘泉宫遺址凉武帝村採集。陶色淺灰，瓦筒外竪細繩紋，布紋里。當背沿有穿孔和繩勒痕。面徑16厘米，邊沿寬1.2厘米。淳化縣文化館藏。

圖一九五　雲紋瓦當　秦

一九七九年十一月漢甘泉宫遺址董家村採集。陶色黑灰，瓦筒外交叉繩紋，當背沿有穿孔和繩勒痕。面徑 14.8 厘米，邊沿寬 1 厘米。淳化縣文化館藏。

圖一九六　雲紋瓦當　秦

一九七九年五月漢甘泉宫遺址董家村採集。陶色青灰，瓦筒外斜細繩紋，麻點紋里。當面中部内陷，當背沿有穿孔和繩勒痕。面徑16.3厘米，邊沿寬0.6～1厘米。淳化縣文化館藏。

圖一九七　雲紋瓦當　秦

一九九五年漢甘泉宫遺址凉武帝村採集。陶色青灰。面徑約15.2厘米，邊沿寬0.8厘米。

圖一九八　雲紋瓦當　秦

一九八五年三月漢甘泉宫遺址董家村採集。陶色青灰，當背沿有穿孔和繩勒痕。面徑約 16 厘米，邊沿寬 0.6 ~ 0.9 厘米。

圖一九九　雲紋瓦當　秦

一九八八年十一月漢甘泉宮遺址董家村採集。陶色淺灰，當面塗白色，當背沿有穿孔和繩勒痕。面徑 15.5 厘米，邊沿寬 0.9 厘米。淳化縣文化館藏。

圖二〇〇　雲紋瓦當　秦

一九七九年十一月漢甘泉宮遺址董家村採集。陶色青灰，瓦筒外竪細繩紋，麻點紋里，當背沿有繩勒痕。面徑 16 厘米，邊沿寬 1.3 厘米。淳化縣文化館藏。

圖二〇一　雲紋瓦當　秦

一九七九年十一月漢甘泉宫遺址董家村採集。陶色青灰，瓦筒外竪細繩紋，當背沿有繩勒痕。面徑約15厘米，邊沿寬1厘米。淳化縣文化館藏。

圖二〇二　雲紋瓦當　秦

一九八六年四月漢甘泉宮遺址董家村採集。陶色青灰，瓦筒外竪細繩紋，筒里麻點紋，當背沿有穿孔和繩勒痕。面徑14.7厘米，邊沿寬0.5～0.8厘米。淳化縣文化館藏。

圖二〇三　雲紋瓦當　秦

一九九八年七月漢甘泉宮遺址採集。陶色淺灰，當背沿有穿孔和繩勒痕。面徑約 15 厘米，邊沿寬 0.8 厘米。

圖二〇四　雲紋瓦當　秦至漢初

一九八四年十月漢甘泉宫遺址董家村採集。陶色青灰，瓦筒里布紋，筒接當沿後，當背沿有穿孔和繩勒波紋，當面塗白色。面徑 15.2 厘米，邊沿寬 1 厘米。淳化縣文化館藏。

圖二〇五　雲紋瓦當　秦至漢初

一九七九年十一月漢甘泉宫遺址採集。陶色青灰，當背沿有穿孔和繩勒痕蹟。面徑 16.4 厘米，邊沿寬 1.2 厘米。淳化縣文化館藏。

圖二〇六　雲紋瓦當　秦至漢初

一九八〇年元月漢甘泉宮遺址凉武帝村採集。陶色淺灰，當背沿有穿孔和繩勒痕蹟。面徑 15 厘米，邊沿寬 0.6 厘米。淳化縣文化館藏。

圖二〇七　雲紋瓦當　秦至漢初

一九八九年四月漢甘泉宫遺址董家村採集。陶色黑灰，瓦筒外竪細繩紋，當背沿有繩勒痕蹟。面徑15.3厘米，邊沿寬0.9厘米。淳化縣文化館藏。

圖二〇八　雲紋瓦當　秦至漢初

一九七九年五月漢甘泉宮遺址董家村採集。陶色青灰，胎内夾砂，瓦筒外竪細繩紋。面徑約16厘米，邊沿寬1厘米。淳化縣文化館藏。

圖二〇九　雲紋瓦當　秦至漢初

一九八二年四月漢甘泉宫遺址涼武帝村採集。陶色青灰，瓦筒里麻點紋。面徑15.8厘米，邊沿寬0.8厘米。淳化縣文化館藏。

圖二一〇　雲紋瓦當　秦至漢初

漢甘泉宮遺址凉武帝村採集。陶色淺灰，瓦筒里麻點紋，當背沿有穿孔和繩勒痕蹟。面徑15.8厘米，邊沿寬1厘米。淳化縣文化館藏。

圖二一一　雲紋瓦當　西漢初

一九九八年七月漢甘泉宫遺址涼武帝村採集。陶色青灰，筒瓦外麻點紋，里布紋，當背沿有穿孔和繩勒痕。面徑15厘米，邊沿寬0.7～1厘米。

圖二一二　雲紋瓦當　西漢初

一九九八年七月漢甘泉宮遺址採集。陶色淺灰。面徑15.5厘米，邊沿寬1厘米。

圖二一三　雲紋瓦當　西漢初

一九八三年十一月漢甘泉宮遺址涼武帝村採集。陶色青灰，瓦筒外竪細繩紋，布紋里。沿中内凹，當背沿有穿孔和繩勒紋。瓦筒外有小圓凸。面徑 14 厘米，邊沿寬 0.8 厘米。

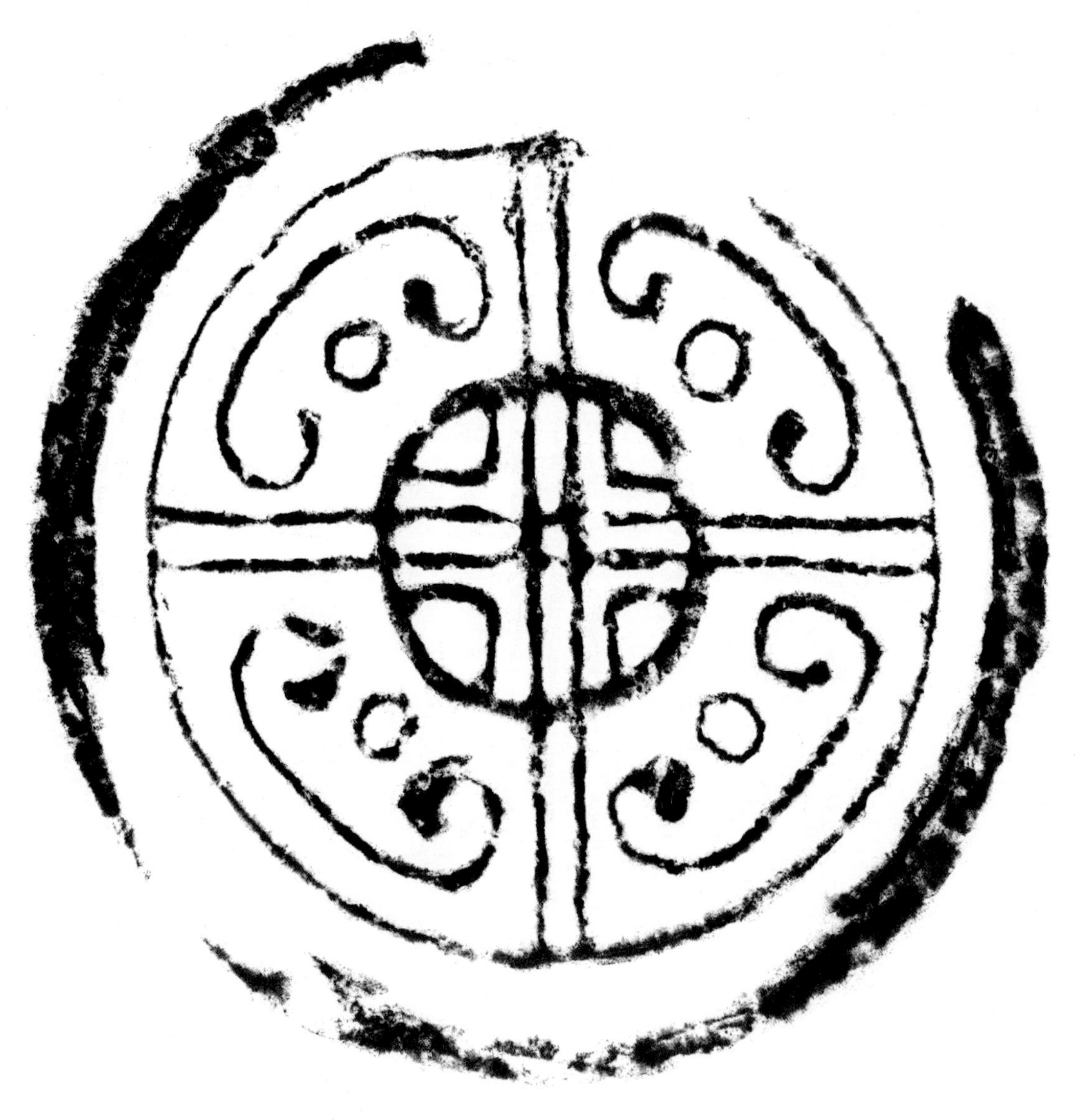

圖二一四　雲紋瓦當　西漢初

一九九二年三月漢甘泉宮遺址凉武帝村採集。陶色青灰，瓦筒里布紋，當背沿有穿孔和繩勒紋。面徑 13.5 厘米，邊沿寬 0.9 厘米。淳化縣文化館藏。

圖二一五　雲紋瓦當　西漢初

漢甘泉宮遺址凉武帝村採集。陶色黑灰，瓦筒包裹當心，筒里布紋。當心徑 11.5 厘米。

圖二一六　雲紋瓦當　西漢初

一九八七年七月漢甘泉宮遺址董家村採集。陶色淺灰，當背沿有穿孔和繩勒紋。面徑約 14.6 厘米，邊沿寬 0.8 厘米。淳化縣文化館藏。

圖二一七　雲紋瓦當　西漢初

漢甘泉宮遺址凉武帝村採集。陶色淺灰，瓦筒里布紋。當背沿有穿孔和繩勒痕蹟。面徑 15 厘米，邊沿寬 1.2 厘米。淳化縣文化館藏。

圖二一八　雲紋瓦當　西漢初

一九八七年七月漢甘泉宮遺址董家村採集。瓦筒包裹當心，當面塗朱色。面徑 14.4 厘米，邊沿寬 0.8 厘米。淳化縣文化館藏。

圖二一九　雲紋瓦當　西漢初

一九八六年四月漢甘泉宫遺址董家村採集。陶色淺灰，當背沿有穿孔和繩勒紋。面徑約 15.6 厘米，邊沿寬 0.9 厘米。淳化縣文化館藏。

圖二二〇　雲紋瓦當　西漢初

一九七九年四月漢甘泉宫遺址董家村採集。陶色青灰，瓦筒外斜細繩紋。當背沿有穿孔和繩勒痕蹟。面徑約16.6厘米，邊沿寬1.1厘米。淳化縣文化館藏。

圖二二一　雲紋瓦當　西漢初

一九七九年五月漢甘泉宫遺址凉武帝村採集。陶色淺灰，瓦筒包裹當心，筒里布紋，當背沿有繩勒痕蹟。面徑14.2厘米，邊沿寬0.8厘米。淳化縣文化館藏。

圖二二二　雲紋瓦當　西漢初

一九七九年四月漢甘泉宫遺址凉武帝村採集。陶色青灰，當背沿繩勒。面徑16.3厘米，邊沿寬1厘米。淳化縣文化館藏。

圖二二三　雲紋瓦當　西漢初

一九八五年三月漢甘泉宫遺址董家村採集。陶色淺灰，瓦筒外豎細繩紋，布紋里，當背沿有穿孔和繩勒痕蹟。面徑 14.4 厘米，邊沿寬 0.6 ~ 1 厘米。淳化縣文化館藏。

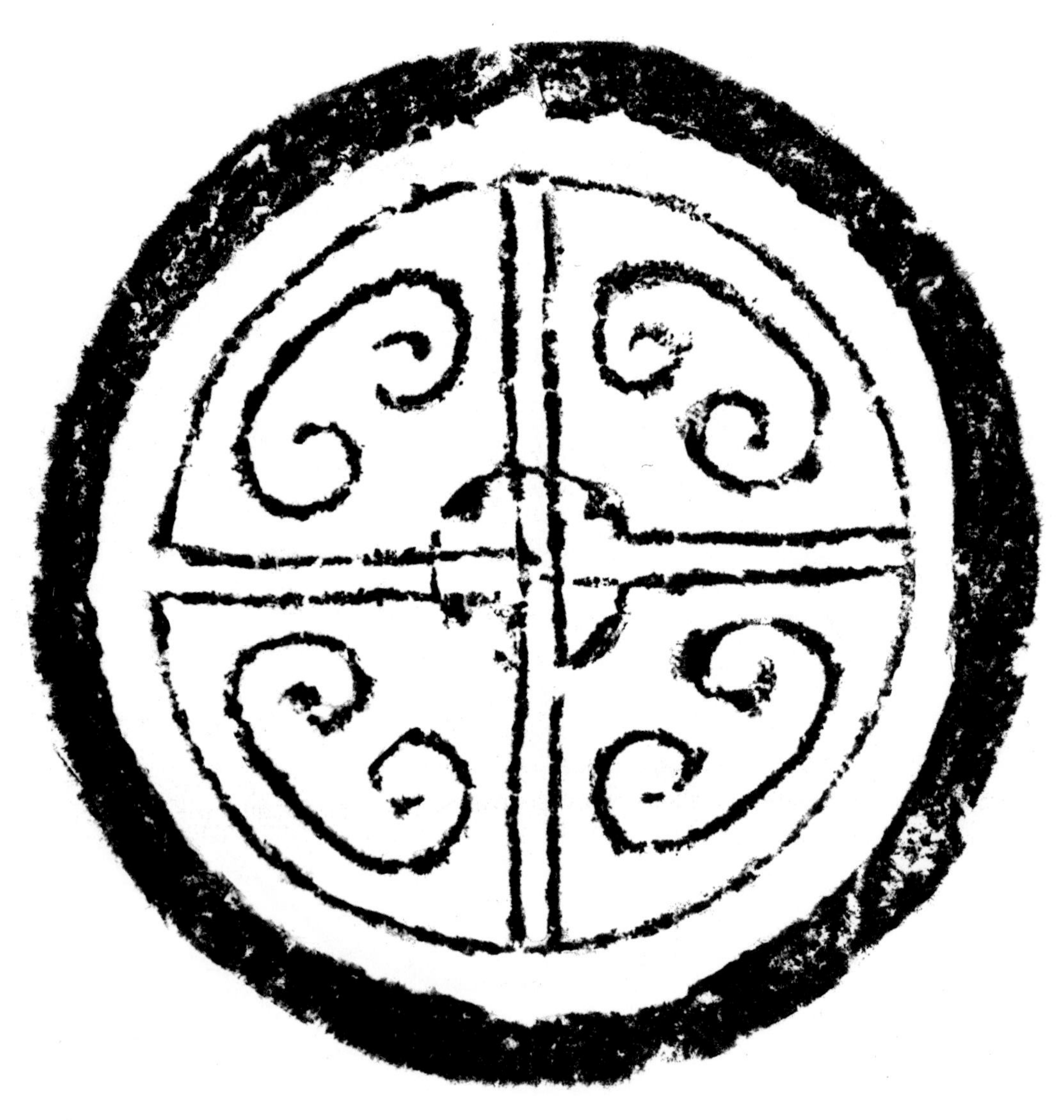

圖二二四　雲紋瓦當　西漢初

一九八三年十一月漢甘泉宫遺址凉武帝村採集。陶色青灰，瓦筒里布紋，當背沿有繩勒痕蹟。面徑13.8厘米，邊沿寬1.1厘米。淳化縣文化館藏。

圖二二五　雲紋瓦當　西漢初

漢甘泉宫遺址董家村採集。陶色青灰，筒瓦接當沿後，筒里布紋，當背沿有穿孔和繩勒痕蹟。面徑13.5厘米，邊沿寬0.7厘米。

圖二二六　雲紋瓦當　西漢初

一九八七年七月漢甘泉宫遺址凉武帝村採集。陶色黑灰，筒里布紋，筒外當端17厘米素面，餘竪繩紋。當背沿有穿孔和繩勒紋。面徑14.3厘米，邊沿寬0.8厘米。淳化縣文化館藏。

圖二二七　雲紋瓦當　西漢初

漢甘泉宮遺址凉武帝村採集。陶色青灰，瓦筒接當沿後，當背有繩勒痕蹟。面徑16厘米，邊沿寬1厘米。淳化縣文化館藏。

圖二二八　雲紋瓦當　秦至漢初

一九八五年三月漢甘泉宫遺址董家村採集。陶色青灰，瓦筒里麻點紋，當背沿有穿孔和繩勒痕蹟。面徑 15.7 厘米，邊沿寬 1 厘米。淳化縣文化館藏。

圖二二九　雲紋瓦當　秦至漢初

一九七九年十一月漢甘泉宮遺址凉武帝村採集。陶色黑灰，瓦筒里麻點紋，當背沿有穿孔和繩勒痕蹟。面徑 16 厘米，邊沿寬 0.9 厘米。淳化縣文化館藏。

圖二三〇　雲紋瓦當　西漢初

一九八四年十月漢甘泉宮遺址凉武帝村採集。陶色淺灰，當背沿有穿孔和繩勒痕蹟。面徑15.8厘米，邊沿寬0.9厘米。淳化縣文化館藏。

圖二三一　雲紋瓦當　秦至漢初

一九八七年十月漢甘泉宫遺址凉武帝村採集。陶色淺灰，瓦筒外竪細繩紋，麻點紋里。背沿有穿孔和繩勒痕跡。面徑17厘米，邊沿寬1.1厘米。淳化縣文化館藏。

圖二三二　雲紋瓦當　西漢初

一九九一年八月漢甘泉宮遺址董家村採集。陶色淺灰，瓦筒及當沿斜細繩紋，布紋里。當背沿有繩勒痕蹟。面徑約 15.2 厘米，邊沿寬 0.9 厘米。淳化縣文化館藏。

圖二三三　雲紋瓦當　秦至漢初

一九九二年三月漢甘泉宫遺址凉武帝村採集。陶色青灰，瓦筒里布紋，當背沿有穿孔和繩勒痕蹟。面徑 15.5 厘米，邊沿寬 0.7 ~ 1 厘米。

圖二三四　雲紋瓦當　西漢初

一九七九年四月漢甘泉宮遺址董家村採集。陶色紅褐，瓦筒里麻點，當背沿有繩勒痕蹟。面徑15.3厘米，邊沿寬1厘米。

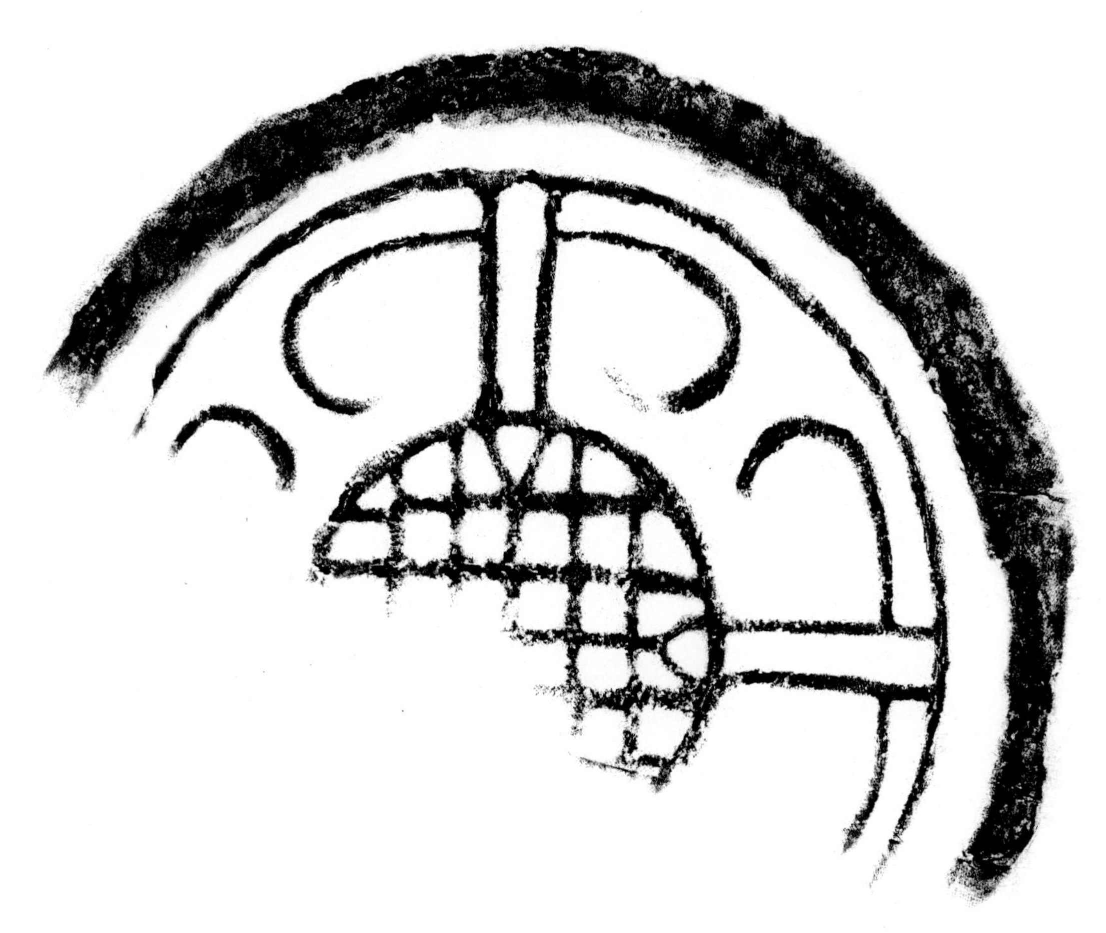

圖二三五　雲紋瓦當　西漢初

一九七一年漢甘泉宮遺址凉武帝村採集。陶色青灰，背沿有繩勒痕蹟。面徑 14.7 厘米，邊沿寬 1 厘米。

圖二三六　雲紋瓦當　西漢初

一九八〇年一月漢甘泉宫遺址凉武帝村採集。陶色淺灰，當背沿有穿孔和繩勒痕蹟。面徑 15 厘米，邊沿寬 0.9 厘米。淳化縣文化館藏。

圖二三七　雲紋瓦當　秦至漢初

一九八〇年十一月漢甘泉宮遺址董家村採集。陶色青灰，瓦筒包裹當心，當背沿有穿孔和繩勒紋。面徑 15.5 厘米，邊沿寬 0.8 ~ 1.2 厘米。淳化縣文化館藏。

圖二三八　雲紋瓦當　西漢初

一九八六年四月漢甘泉宫遺址凉武帝村採集。陶色青灰，瓦筒里布紋。當背沿有穿孔和繩勒痕蹟。面徑 15.3 厘米，邊沿寬 1 厘米。淳化縣文化館藏。

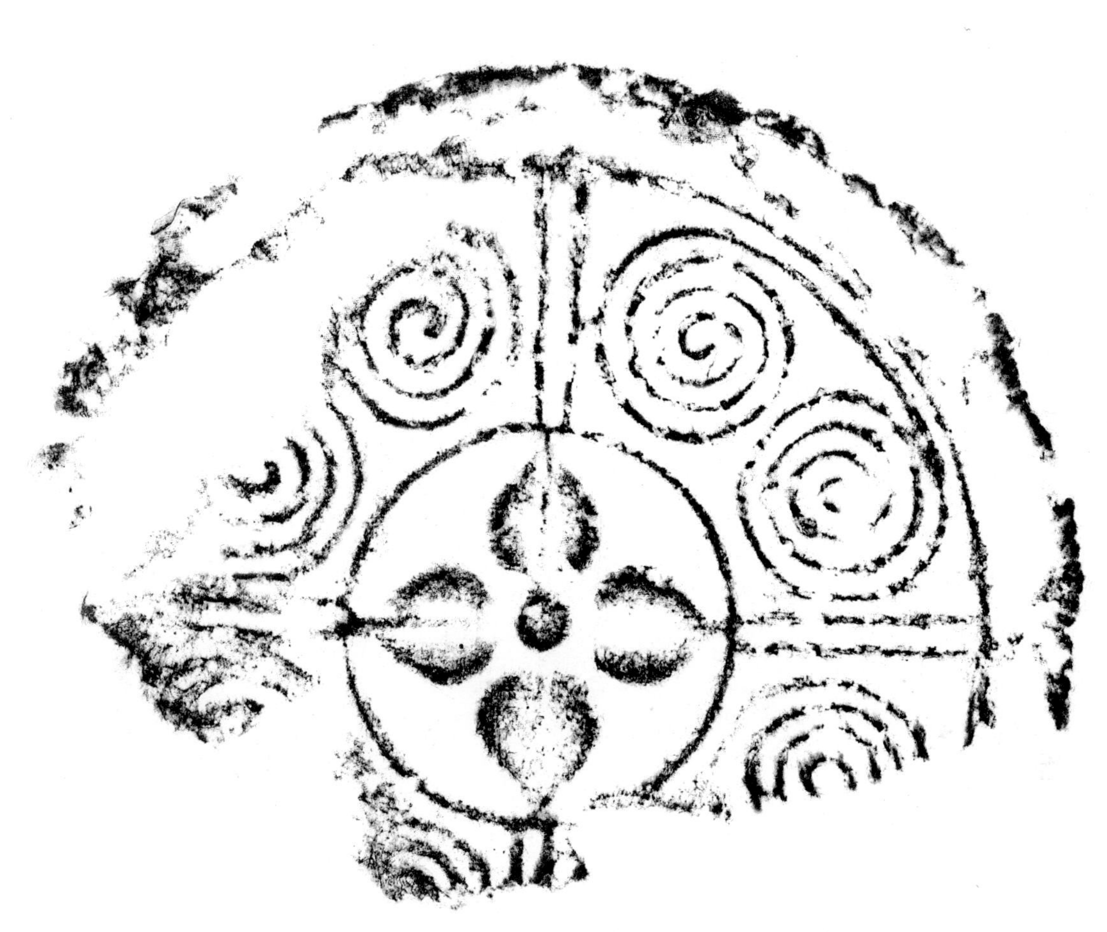

圖二三九　雲紋瓦當　秦至漢初

一九七九年十一月漢甘泉宫遺址董家村採集。陶色青灰。面徑約 15 厘米，邊沿寬 1 厘米。淳化縣文化館藏。

圖二四〇　雲紋瓦當　西漢初

一九八六年四月漢甘泉宫遺址董家村採集。陶色青灰，當背沿有穿孔和繩勒痕蹟。面徑約18厘米，邊沿寬1厘米。淳化縣文化館藏。

圖二四一　雲紋瓦當　西漢初

一九八〇年十一月漢甘泉宮遺址董家村採集。陶色青灰，瓦筒外斜細繩紋。當背沿有穿孔和繩勒痕蹟。面徑16厘米，邊沿寬0.9厘米。淳化縣文化館藏。

圖二四二　雲紋瓦當　西漢初

一九八〇年十一月漢甘泉宮遺址董家村採集。陶色青灰，瓦筒里布紋。當背楦壓，背沿有穿孔和繩勒痕蹟。面徑15厘米，邊沿寬1厘米。淳化縣文化館藏。

圖二四三　雲紋瓦當　西漢初

一九八四年十月漢甘泉宮遺址凉武帝村採集。陶色青灰，瓦筒里麻布紋。當背楦壓，背沿有繩勒波紋。當面塗白色。面徑 15.4 厘米，邊沿寬 0.9 厘米。淳化縣文化館藏。

圖二四四　雲紋瓦當　西漢初

一九七九年十一月漢甘泉宮遺址涼武帝村採集。陶色青灰，瓦筒里布紋。當背沿有穿孔和繩勒痕蹟。面徑15.5厘米，邊沿寬0.9厘米。

圖二四五　雲紋瓦當　西漢初

一九七九年五月漢甘泉宫遺址凉武帝村採集。陶色青灰，瓦筒外斜細繩紋，當背沿有穿孔和繩勒痕蹟。面徑 18.5 厘米，邊沿寬 1 厘米。淳化縣文化館藏。

圖二四六　雲紋瓦當　西漢初

一九八五年五月漢甘泉宮遺址凉武帝村採集。陶色淺灰，瓦筒里布紋。當背沿有穿孔和繩勒痕蹟。面徑16厘米，邊沿寬1厘米。淳化縣文化館藏。

圖二四七　雲紋瓦當　西漢初

一九七九年十一月漢甘泉宮遺址凉武帝村採集。陶色青灰，瓦筒外竪細繩紋。面徑 17.5 厘米，邊沿寬 1.2 厘米。淳化縣文化館藏。

圖二四八　雲紋瓦當　西漢初

一九九一年漢甘泉宮遺址凉武帝村採集。陶色淺灰，瓦筒接當沿後，當背沿有穿孔和繩勒痕。面徑 15.4 厘米，邊沿寬 1 厘米。

圖二四九　雲紋瓦當　西漢初

一九八一年十月漢甘泉宫遺址凉武帝村採集。陶色蔚藍，瓦筒外竪細繩紋，布紋里，當面塗白色。當背沿有穿孔和繩勒痕蹟。面徑 15.7 厘米，邊沿寬 1.2 厘米。淳化縣文化館藏。

圖二五〇　雲紋瓦當　西漢初

一九七九年五月漢甘泉宫遺址凉武帝村採集。陶色青灰，瓦筒里布紋，當背沿有穿孔和繩勒痕蹟。面徑16厘米，邊沿寬1厘米。淳化縣文化館藏。

圖二五一　雲紋瓦當　西漢初

一九九一年四月漢甘泉宫遺址凉武帝村採集。陶色青灰，瓦筒里布紋，當背沿有穿孔和繩勒痕蹟。面徑 15.3 厘米，邊沿寬 1.2 厘米。淳化縣文化館藏。

圖二五二　雲紋瓦當　西漢初

一九九一年四月漢甘泉宮遺址凉武帝村採集。陶色青灰，當背沿有穿孔和繩勒痕蹟。面徑16厘米，邊沿寬1厘米。淳化縣文化館藏。

圖二五三　雲紋瓦當　西漢初

一九九二年十一月漢甘泉宫遺址凉武帝村採集。瓦筒包裹當心，當背沿有穿孔和繩勒痕蹟。面徑約17厘米，邊沿寬1.2厘米。淳化縣文化館藏。

圖二五四　雲紋瓦當　西漢初

一九八二年四月漢甘泉宫遺址城前頭村採集。陶色青灰，當背沿有穿孔和繩勒痕蹟。面徑14.5厘米，邊沿寬0.8厘米。淳化縣文化館藏。

圖二五五　雲紋瓦當　西漢初

一九八〇年十一月漢甘泉宫遺址董家村採集。陶色青灰，瓦筒外斜細繩紋。當背沿有穿孔和繩勒痕蹟。面徑 16.5 厘米，邊沿寬 0.5 厘米。淳化縣文化館藏。

圖二五六　雲紋瓦當　西漢初

一九九二年三月漢甘泉宮遺址凉武帝村採集。陶色黑灰，瓦筒外竪細繩紋，筒里布紋。當背沿有穿孔和繩勒痕蹟。面徑16.8厘米，邊沿寬0.8厘米。

圖二五七　雲紋瓦當　西漢初

一九八六年四月漢甘泉宫遺址董家村採集。陶色青灰，當背沿有穿孔和繩勒痕蹟。面徑 15 厘米，邊沿寬 0.6 ~ 0.9 厘米。淳化縣文化館藏。

圖二五八　雲紋瓦當　西漢初

漢甘泉宮遺址董家村採集。陶色淺灰，瓦筒及當沿飾斜細繩紋，當背沿有穿孔和繩勒痕蹟。面徑 15.6 厘米，邊沿寬 1 厘米。

圖二五九　雲紋瓦當　西漢初

一九八八年十一月漢甘泉宫遺址凉武帝村採集。瓦筒接當沿後，當背有穿孔繩勒痕蹟。面徑14厘米，邊沿寬1.1厘米。淳化縣文化館藏。

圖二六〇　雲紋瓦當　西漢初

一九八〇年十一月漢甘泉宫遺址董家村採集。陶色青灰，瓦筒里布紋，當背沿有穿孔和繩勒痕蹟。面徑15.6厘米，邊沿寬0.8厘米。淳化縣文化館藏。

圖二六一　雲紋瓦當　西漢初

一九七九年五月漢甘泉宮遺址涼武帝村採集。陶色青灰，瓦筒包裹當心，當面中一孔，當背沿有穿孔和繩勒痕蹟。面徑16.8厘米，邊沿寬1.1厘米。

圖二六二　雲紋瓦當　西漢初

一九七九年十一月漢甘泉宮遺址涼武帝村採集。陶色青灰，當背沿有穿孔和繩勒痕蹟。面徑17.5厘米，邊沿寬1.2厘米。淳化縣文化館藏。

圖二六三　雲紋瓦當　西漢初

一九八五年五月漢甘泉宫遺址凉武帝村採集。陶色青灰，瓦筒外及當沿斜細繩紋，當背有穿孔和繩勒痕蹟。面徑15.6厘米，邊沿寬0.9厘米。

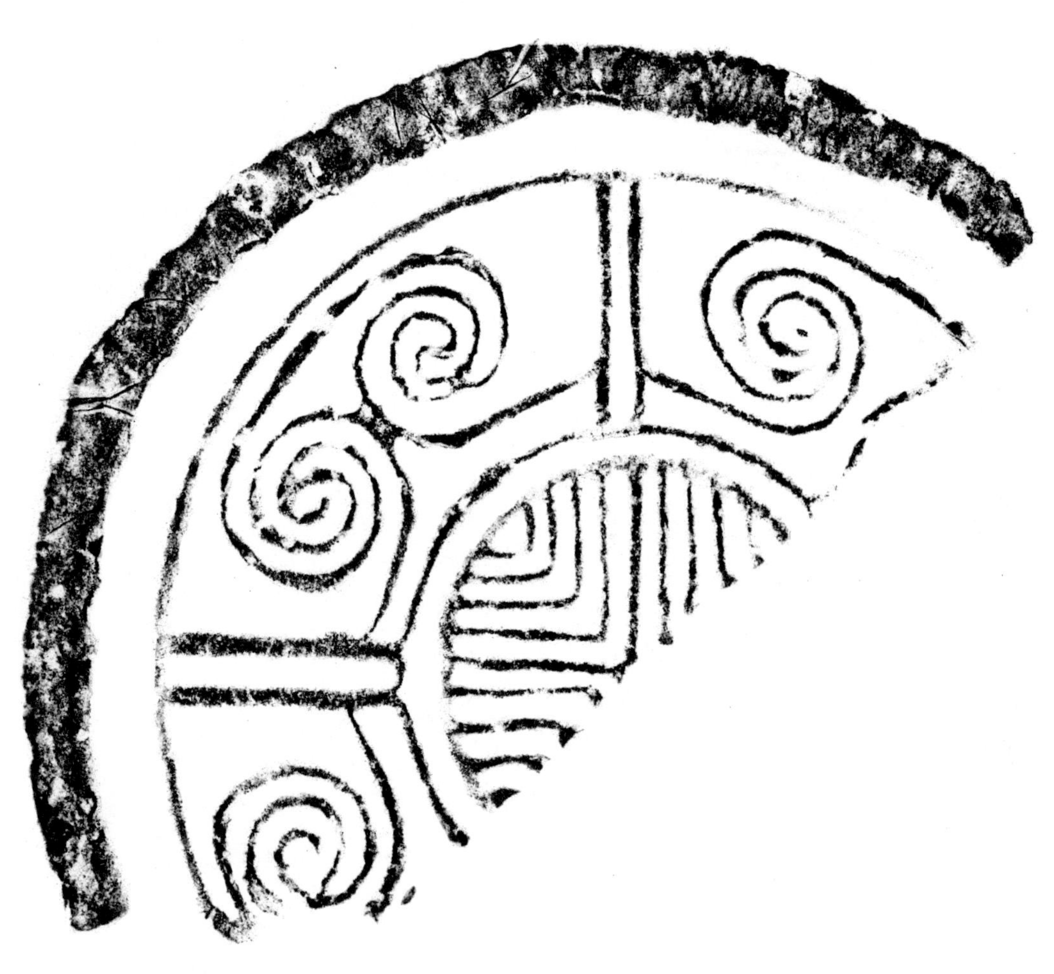

圖二六四　雲紋瓦當　西漢初

一九八〇年十月漢甘泉宫遺址董家村採集。陶色黑灰，當背沿有穿孔和繩勒痕蹟。面徑約17厘米，邊沿寬0.9厘米。淳化縣文化館藏。

圖二六五　雲紋瓦當　西漢初

漢甘泉宫遺址凉武帝村採集。陶色青灰，當背雕作硯。面徑13.3厘米，邊沿寬0.9厘米。

圖二六六　雲紋瓦當　西漢初

漢甘泉宮遺址凉武帝村採集。陶色青灰，質粗，胎内夾砂。當背沿有穿孔和繩勒痕蹟。面徑約15厘米，邊沿寬0.9厘米。淳化縣文化館藏。

圖二六七　雲紋瓦當　西漢初

一九七九年五月漢甘泉宫遺址凉武帝村採集。陶色青灰，瓦筒里布紋。圓心平頂，當背沿有穿孔和繩勒痕。面徑 15.5 厘米，邊沿寬 1 厘米。淳化縣文化館藏。

圖二六八　雲紋瓦當　西漢初

一九七九年五月漢甘泉宮遺址凉武帝村採集。陶色青灰，瓦筒外竪細繩紋，當背有穿孔和繩勒痕蹟。面徑16厘米，邊沿寬1.3厘米。淳化縣文化館藏。

圖二六九　雲紋瓦當　西漢初

一九八〇年漢甘泉宮遺址董家村採集。陶色黑灰，當背沿有繩勒痕蹟。面徑約18厘米，邊沿寬1厘米。淳化縣文化館藏。

圖二七〇　雲紋瓦當　西漢初

一九八五年三月漢甘泉宮遺址董家村採集。陶色青灰，當背沿有繩勒痕蹟。當面塗紅色。面徑約17.6厘米，邊沿寬0.8厘米。淳化縣文化館藏。

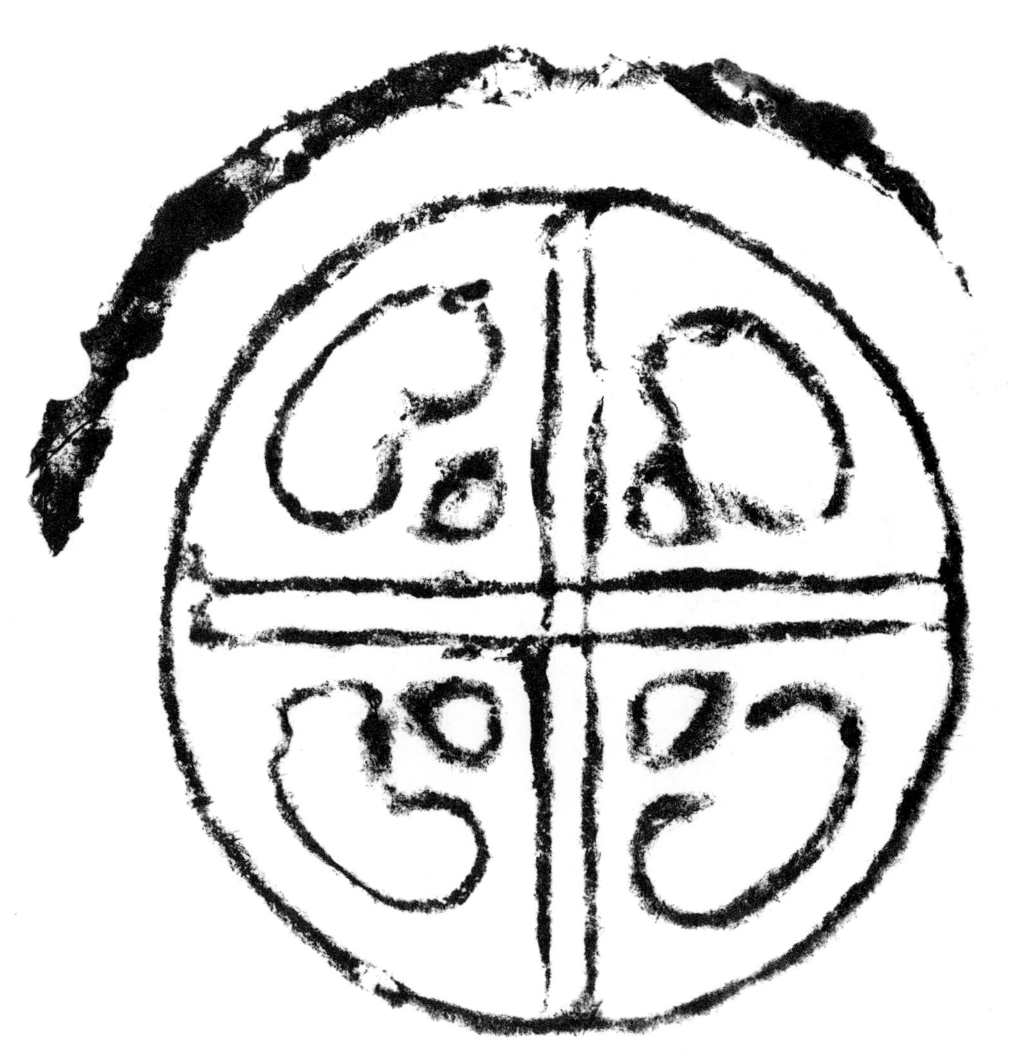

圖二七一　雲紋瓦當　西漢

一九八二年四月漢甘泉宫遺址凉武帝村採集。筒瓦包裹當心，當心内凹，當背沿有繩勒紋。面徑約15.2厘米，邊沿寬1厘米。

圖二七二　雲紋瓦當　西漢

一九八五年三月漢甘泉宮遺址凉武帝村採集。陶色黑灰，瓦筒外竪細繩紋，麻點紋里。當背抹光。面徑 15.4 厘米，邊沿寬 0.6 厘米。淳化縣文化館藏。

圖二七三　雲紋瓦當　西漢

一九八五年三月漢甘泉宮遺址董家村採集。陶色青灰，當背沿有穿孔和繩勒紋。面徑 15.3 厘米，邊沿寬 0.9 厘米。淳化縣文化館藏。

圖二七四　雲紋瓦當　西漢

一九八六年四月漢甘泉宫遺址董家村採集。陶色青灰，瓦筒外竪細繩紋，布紋里。當背抹光，當面塗白色。面徑15厘米，邊沿寬1厘米。淳化縣文化館藏。

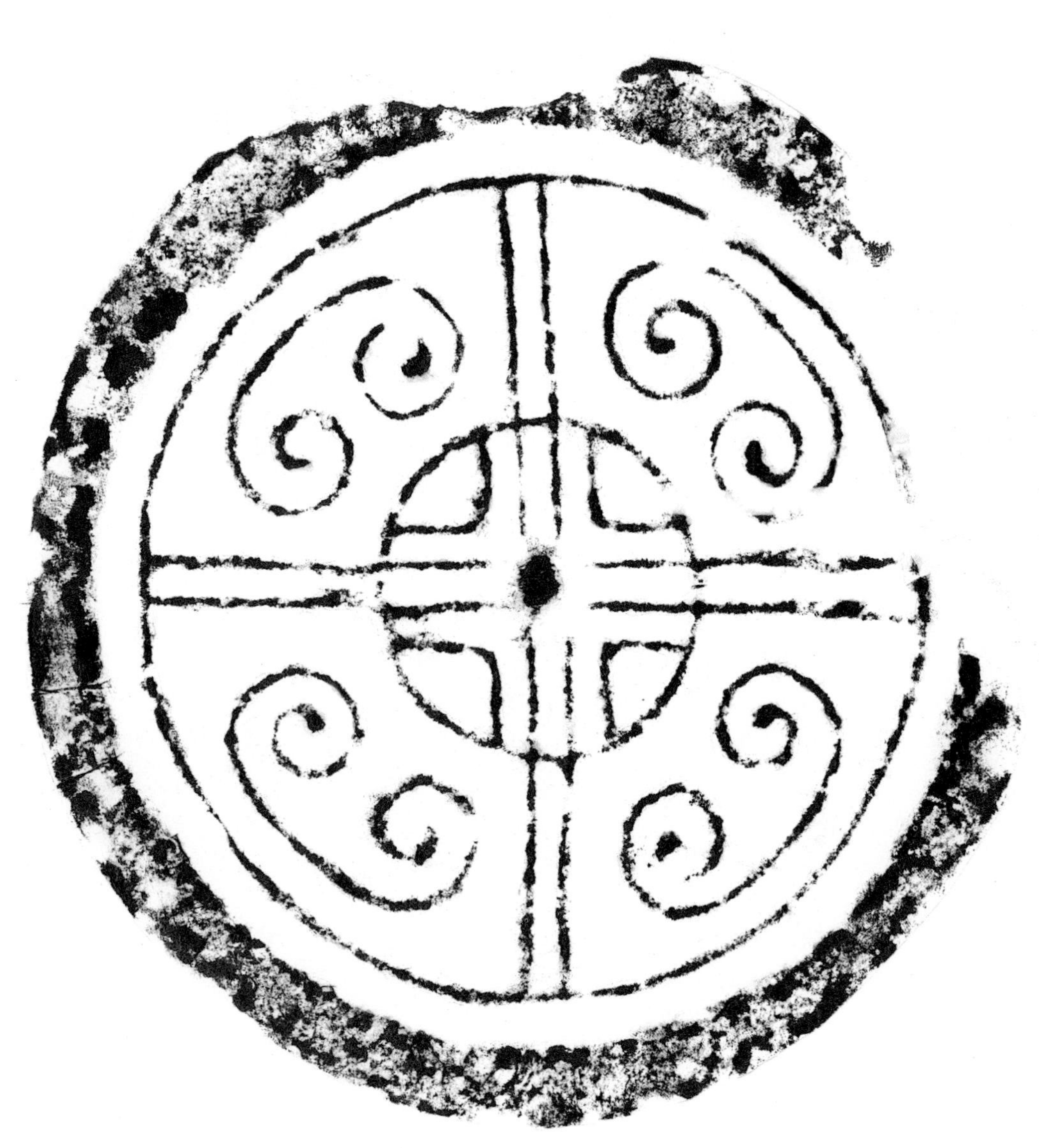

圖二七五　雲紋瓦當　西漢

漢甘泉宫遺址凉武帝村採集。陶色青灰。面徑14厘米，邊沿寬1厘米。淳化縣文化館藏。

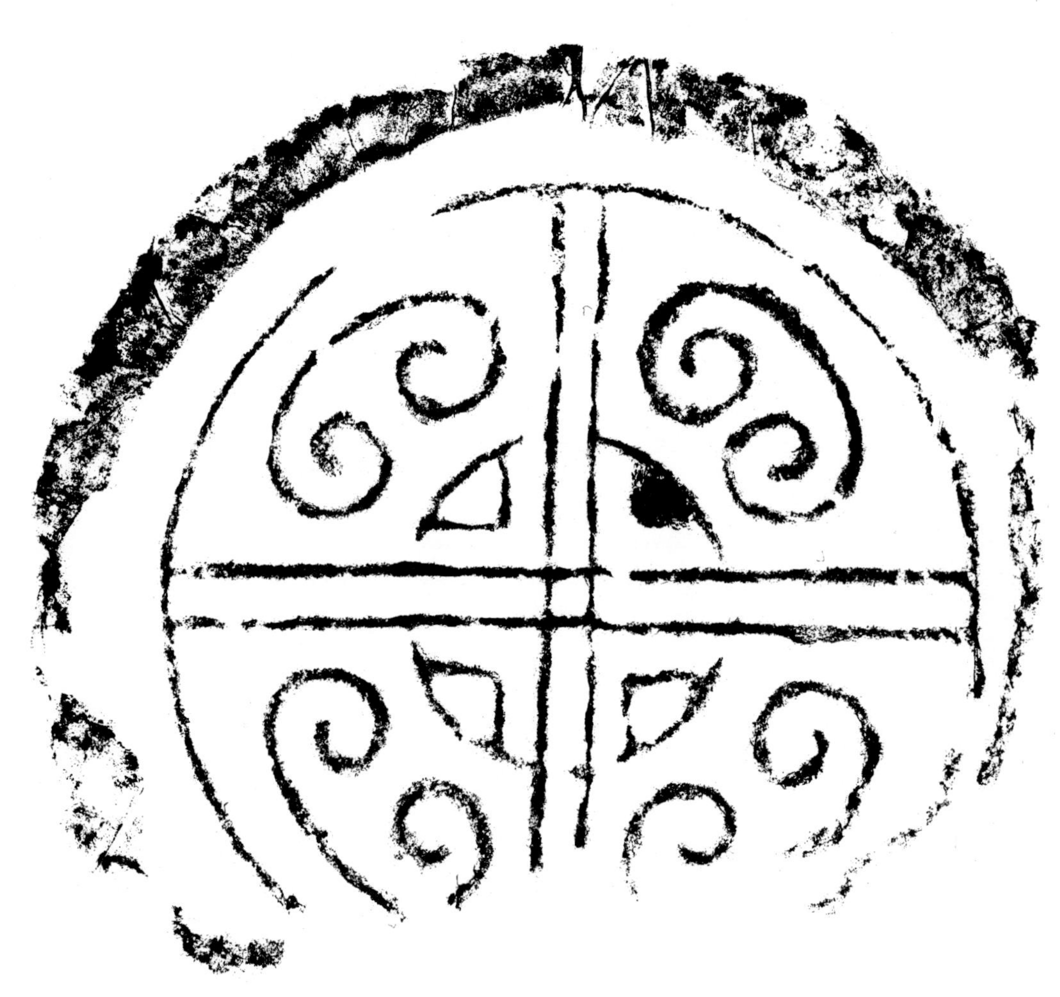

圖二七六　雲紋瓦當　西漢

一九八八年十二月漢甘泉宫遺址凉武帝村採集。陶色青灰，瓦筒外斜細繩紋，布紋里。當面塗白色。面徑15厘米，邊沿寬1.1厘米。淳化縣文化館藏。

圖二七七　雲紋瓦當　西漢

一九七九年五月漢甘泉宮遺址董家村採集。陶色淺灰，瓦筒外斜細繩紋，筒里布紋。當背抹光。面徑16厘米，邊沿寬0.9厘米。淳化縣文化館藏。

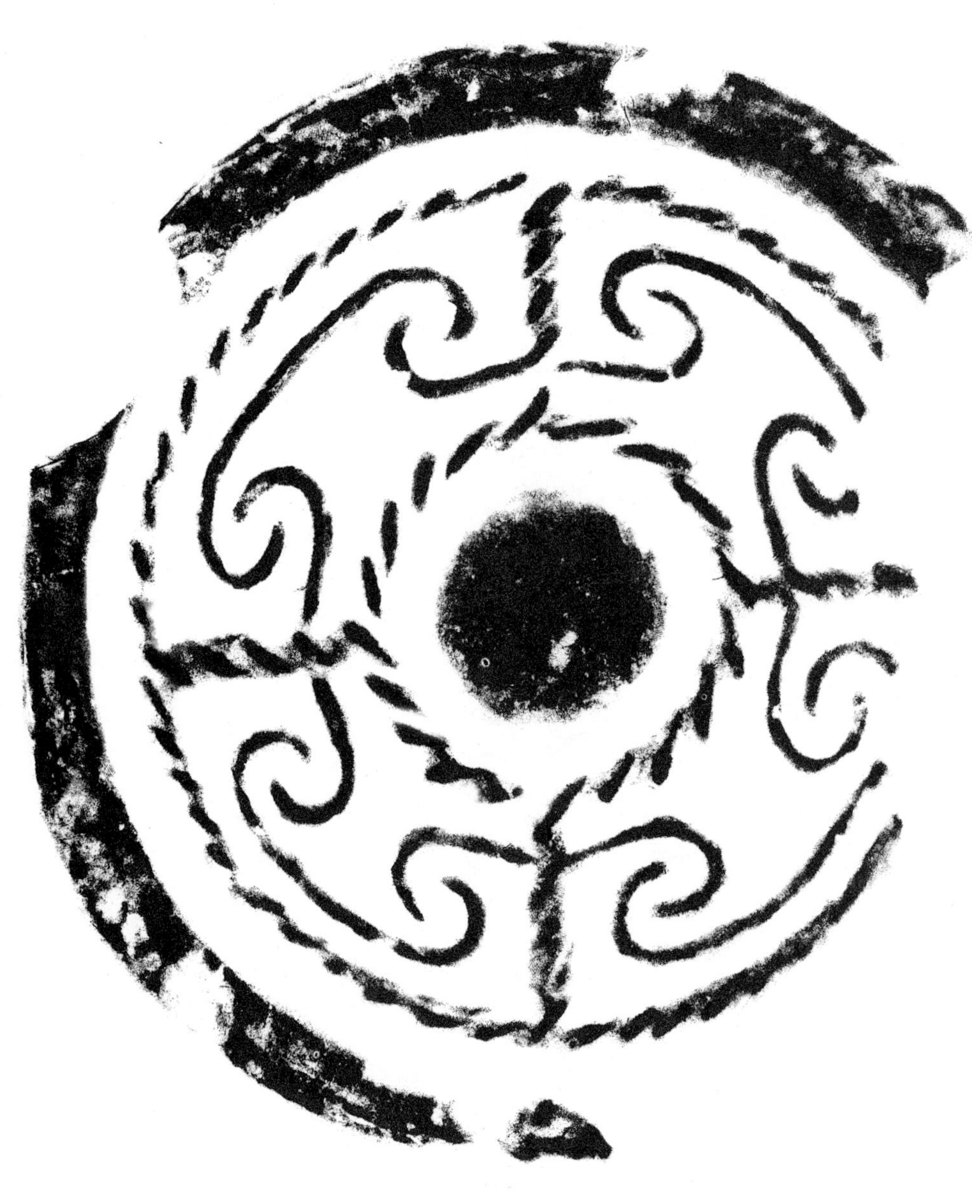

圖二七八　雲紋瓦當　西漢

一九七九年十二月漢甘泉宫遺址凉武帝村採集。陶色青灰，瓦筒外交叉細繩紋。當背沿有穿孔和繩勒紋。面徑15.8厘米，邊沿寬1.1厘米。淳化縣文化館藏。

圖二七九　雲紋瓦當　西漢中期

漢甘泉宮遺址採集。陶色青灰，當背抹光。面徑 18.5 厘米，邊沿寬 1.5 厘米。淳化縣文化館藏。

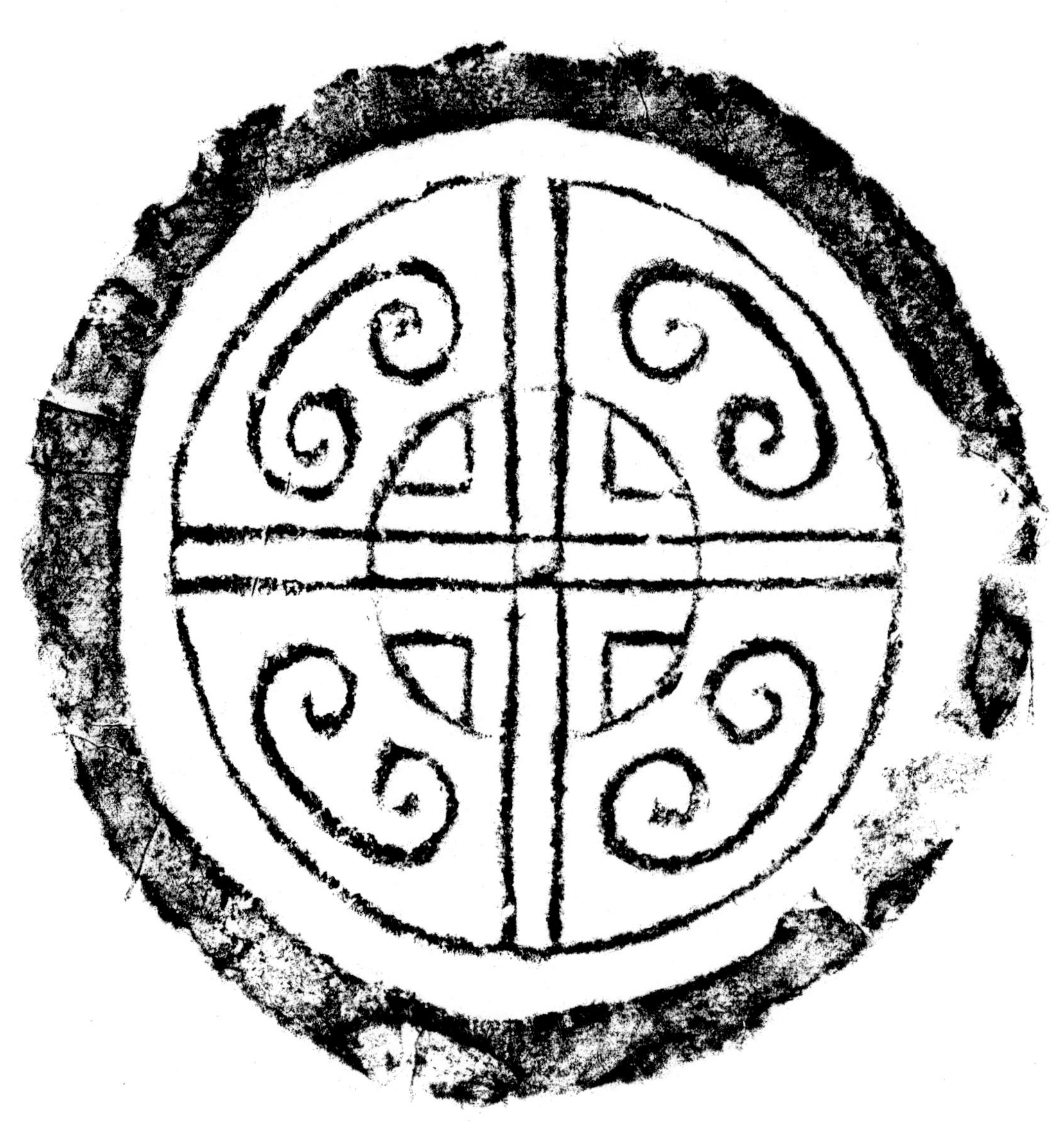

圖二八〇　雲紋瓦當　西漢中期

漢甘泉宫遺址凉武帝村採集。陶色青灰，瓦筒内布紋。當背抹光。面徑 18 厘米，邊沿寬 1.4 厘米。淳化縣文化館藏。

圖二八一　雲紋瓦當　西漢中期

一九八〇年一月漢甘泉宫遺址凉武帝村採集。陶色青灰，瓦筒里布紋。當背沿有穿孔和繩勒痕。面徑18厘米，邊沿寬1.1厘米。淳化縣文化館藏。

圖二八二　雲紋瓦當　西漢中期

漢甘泉宫遺址凉武帝村採集。陶色青灰，瓦筒外斜細繩紋，布紋里。面徑 19.2 厘米，邊沿寬 1 厘米。淳化縣文化館藏。

圖二八三　雲紋瓦當　西漢中期

一九九一年三月漢甘泉宫遺址凉武帝村採集。陶色青灰，瓦筒外斜細繩紋，麻點紋里。面徑 19.3 厘米，邊沿寬 0.8 ~ 1.1 厘米。

圖二八四　雲紋瓦當　西漢中後期

一九八七年七月漢甘泉宮遺址董家村採集。陶色青灰，瓦筒外竪細繩紋，布紋里。當背抹光，當面塗白色。面徑16厘米，邊沿寬1厘米。淳化縣文化館藏。

圖二八五　雲紋瓦當　西漢中後期

一九八二年四月漢甘泉宫遺址凉武帝村採集。陶色青灰，當面中部内陷，當背沿有穿孔和繩勒紋。面徑17厘米，邊沿寬0.7～1厘米。淳化縣文化館藏。

圖二八六　雲紋瓦當　西漢中後期

一九八一年十月漢甘泉宮遺址凉武帝村採集。陶色淺灰，當背抹光。面徑16厘米，邊沿寬1厘米。淳化縣文化館藏。

圖二八七　雲紋瓦當　西漢中後期

一九八五年三月漢甘泉宫遺址董家村採集。陶色青灰，當背抹光。面徑15.7厘米，邊沿寬0.7～1.1厘米。淳化縣文化館藏。

圖二八八　雲紋瓦當　西漢中後期

漢甘泉宫遺址凉武帝村採集。陶色淺灰，筒瓦里布紋，當背抹光。面徑12.7厘米，邊沿寬1厘米。淳化縣文化館藏。

圖二八九　雲紋瓦當　西漢中後期

一九七九年十一月漢甘泉宫遺址董家村採集。陶色青灰，當背抹光，背中一渦。面徑 14.5 厘米，邊沿寬 1.1 厘米。淳化縣文化館藏。

圖二九〇　雲紋瓦當　西漢中後期

一九九二年三月漢甘泉宮遺址凉武帝村採集。陶色黑灰，瓦筒里布紋，當背抹光。面徑15.6厘米，邊沿寬1厘米。淳化縣文化館藏。

圖二九一　雲紋瓦當　西漢中後期

一九七九年十一月漢甘泉宫遺址董家村採集。陶色青灰，當背抹光，中一指渦。面徑 16.6 厘米，邊沿寬 0.8 厘米。淳化縣文化館藏。

圖二九二　雲紋瓦當　西漢中後期

一九八七年五月漢甘泉宮遺址董家村採集。陶色淺灰，筒里布紋，當背抹光。面徑15.6厘米，邊沿寬0.8厘米。淳化縣文化館藏。

圖二九三　雲紋瓦當　西漢中後期

一九八三年十一月漢甘泉宫遺址凉武帝村採集。陶色淺灰，當背抹光。面徑 14.5 厘米，邊沿寬 1.1 厘米。淳化縣文化館藏。

圖二九四　雲紋瓦當　西漢中後期

一九八四年十月漢甘泉宫遺址董家村採集。陶色黑灰，筒瓦内布紋，當背抹光，當面塗白色。面徑14.5厘米，邊沿寬1.2厘米。淳化縣文化館藏。

圖二九五　雲紋瓦當　西漢中後期

一九七九年五月漢甘泉宮遺址凉武帝村採集。陶色青灰，瓦筒外竪細繩紋，布紋里。當背抹光。面徑14厘米，邊沿寬0.9厘米。淳化縣文化館藏。

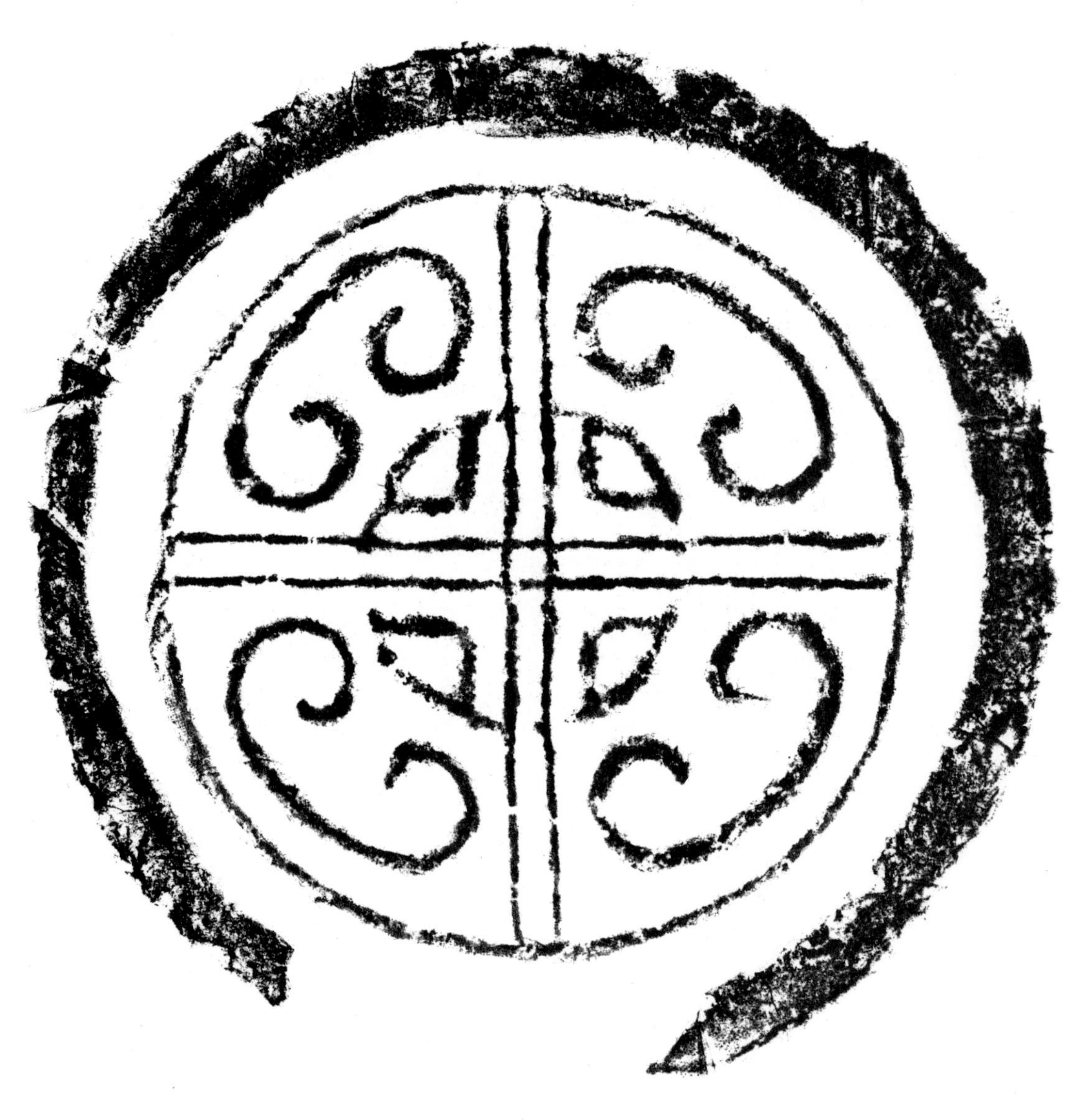

圖二九六　雲紋瓦當　西漢中後期

一九八五年三月漢甘泉宫遺址凉武帝村採集。陶色青灰，瓦筒里布紋，當背抹光。面徑15厘米，邊沿寬1.1厘米。淳化縣文化館藏。

圖二九七　雲紋瓦當範　秦

一九八八年漢甘泉宮遺址凉武帝村採集。陶色黑灰。面徑約12.5厘米，中心厚2.1厘米，渾沿厚1厘米。這種範範出的瓦當中心微凹，無邊輪。

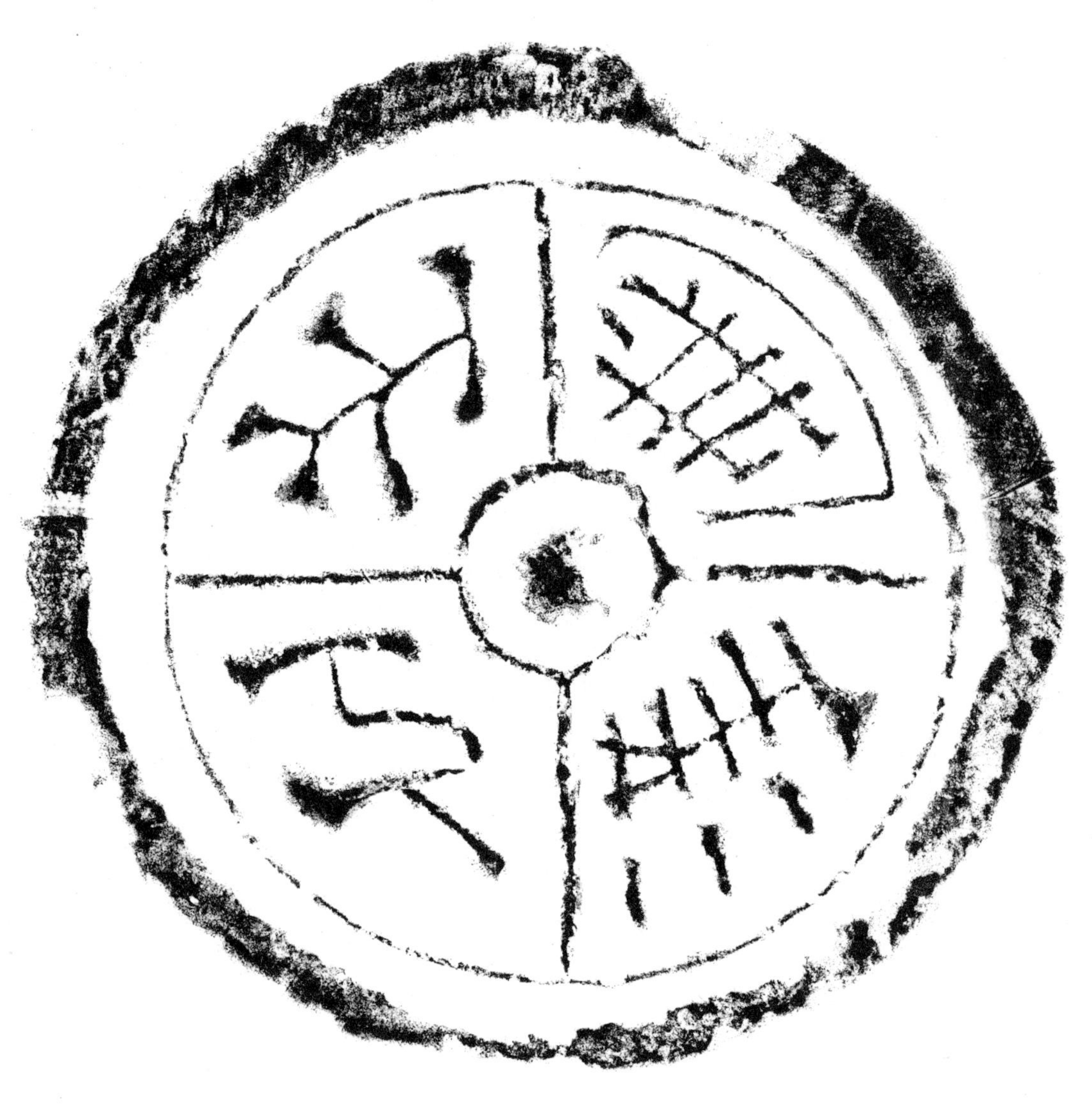

圖二九八　漢兼天下瓦當　西漢初

一九九〇年鐵王鄉東嘴村出土。陶色青灰。當背抹光，筒瓦内與當背接連處填泥壓實。文字由右下向上反時針方向旋讀。面徑 15.6 厘米，邊沿寬 0.6 ~ 1.1 厘米。

圖二九九　衛字瓦當　西漢初

一九八〇年十一月漢洪崖宫遺址採集。陶色青灰，當背棺壓，背沿有繩勒痕蹟。面徑12.5厘米，邊沿寬0.8厘米。淳化縣文化館藏。

圖三〇〇　衛字瓦當　西漢

一九八〇年十一月漢雲陵採集。陶色黑灰，瓦筒外竪細繩紋，當背琢作硯。面徑14.6厘米，邊沿寬0.9厘米。 淳化縣文化館藏。

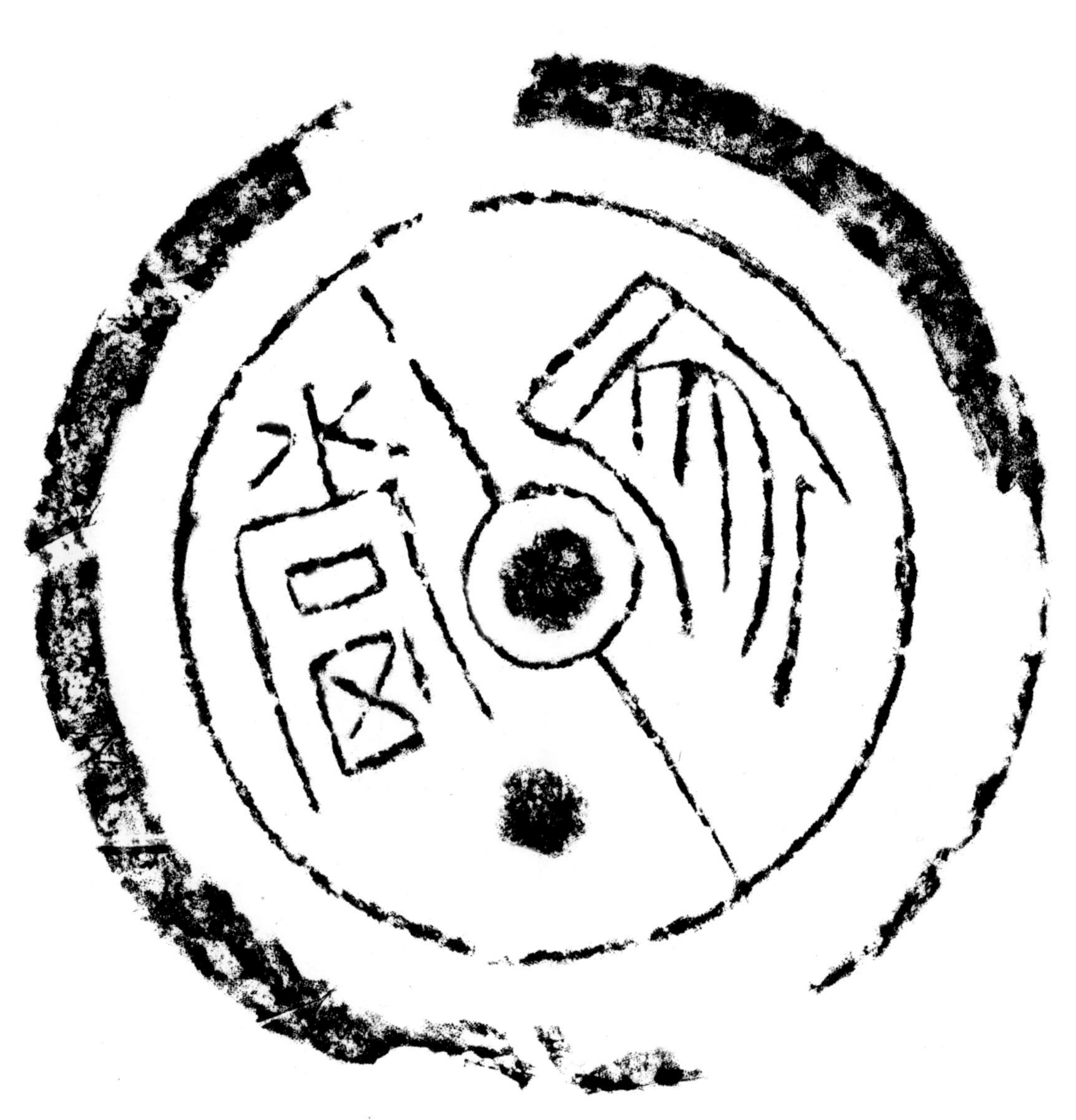

圖三〇一　家當瓦當　西漢

一九八八年八月那家村漢墓寢廟遺址採集。陶色淺灰，瓦筒外竪細繩紋，筒里布紋，當背抹光。面徑16厘米，邊沿寬1.1厘米。淳化縣文化館藏。

圖三〇二　長生無極瓦當　西漢

一九八八年桑樹嘴漢代遺址採集。陶色淺灰，筒瓦里布紋，當背抹光。面徑17厘米，邊沿寬1.7厘米。淳化縣文化館藏。

圖三〇三　長生無極瓦當　西漢中後期

一九八八年十一月漢洪崖宫遺址採集。陶色青灰，當背抹光，背中一指渦。面徑 16.4 厘米，邊沿寬 1.6 厘米。

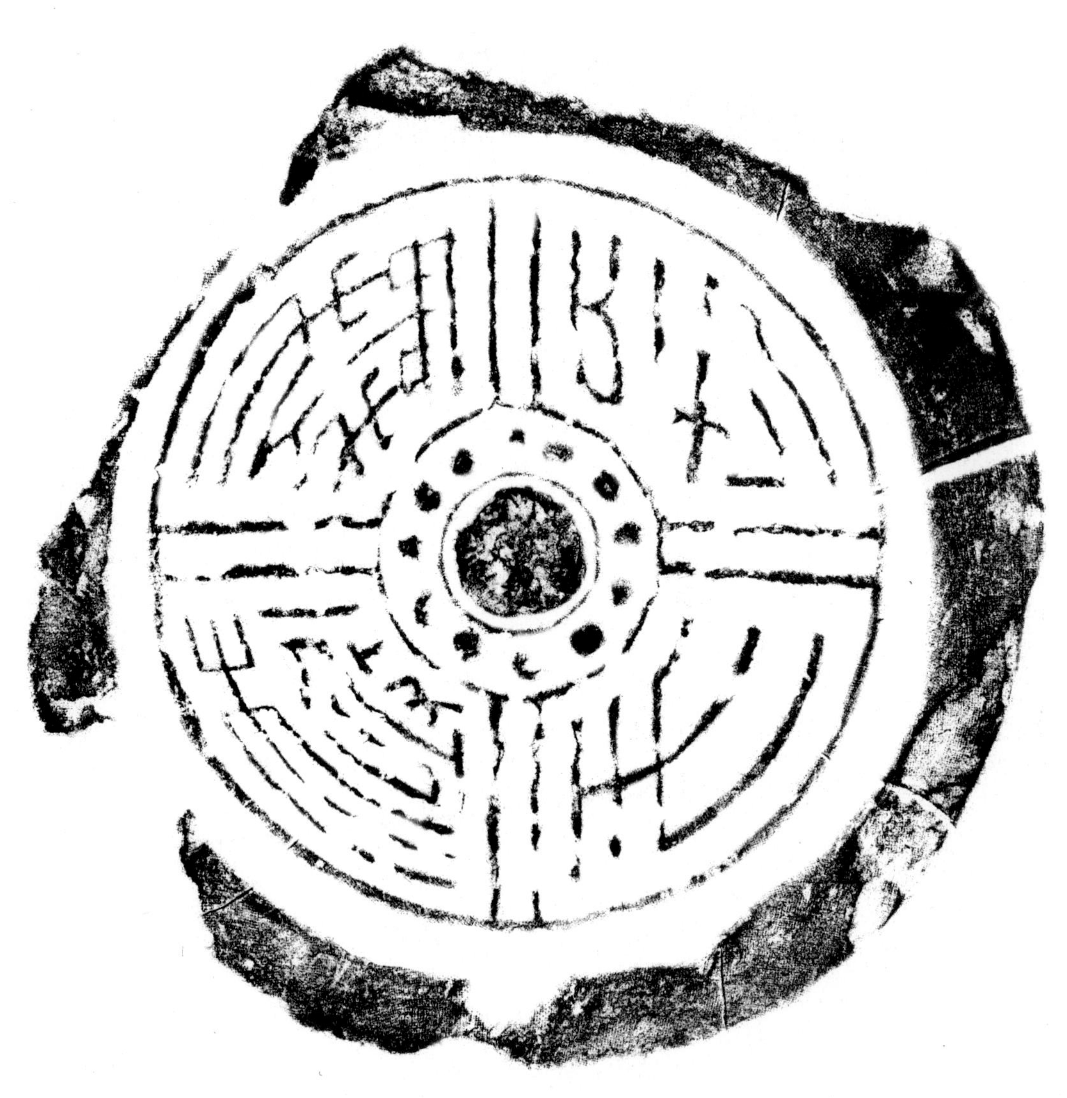

圖三〇四　長生無極瓦當　西漢中後期

漢洪崖宮遺址採集。陶色淺灰，瓦筒里布紋，當背抹光。面徑17.5厘米，邊沿寬1.5～2厘米。淳化縣文化館藏。

圖三〇五　長生無極瓦當　西漢中後期

一九八一年潤鎮鄉五一村西採集。陶色黑灰，當面塗白色。瓦筒接當沿後，當背抹光。面徑 16.7 厘米，邊沿寬 1.6 厘米。

圖三〇六　山字紋瓦當　西漢

一九八六年七月下常社秦漢遺址採集。陶色青灰，當背沿有穿孔和繩勒痕蹟。面徑約 14 厘米，沿寬 1.2 厘米。淳化縣文化館藏。

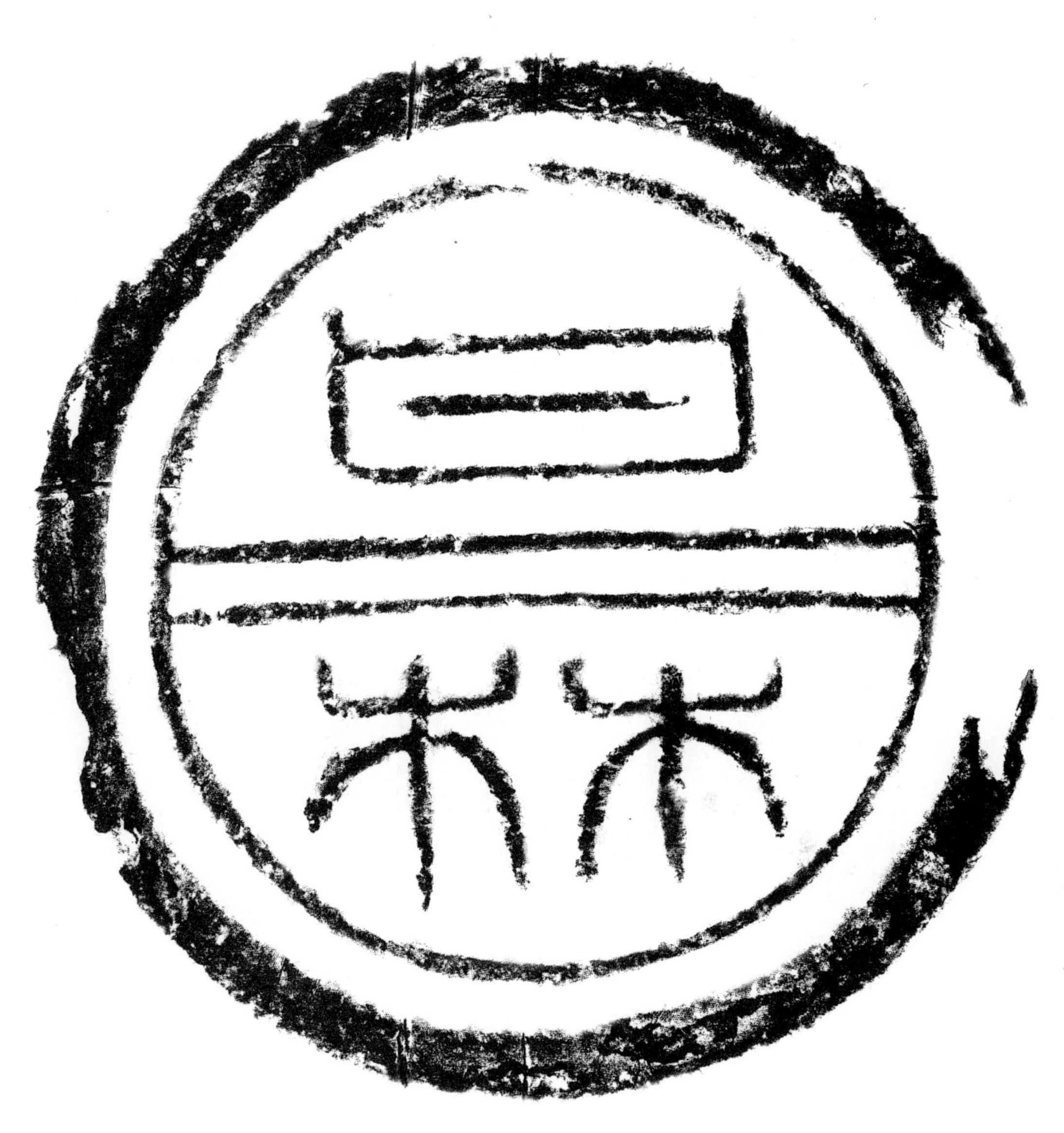

圖三〇七　甘林瓦當　西漢

一九八一年十一月長武山漢代遺址採集。陶色青灰，瓦筒里布紋。面徑 14.5 厘米，邊沿寬 1 厘米。淳化縣文化館藏。

圖三〇八　甘林瓦當　西漢中後期

一九八一年五月長武山漢代遺址採集。陶色淺灰，瓦筒里布紋，當背抹光。面徑15厘米，邊沿寬1厘米。淳化縣文化館藏。

圖三〇九　甘林瓦當　西漢中後期

一九八四年四月西奉嶺寺村採集。陶色青灰，瓦筒里布紋。當背抹光，隱顯繩紋痕。面徑 14.4 厘米，邊沿寬 0.8 厘米。

圖三一〇　宫字雲紋瓦當　西漢中後期

一九八六年七月下常社秦漢遺址採集。陶色青灰，瓦筒外竪細繩紋，瓦筒接當沿後。當背抹光。面徑約16厘米，邊沿寬0.8厘米。淳化縣文化館藏。

圖三一一　宮字雲紋瓦當　西漢中後期

一九八六年七月下常社秦漢遺址採集。陶色黑灰，瓦筒里布紋。瓦筒接當沿後，當背抹光。瓦心“宫”字，爲“宮”字變形。面徑 15.5 厘米，邊沿寬 0.8 厘米。淳化縣文化館藏。

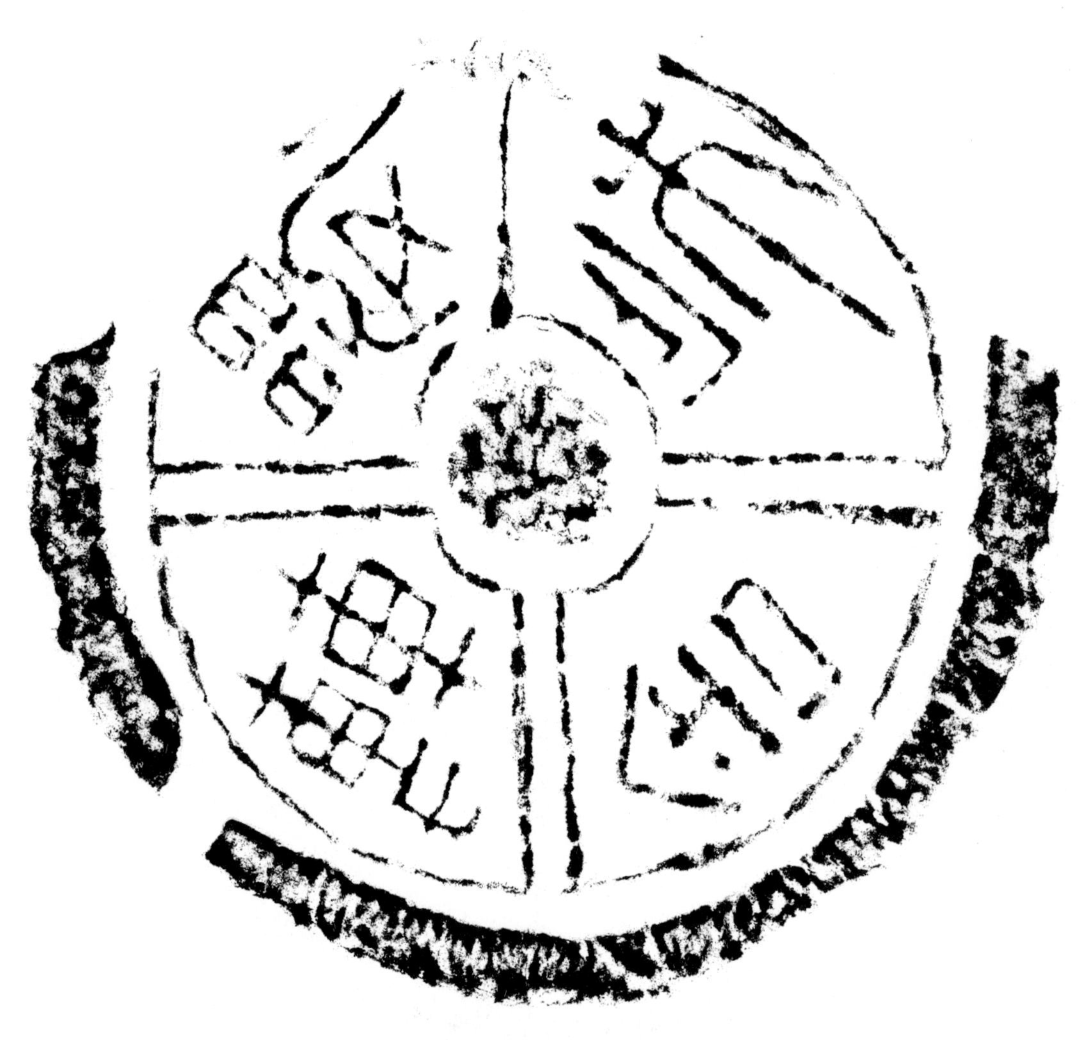

圖三一二　嬰桃轉舍瓦當　西漢中後期

漢雲陵邑遺址塔爾寺村西發現。瓦當製作上方在嬰、桃二字之間，陶色黑灰，當面形不規整，瓦筒包裹當心，筒里布紋，當背抹光。面徑 14.3 厘米，邊沿寬 1 厘米。

圖三一三　長生未央瓦當　西漢初

鐵王鄉漢雲陵邑遺址塔爾寺村採集。陶色青灰，筒瓦里布紋。當背與瓦筒連接處填泥粘固，背沿有繩勒痕。文字下左右上讀。面徑15.8厘米，邊沿寬1厘米。

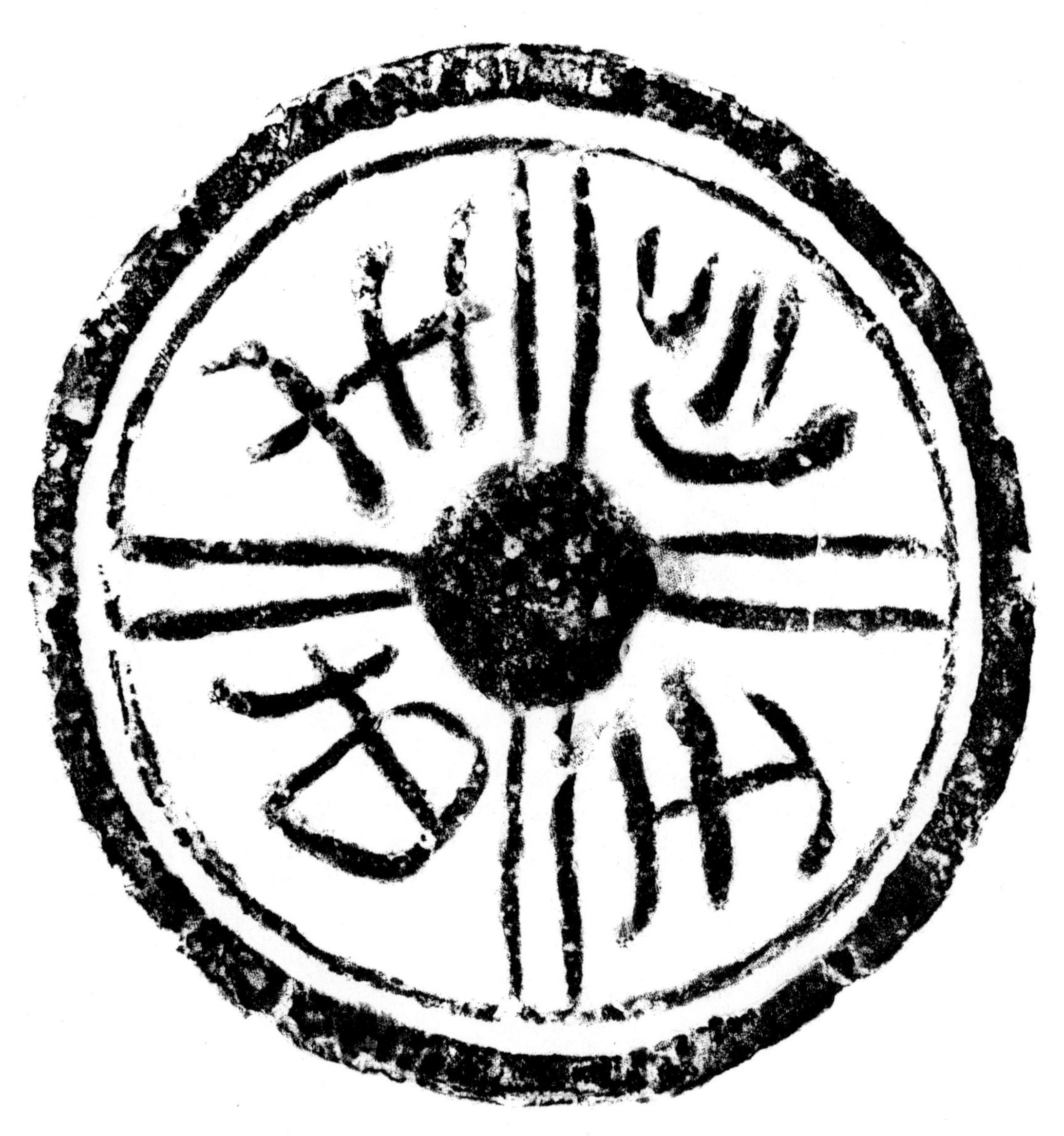

圖三一四　長生未央瓦當　西漢初

一九八四年十月漢洪崖宫遺址採集。陶色青灰，瓦筒外竪細繩紋，布紋里。瓦筒包裹當心，背沿有繩勒痕。面徑16厘米，邊沿寬1厘米。

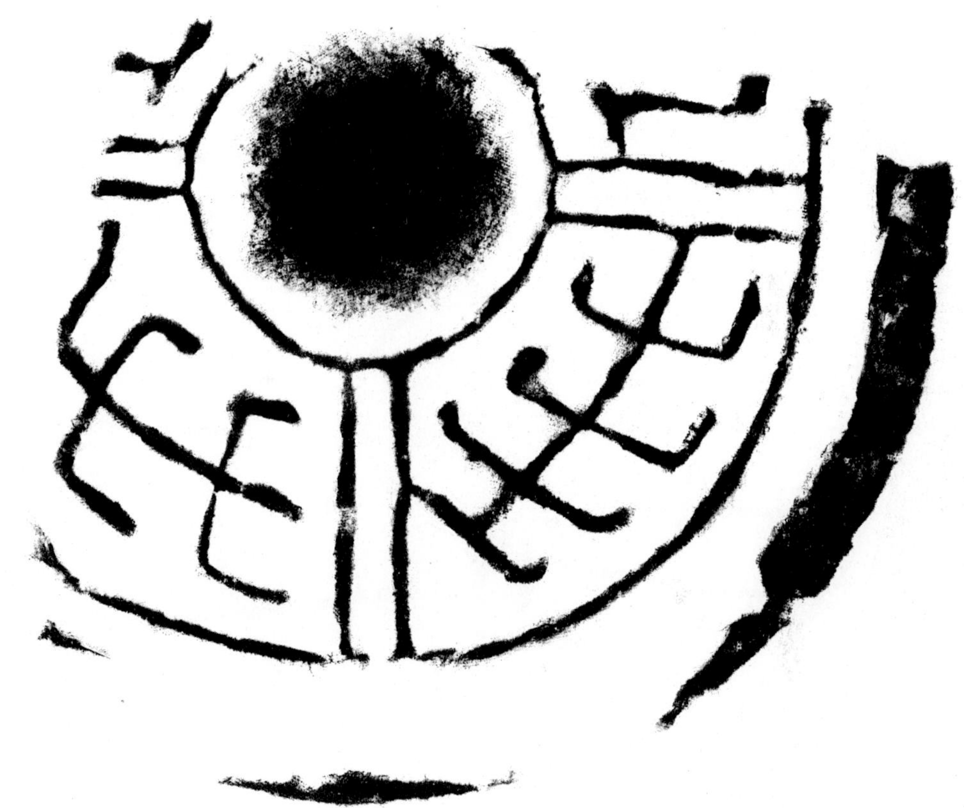

圖三一五　□生未□瓦當　西漢初

一九八一年六月漢雲陵採集。陶色淺灰，當面塗白色，背沿有繩勒痕蹟。佚文應爲“長”“央”二字。面徑約16.6厘米，邊沿寬1厘米。淳化縣文化館藏。

圖三一六　長生未央瓦當　西漢初

一九八八年十一月漢洪崖宫遺址採集。陶色青灰，瓦筒外竪細繩紋，筒里布紋。瓦筒接當沿後，當背沿有繩勒痕蹟。面徑 15.4 厘米，邊沿寬 1 厘米。

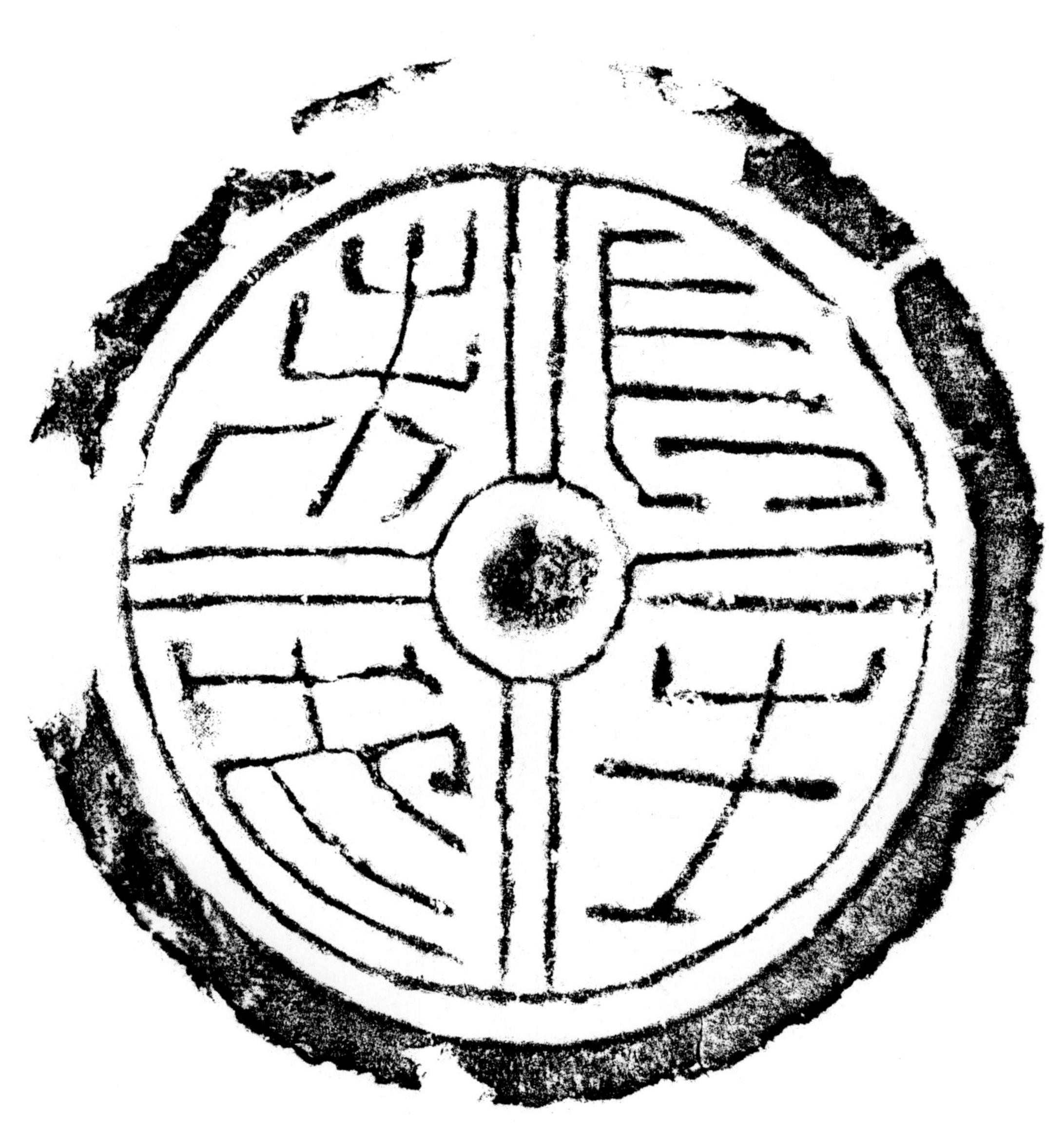

圖三一七　長生未央瓦當　西漢中後期

核桃溝村漢代墓群採集。陶色青灰，瓦筒包裹當心，當背抹光，背中一指壓渦。面徑 15.7 厘米，邊沿寬 1.2 厘米。淳化縣文化館藏。

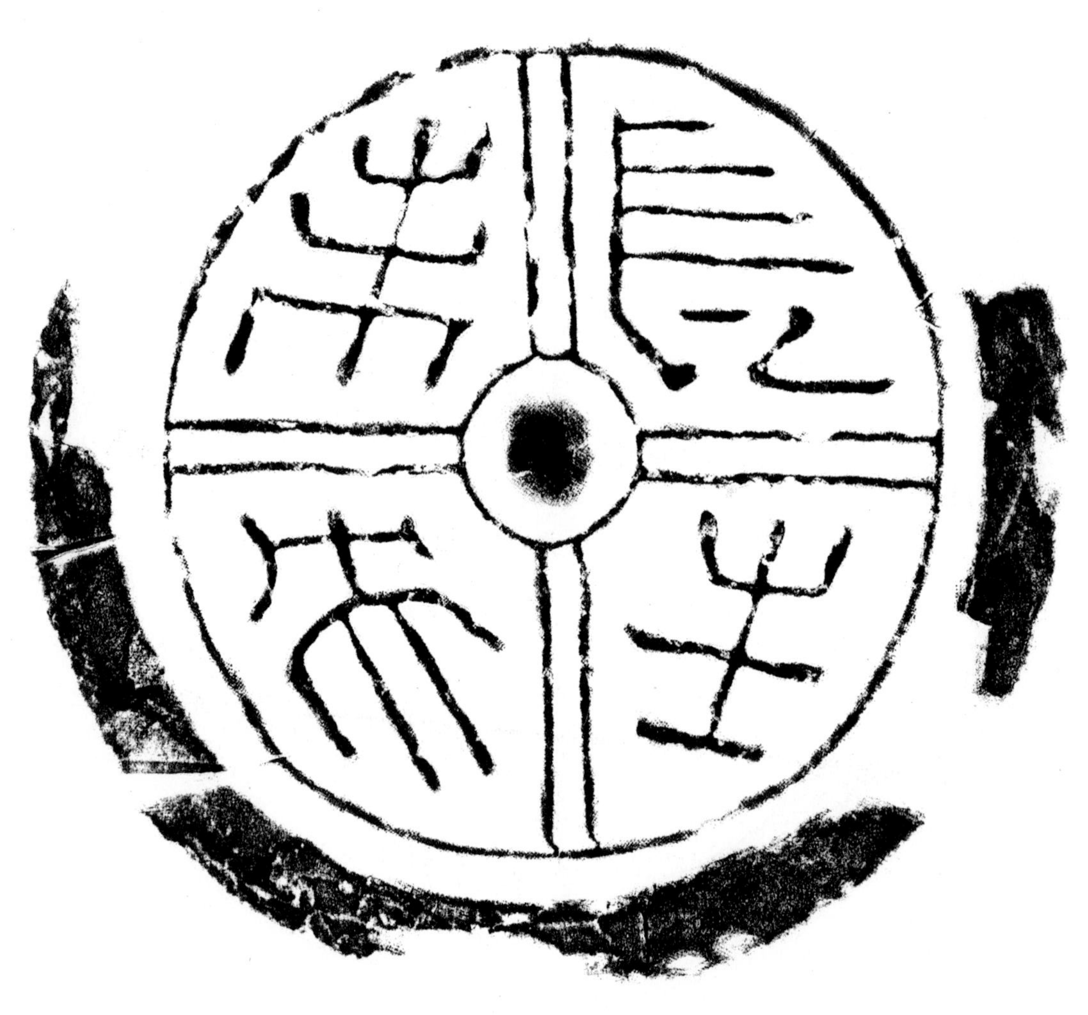

圖三一八　長生未央瓦當　西漢中後期

一九八八年十一月漢洪崖宮遺址採集。陶色青灰，當背抹光，當面、背均塗白色。面徑15.5厘米，邊沿寬1.1厘米。淳化縣文化館藏。

圖三一九　長生未央瓦當　西漢中後期

一九七九年五月漢雲陵採集。陶色黑灰，瓦筒里布紋。當背抹光。面徑 17.6 厘米，邊沿寬 1.4 厘米。淳化縣文化館藏。

圖三二〇　長生未央瓦當　西漢中後期

一九八二年九月排子村漢代遺址採集。陶色青灰。瓦筒外竪細繩紋，布紋里。當背抹光。面徑16厘米。淳化縣文化館藏。

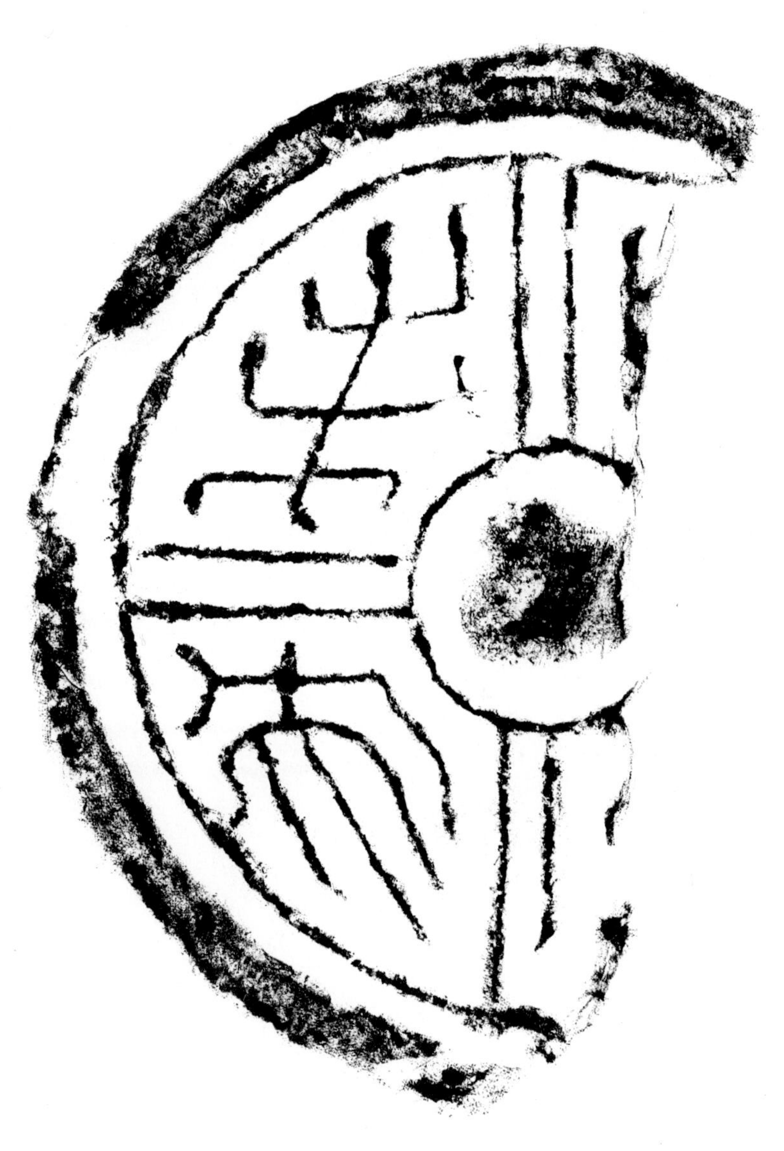

圖三二一　□□未央瓦當　西漢

一九八一年二月漢雲陵採集。陶色青灰，瓦筒外斜細繩紋，筒里布紋。佚文應爲“長生”二字。面徑15厘米，邊沿寬1厘米。淳化縣文化館藏。

圖三二二　長□未□瓦當　西漢中後期

一九八七年二月羅家山採集。陶色青灰，瓦筒外竪細繩紋，筒里布紋。當背抹光，背中一指渦。佚文應爲“生”“央”二字。面徑16.4厘米，邊沿寬1厘米。淳化縣文化館藏。

圖三二三　長□未央瓦當　西漢中後期

一九八六年甘泉山漢代遺址 採集。陶色黑灰，瓦筒外竪繩紋，當背抹光。佚文應爲“生”字。面徑約19.4厘米，邊沿寬1.1厘米。淳化縣文化館藏。

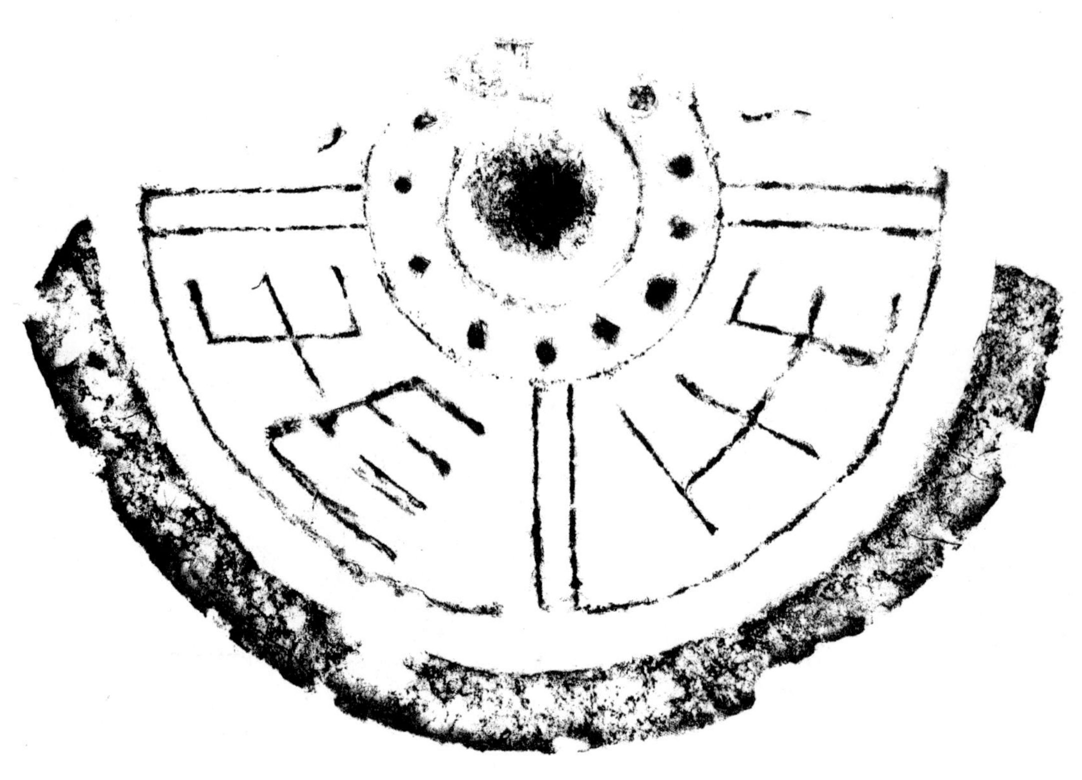

圖三二四　□生□央瓦當　西漢中後期

一九八四年四月漢雲陵邑遺址採集。陶色青灰，瓦筒外竪細繩紋，當背抹光。佚文應爲“長”“未”二字。面徑15厘米，邊沿寬1.1厘米。淳化縣文化館藏。

圖三二五　長生未央瓦當　西漢中後期

一九九一年八月西坡村南採集。陶色淺灰，瓦筒接當沿後，當背抹光，背有一渦。面徑 15.8 厘米，邊沿寬 1.3 厘米。

圖三二六　長生未央瓦當　西漢初

一九八一年三月漢雲陵邑採集。陶色淺灰，當背有繩勒痕蹟。面徑約 15.4 厘米，邊沿寬 1 厘米。淳化縣文化館藏。

圖三二七　長生未央瓦當　西漢中後期

一九八一年四月辛店村採集。陶色青灰，瓦筒里布紋，瓦筒接當沿後，當背抹光。面徑 15 厘米，邊沿寬 0.9 厘米。淳化縣文化館藏。

圖三二八　長生未央瓦當　西漢

一九八二年四月錢王村採集。陶色淺灰，背沿有繩勒波紋，當背抹光。面徑 15.8 厘米，邊沿寬 1.1 厘米。淳化縣文化館藏。

圖三二九　長生未央瓦當　西漢初

一九七九年四月漢雲陵採集。陶色青灰，瓦筒外斜細繩紋，筒里布紋。當背沿有繩勒痕蹟。面徑16厘米，邊沿寬0.9厘米。淳化縣文化館藏。

圖三三〇　長生未央瓦當　西漢

漢洪崖宮遺址採集。陶色青灰，瓦筒内布紋，瓦筒接當沿後。
面徑 17 厘米，邊沿寬 1.1 厘米。淳化縣文化館藏。

圖三三一　長生未央瓦當　西漢初

一九八八年十一月漢洪崖宫遺址採集。陶色淺灰，瓦筒里布紋。筒瓦包裹當心，當背沿有繩勒痕蹟。面徑18厘米，邊沿寬1厘米。

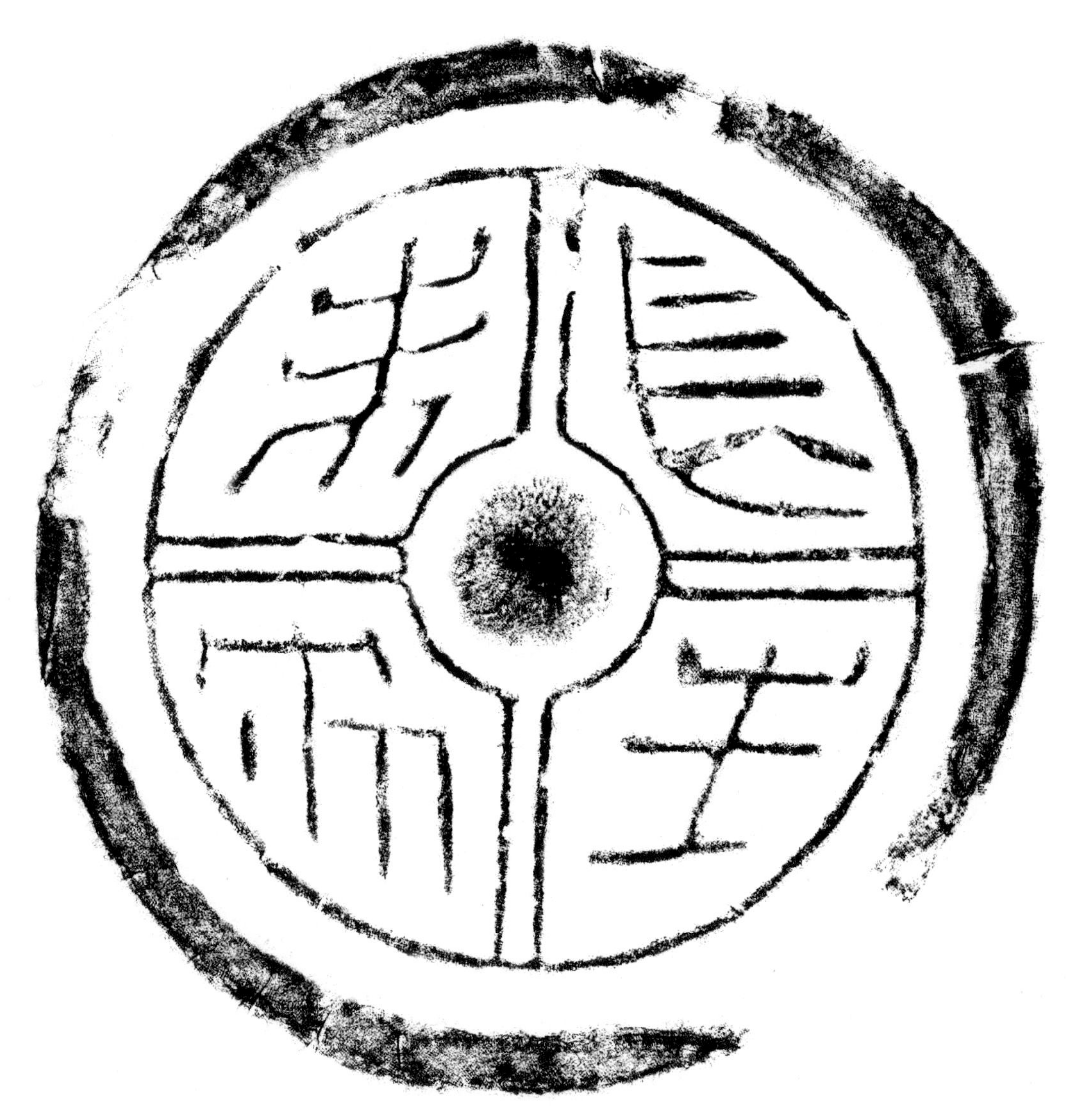

圖三三二　長生未央瓦當　西漢初

一九八四年十月北莊子採集。陶色青灰，瓦筒里布紋。當背沿有繩勒痕蹟。面徑 16.7 厘米，邊沿寬 0.9 厘米。淳化縣文化館藏。

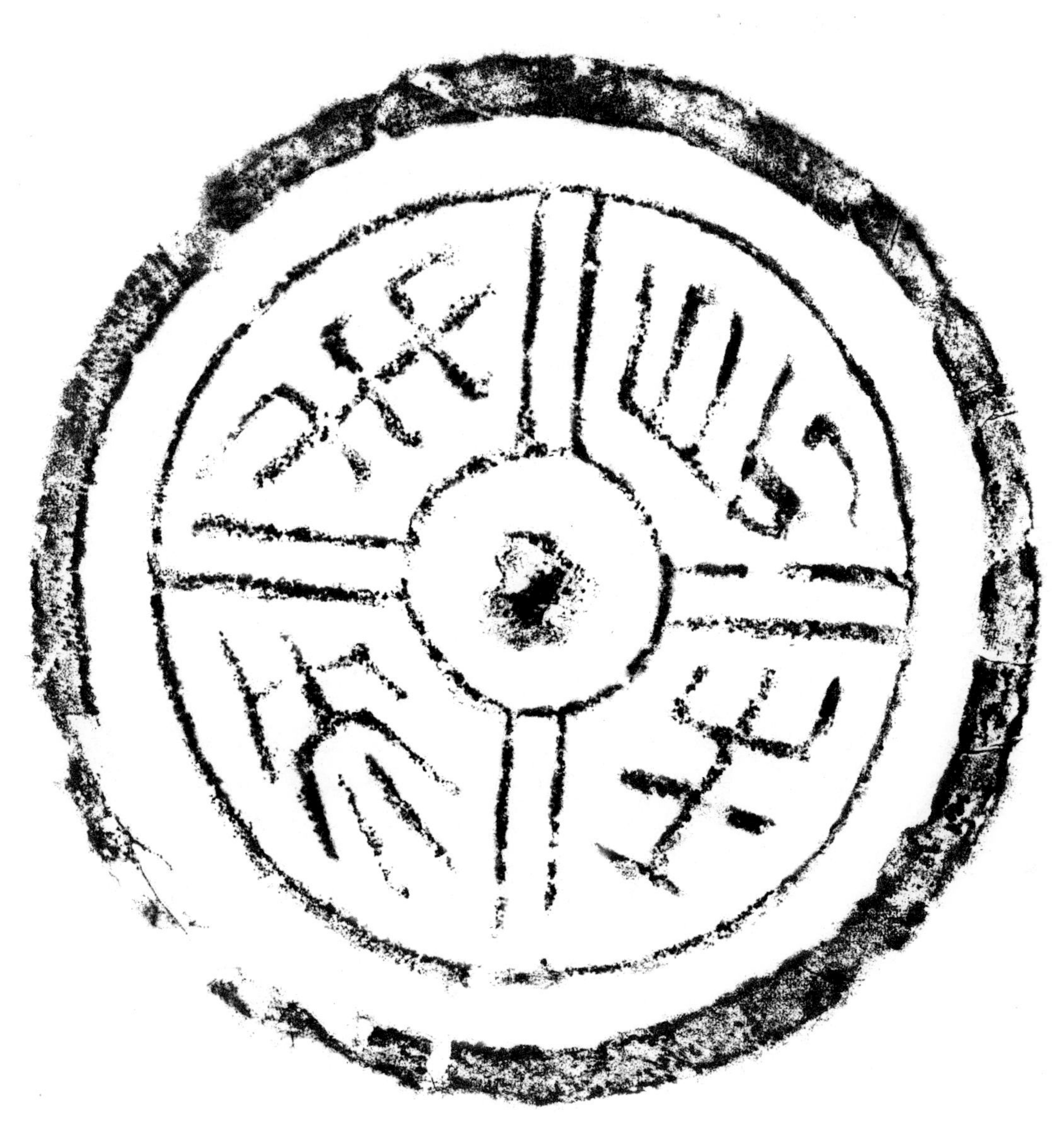

圖三三三　長生未央瓦當　西漢初

一九八二年四月漢雲陵採集。陶色青灰，瓦筒接當沿後，當背一渦，背沿有繩勒痕蹟。面徑15.4厘米，邊沿寬0.9厘米。淳化縣文化館藏。

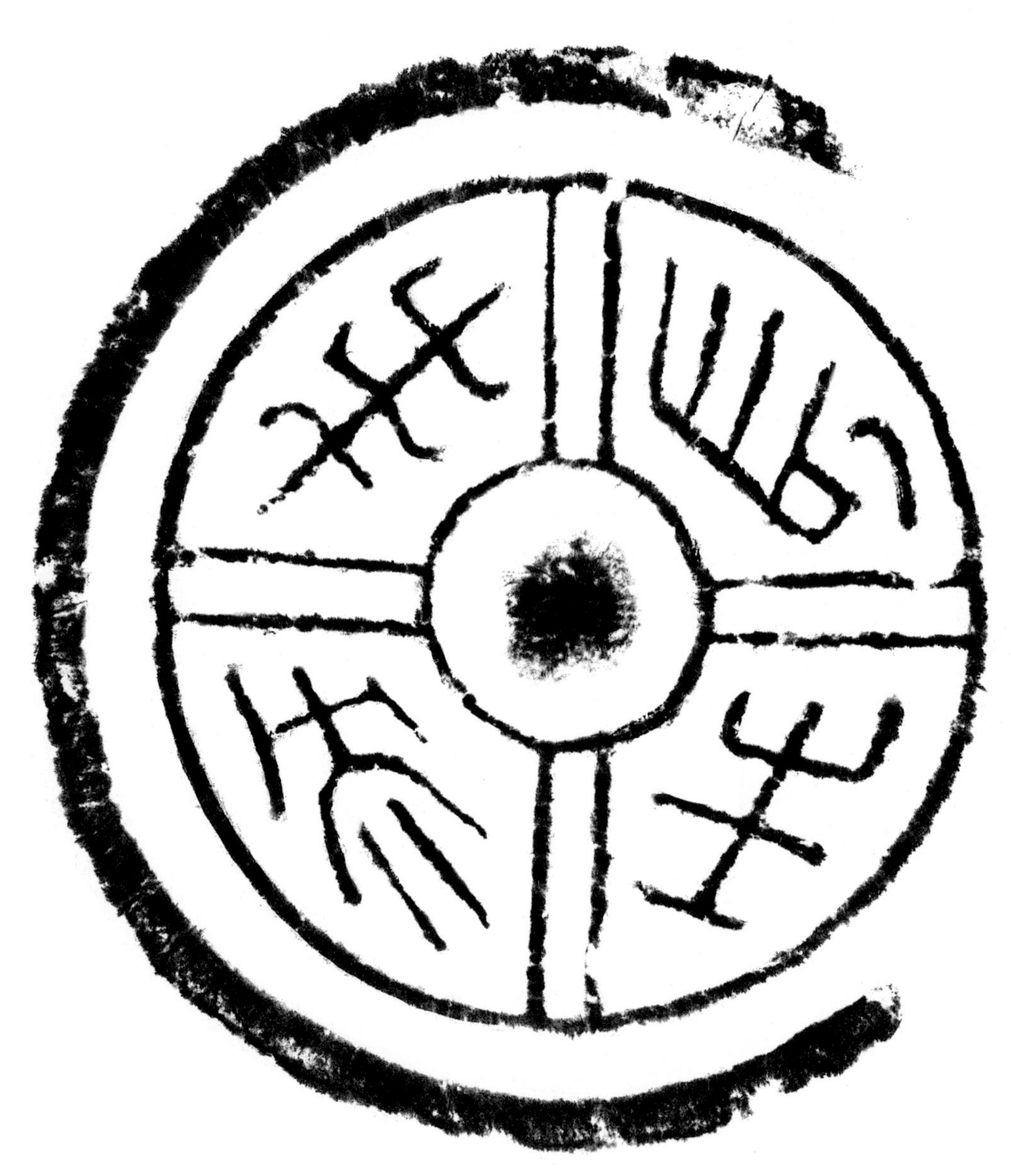

圖三三四　長生未央瓦當　西漢初

一九八二年四月漢雲陵採集。陶色深灰，瓦筒里布紋。瓦筒接當沿後，當背一渦，當背沿有繩勒痕蹟。面徑 15.6 厘米，邊沿寬 0.7 厘米。淳化縣文化館藏。

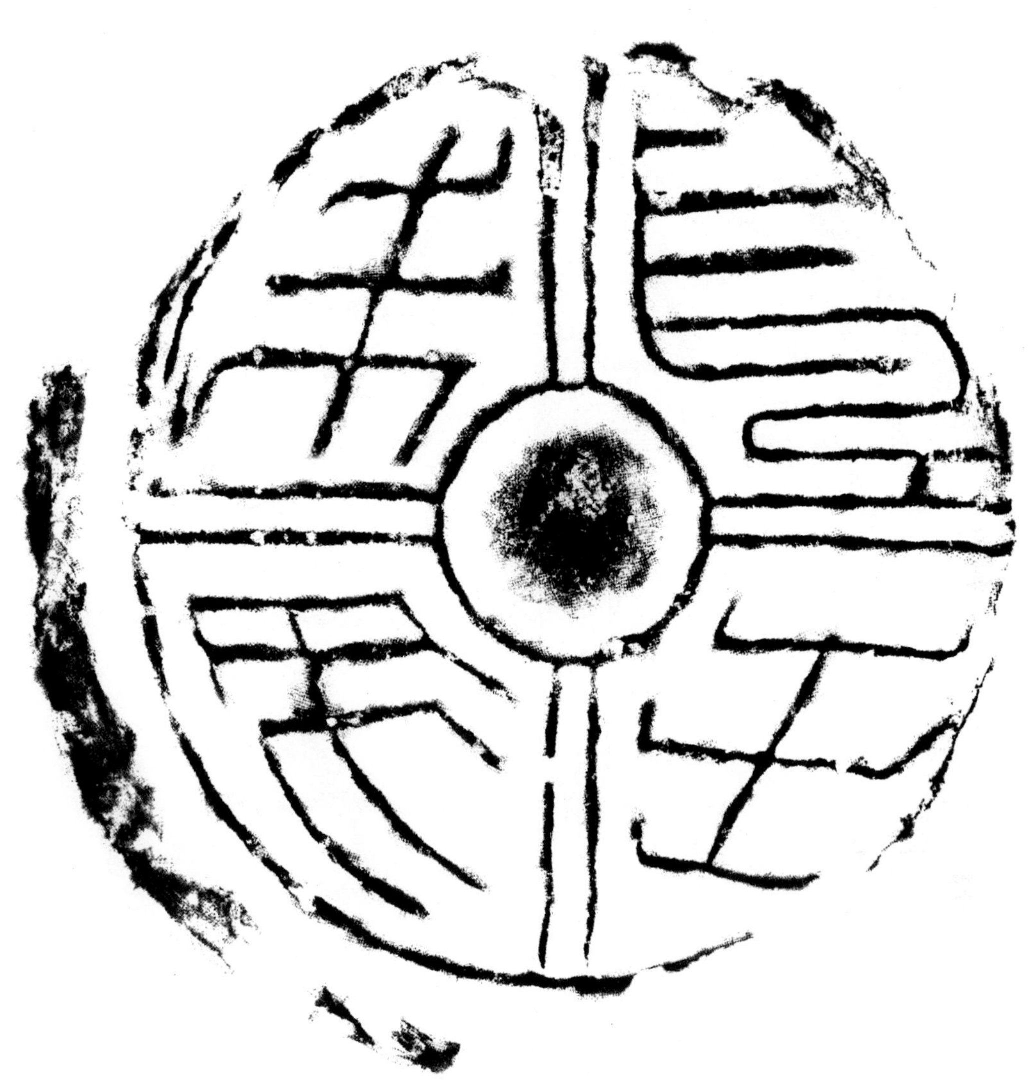

圖三三五　長生未央瓦當　西漢初

一九八〇年十一月漢洪崖宮遺址採集。陶色青灰，瓦筒包裹當心，當背沿有繩勒痕蹟。當面塗白色。面徑約 16.6 厘米，邊沿寬 0.9 厘米。淳化縣文化館藏。

圖三三六　長生未央瓦當　西漢初

一九七九年十一月漢洪崖宫遺址採集。陶色青灰，瓦筒里布紋。當背沿有繩勒痕蹟。面徑16.3厘米，邊沿寬0.8厘米。淳化縣文化館藏。

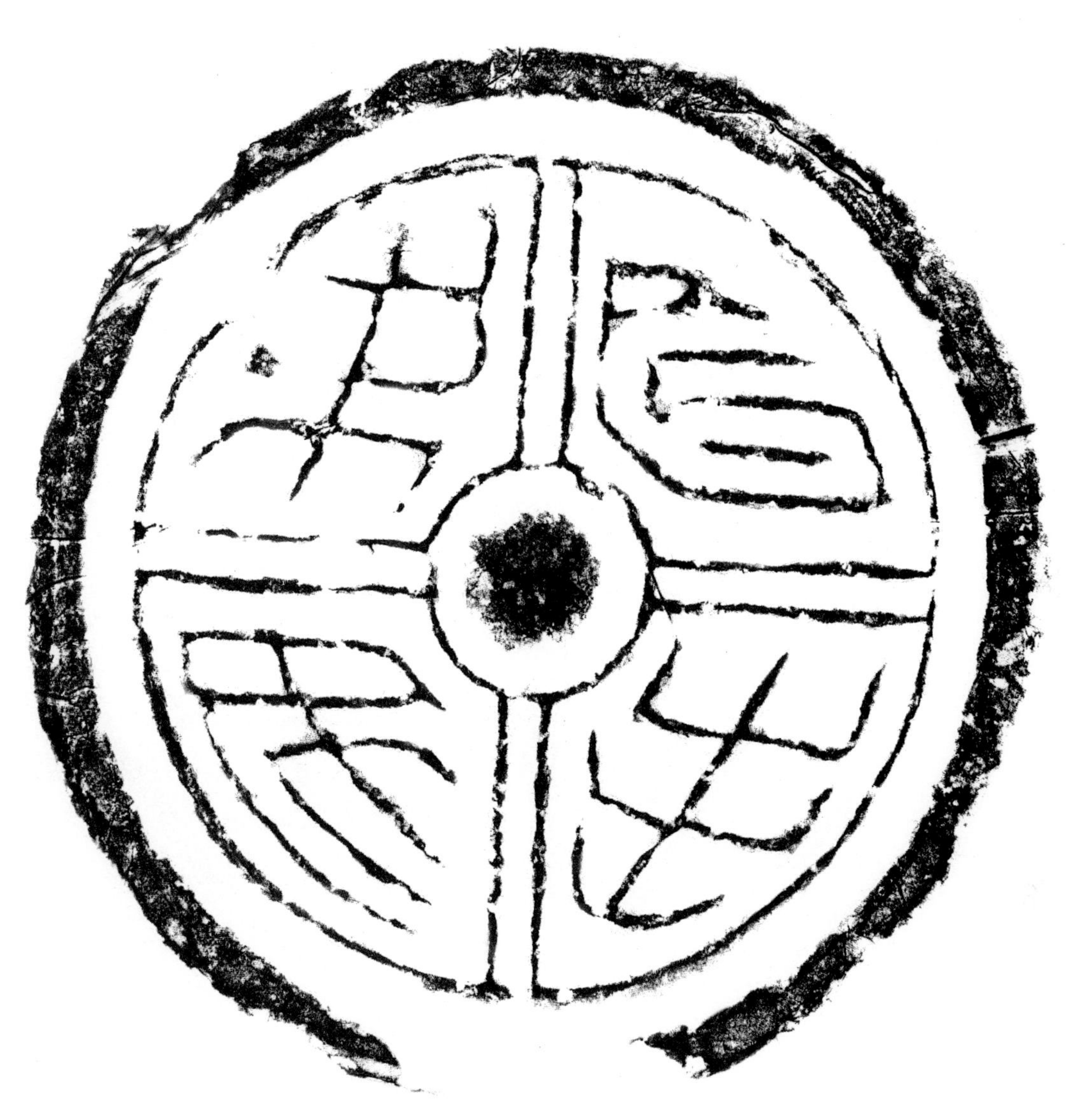

圖三三七　長生未央瓦當　西漢初

一九七九年四月漢雲陵採集。陶色青灰，瓦筒里布紋。背沿有繩勒痕蹟。面徑 15.3 厘米，邊沿寬 0.8 厘米。淳化縣文化館藏。

圖三三八　長生未央瓦當　西漢初

一九八一年二月漢雲陵採集。陶色淺灰，瓦筒外竪細繩紋，筒里布紋。背沿有穿孔和繩勒痕蹟。面徑14.7厘米，邊沿寬0.5厘米。淳化縣文化館藏。

圖三三九　長生未央瓦當　西漢初

一九八三年十一月小池村採集。陶色淺灰，瓦筒外竪細繩紋，布紋里。瓦筒包裹當心，當背沿有繩勒痕蹟。瓦筒外有小圓凸。面徑 16 厘米，邊沿寬 0.8 ~ 1 厘米。

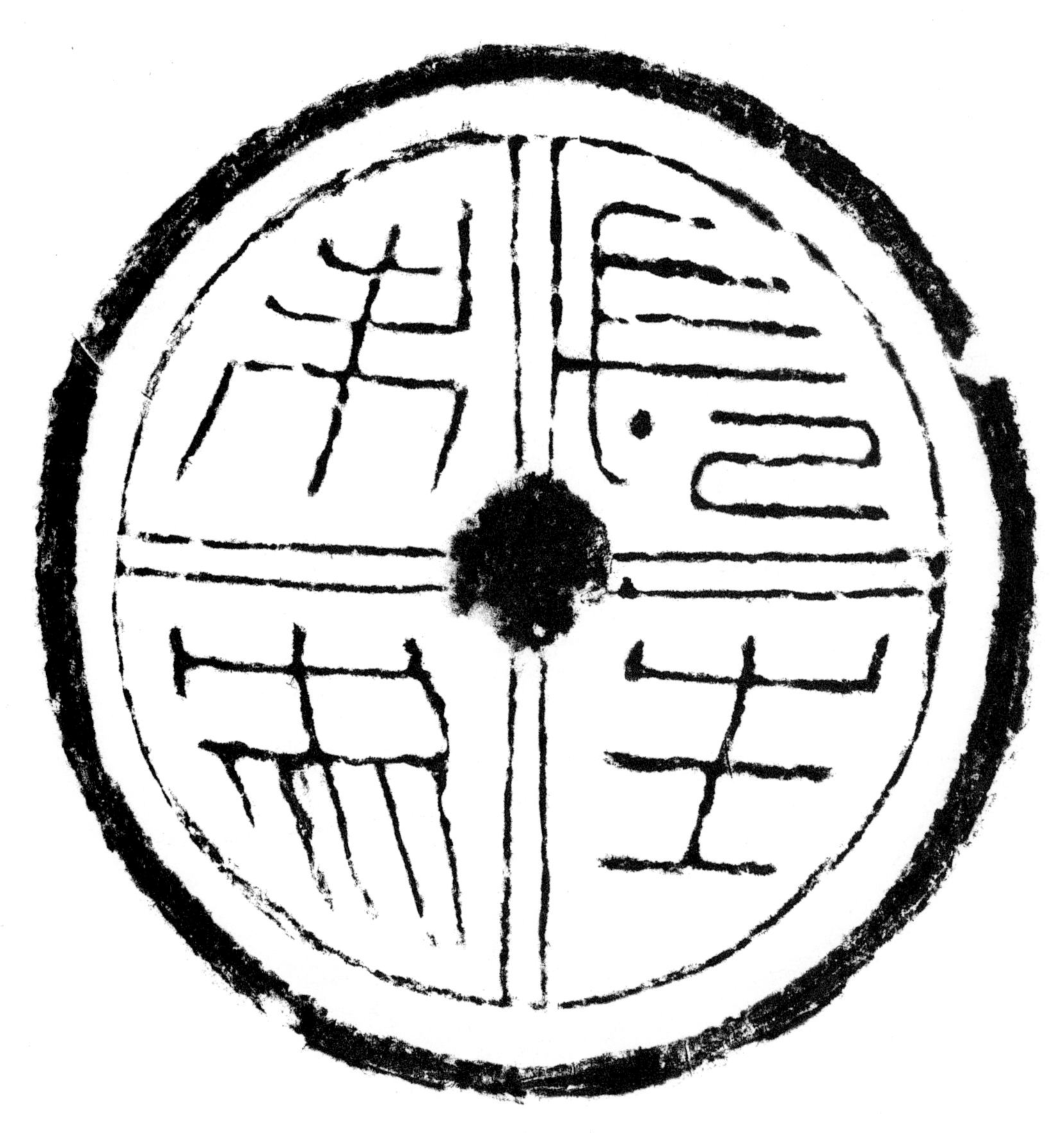

圖三四〇　長生未央瓦當　西漢初

漢洪崖宫遺址採集。陶色青灰，瓦筒里布紋，瓦筒包裹當心，當背沿有穿孔和繩勒痕蹟。面徑15.5厘米，邊沿寬0.6厘米。

圖三四一　長生未央瓦當　西漢初

一九七九年五月漢雲陵採集。陶色黑灰，瓦筒外竪細繩紋，筒里布紋。當背沿有繩勒痕蹟。面徑16.1厘米，邊沿寬0.7～1厘米。淳化縣文化館藏。

圖三四二　長生未央瓦當　西漢初

一九七九年十一月漢洪崖宫遺址採集。陶色淺灰，瓦筒里布紋。當背沿有繩勒痕蹟。面徑16.7厘米，邊沿寬0.7厘米。淳化縣文化館藏。

圖三四三　長生未央瓦當　西漢

一九八八年十一月漢洪崖宫遺址採集。陶色青灰，瓦筒里布紋。當背沿有繩勒痕蹟。背中一指渦。面徑17厘米，邊沿寬1厘米。淳化縣文化館藏。

圖三四四　長生未央瓦當　西漢

一九八八年十一月漢洪崖宫遺址採集。陶色淺灰，筒瓦包裹當心，筒内布紋。當背沿有繩勒痕蹟。面徑 16.4 厘米，邊沿寬 0.8 厘米。

圖三四五　長生未央瓦當　西漢

一九八二年十二月長武山漢代遺址採集。陶色青灰，瓦筒外交叉繩紋，筒里布紋。瓦筒包裹當心。面徑15.6厘米，邊沿寬0.9厘米。淳化縣文化館藏。

圖三四六　長生未央瓦當　西漢中後期

漢洪崖宫遺址採集。陶色黑灰，瓦筒外竪繩紋，筒里布紋。當背抹光，中一指渦。面徑 16.6 厘米，邊沿寬 1.3 厘米。淳化縣文化館藏。

圖三四七　長生未央瓦當　西漢中後期

一九八四年十二月漢雲陵採集。陶色淺灰，當背抹光，中一指渦。面徑 15.1 厘米，邊沿寬 1.4 厘米。淳化縣文化館藏。

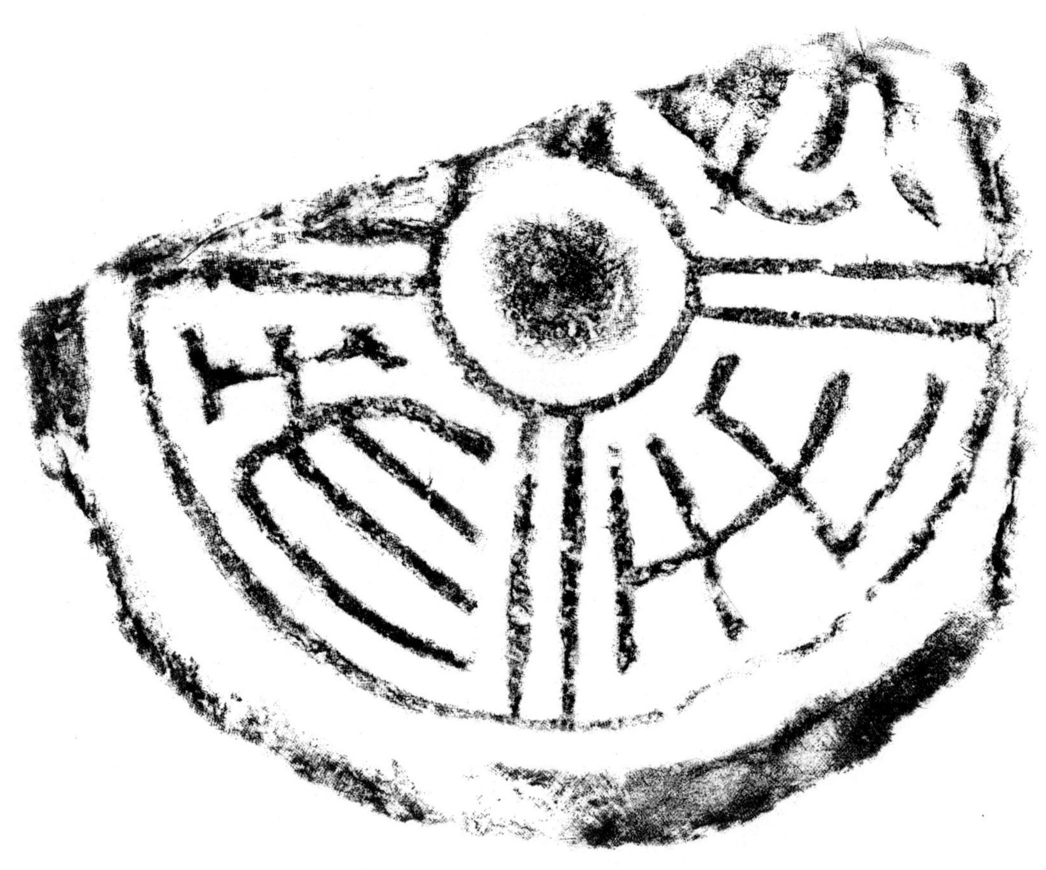

圖三四八　長生□央瓦當　西漢中後期

一九八九年四月漢洪崖宫遺址採集。陶色青灰。當背抹光，顯繩紋痕。佚文應爲“未”字。面徑約17.4厘米，邊沿寬1.2厘米。淳化縣文化館藏。

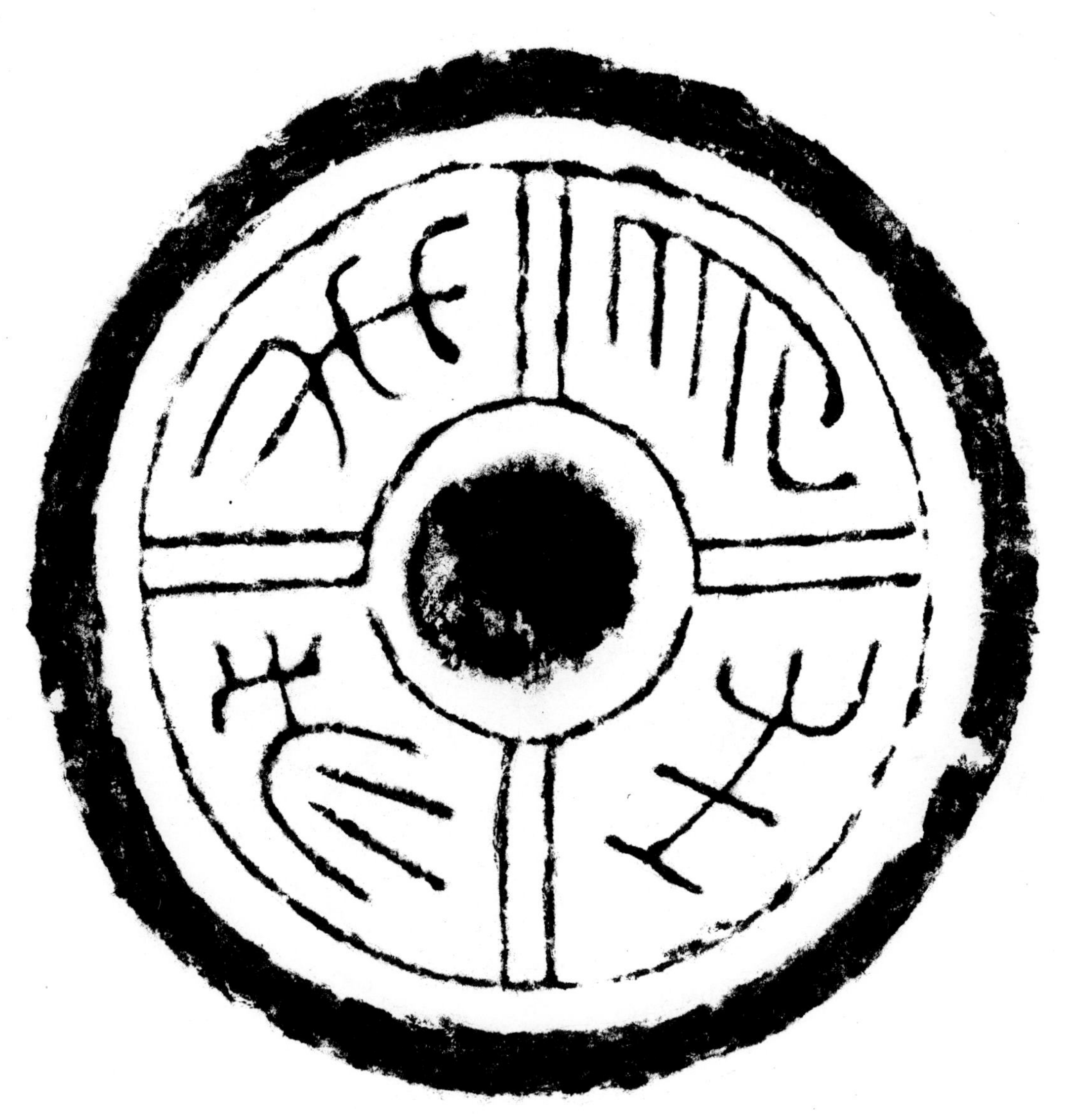

圖三四九　長生未央瓦當　西漢中後期

一九七九年四月漢雲陵採集。陶色淺灰，瓦筒接當沿後，當背抹光。面徑15.2厘米，邊沿寬0.8～1厘米。淳化縣文化館藏。

圖三五〇　長生未央瓦當　西漢中後期

一九八八年八月那家村漢墓採集。陶色青灰，當背抹光。面徑14.8厘米，邊沿寬1厘米。淳化縣文化館藏。

圖三五一　長生未央瓦當　西漢中後期

一九八六年漢洪崖宫遺址 採集。陶色青灰，瓦筒接當沿後，當背抹光。面徑14.8厘米，邊沿寬1厘米。淳化縣文化館藏。

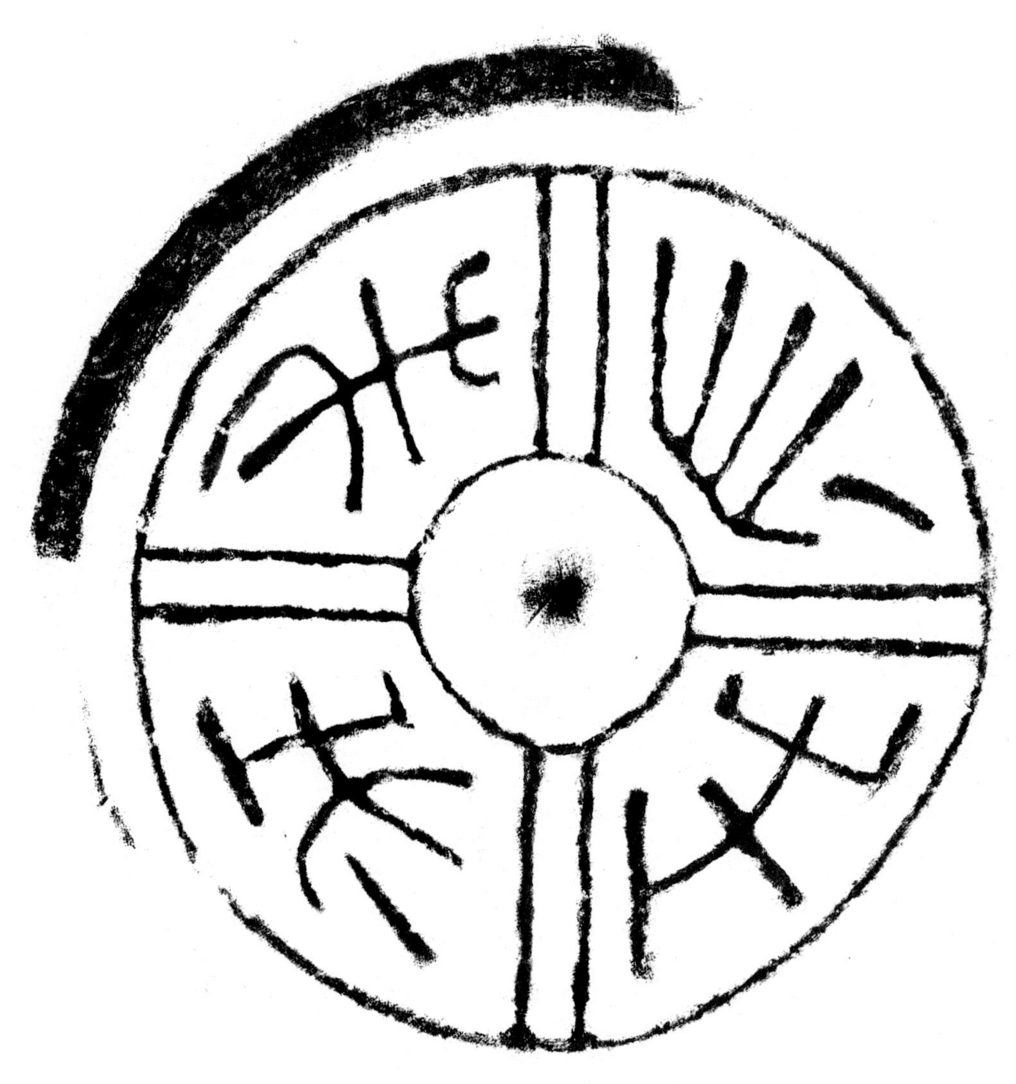

圖三五二　長生未央瓦當　西漢中後期

一九七七年漢洪崖宫遺址採集。陶色淺灰，當背抹光。圓心呈尖錐形。面徑約 14.5 厘米，邊沿寬 0.7 厘米。

圖三五三　長生未央瓦當　西漢中後期

漢雲陵採集。陶色青灰，瓦筒外竪繩紋，筒里布紋，當背抹光。面徑 15 厘米，邊沿寬 0.7 厘米。淳化縣文化館藏。

圖三五四　長生未央瓦當　西漢中後期

一九八八年八月那家村漢墓群採集。陶色淺灰，當背抹光。面徑 17.7 厘米，邊沿寬 1.1 厘米。淳化縣文化館藏。

圖三五五　長生未央瓦當　西漢中後期

一九七九年十一月漢洪崖宫遺址採集。陶色淺灰，瓦筒外細繩紋，筒里布紋。瓦筒接當沿後，當背面抹光。面徑 15.5 厘米，邊沿寬 1 厘米。

圖三五六　長生未央瓦當　西漢中後期

一九七九年十一月漢洪崖宫遺址採集。陶色青灰，瓦筒外竪細繩紋，布紋里。當面塗白色，當背抹光。面徑 17 厘米，邊沿寬 1.3 厘米。淳化縣文化館藏。

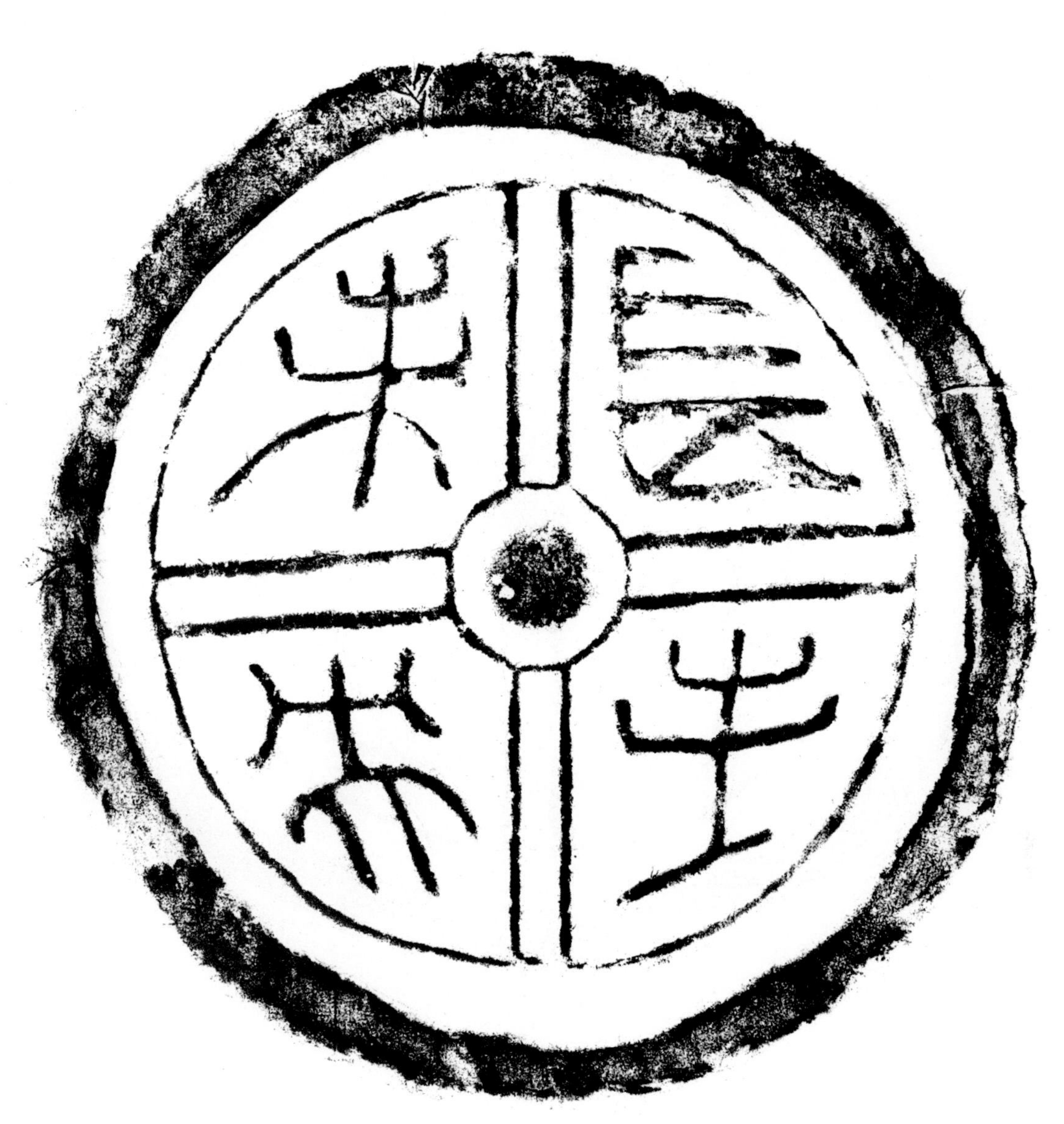

圖三五七　長生未央瓦當　西漢中後期

一九八七年七月漢雲陵採集。陶色青灰，當背抹光。面徑15厘米，邊沿寬0.9厘米。淳化縣文化館藏。

圖三五八　長生未央瓦當　西漢中後期

一九七九年四月漢雲陵採集。陶色青灰，當背抹光，背上顯繩紋。面徑 16.5 厘米，邊沿寬 1 厘米。淳化縣文化館藏。

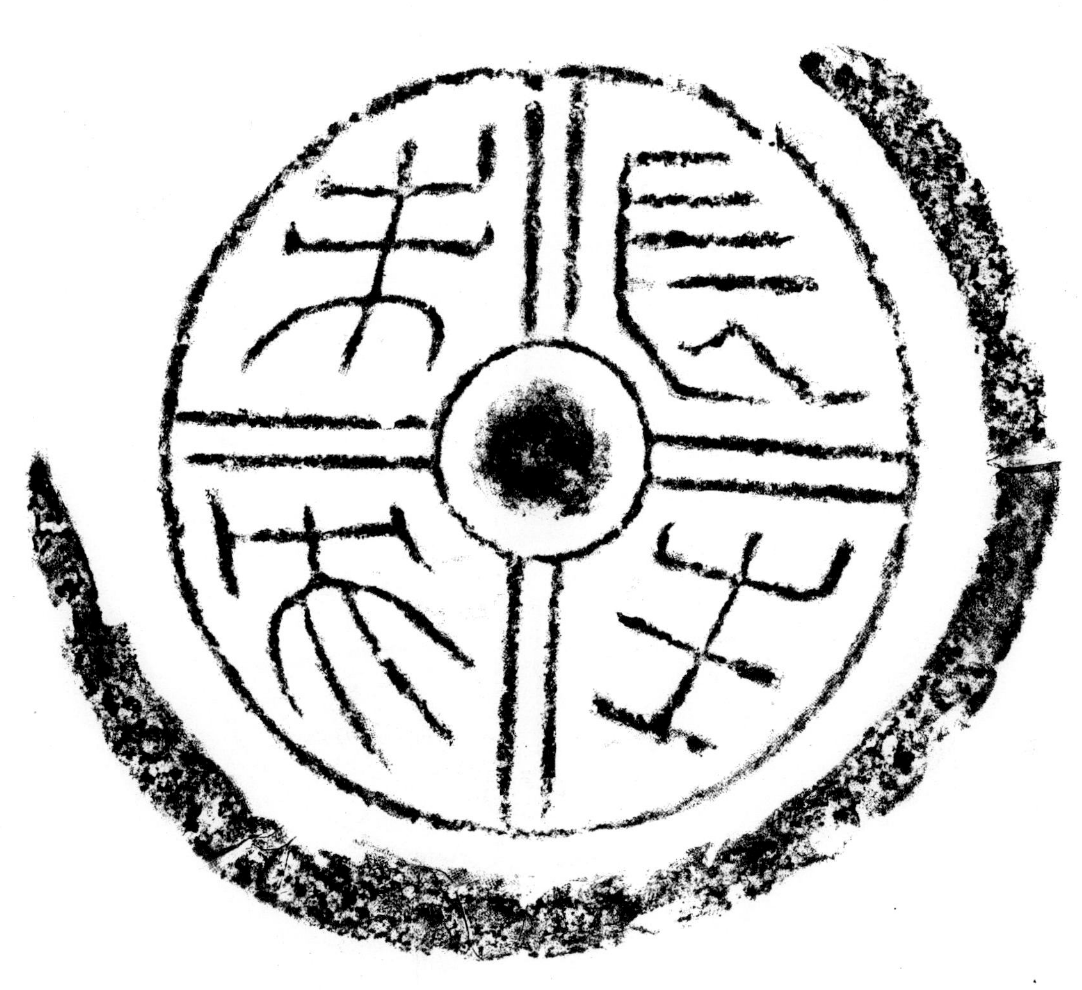

圖三五九　長生未央瓦當　西漢中後期

一九八六年十二月排子村漢代遺址採集。陶色淺灰，瓦筒里布紋，當背抹光。面徑 16.8 厘米，邊沿寬 1.2 厘米。淳化縣文化館藏。

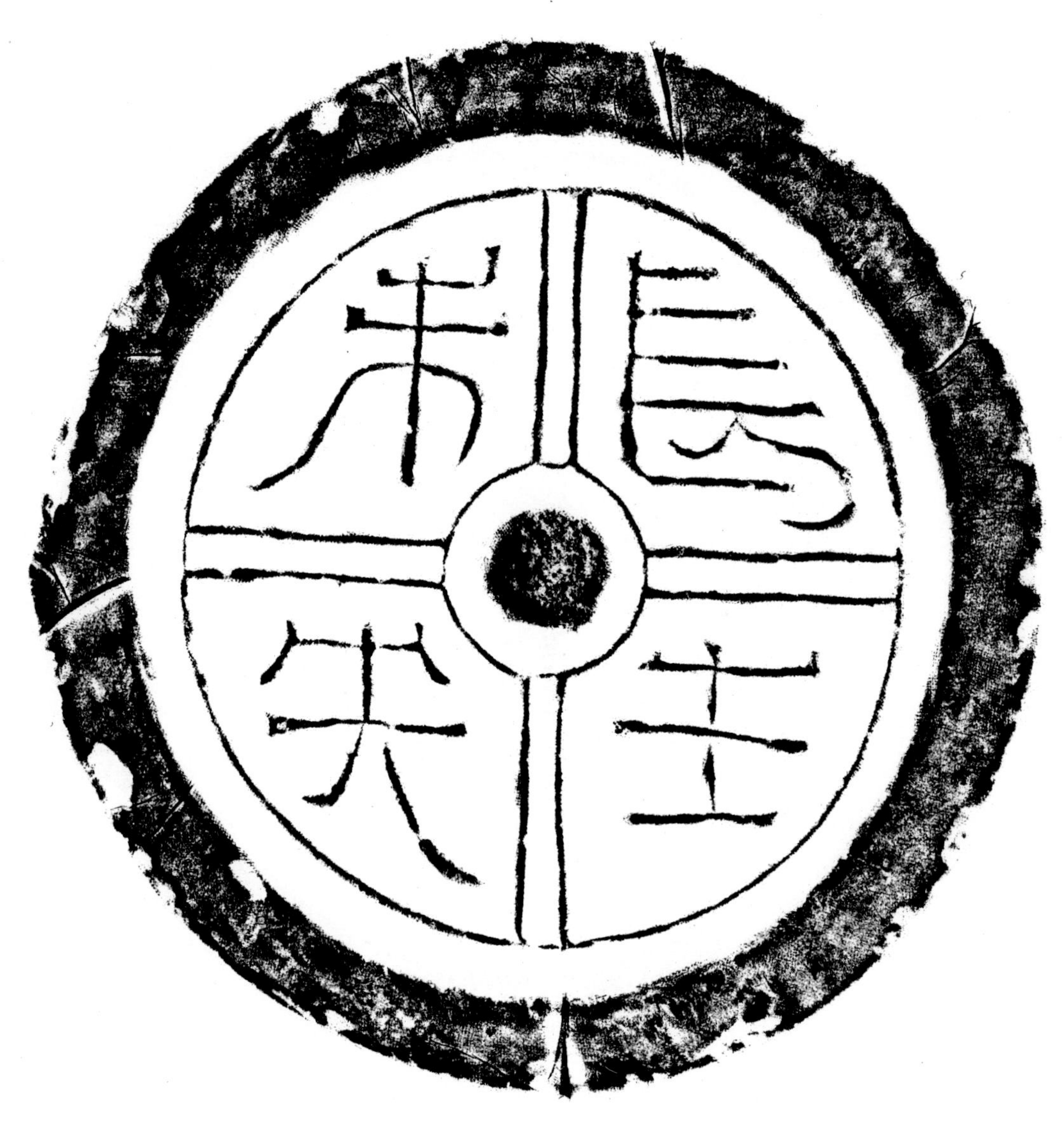

圖三六〇　長生未央瓦當　西漢中後期

一九八七年九月排子村漢代遺址採集。陶色青灰，瓦筒外竪細繩紋，布紋里。當背抹光，背中一指渦。面徑15厘米，邊沿寬1.3厘米。淳化縣文化館藏。

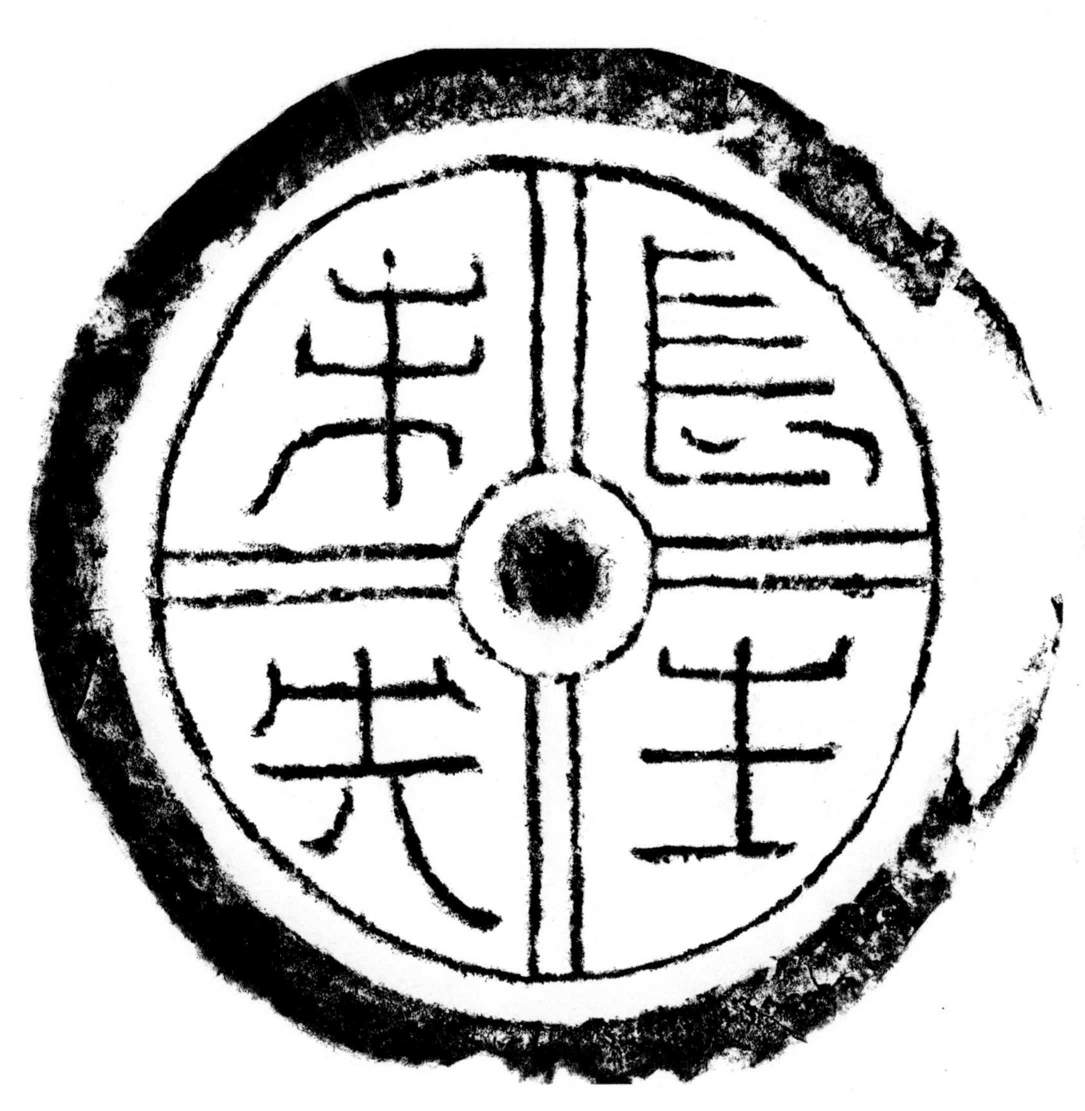

圖三六一　長生未央瓦當　西漢中後期

一九八三年十二月小池村採集。陶色淺灰，瓦筒里布紋。當背抹光，當面塗白色。面徑 15 厘米，邊沿寬 1.2 厘米。淳化縣文化館藏。

圖三六二　長生未央瓦當　西漢中後期

一九九六年七月高崖頭村漢墓採集。陶色淺灰，瓦筒里布紋，當背抹光。面徑15.7厘米，邊沿寬1.2厘米。淳化縣文化館藏。

圖三六三　長生未央瓦當　西漢中後期

一九八一年六月漢雲陵採集。陶色淺灰，瓦筒里布紋，當背抹光，背中一指渦。面徑 14.8 厘米，邊沿寬 0.8 厘米。淳化縣文化館藏。

圖三六四　長生未央瓦當　西漢中後期

一九八一年三月漢雲陵採集。陶色青灰，瓦筒里布紋，當背抹光，背顯繩紋。面徑約15厘米，邊沿寬0.8厘米。淳化縣文化館藏。

圖三六五　長生半瓦當　西漢

一九九二年五月漢洪崖宫遺址採集。陶色青灰，連殘長21厘米筒瓦，筒外竪細繩紋，布紋里，底沿切面光滑。“長生”二字横卧，疑誤切所製。底邊長16厘米，高8厘米。

圖三六六　未央長生瓦當　西漢中後期

一九八二年三月安子凹老礦部東梁採集。陶色青灰，瓦筒里布紋。瓦筒接當沿後，當背抹光。面徑 15 厘米，邊沿寬 0.7 厘米。

圖三六七　饕餮紋半瓦當　秦

一九八四年十月漢洪崖宫遺址採集。陶色青灰，瓦筒接沿後，筒外竪細繩紋。當背有穿孔，底沿切面有繩勒紋。底邊長19厘米，中高約9厘米，邊沿寬1厘米。

圖三六八　雲紋半瓦當　西漢初

一九八七年五月漢洪崖宮遺址採集。陶色青灰，瓦當接當沿後，筒内布紋。底沿切面光滑。底邊長 14 厘米，中高 6.9 厘米，邊沿寬 1.4 厘米。

圖三六九　素面半瓦當　西漢初

一九八一年五月長武山村漢代遺址採集。陶色淺灰，筒瓦外竪細繩紋，麻點紋里。底沿切面光滑。底邊長 15.2 厘米，中高 7.4 厘米。淳化縣文化館藏。

圖三七〇　素面半瓦當　西漢初

下常社秦漢遺址採集。陶色蔚藍，瓦筒外竪細繩紋，麻點紋里，切面有繩紋痕。底邊長 14.7 厘米，中高 8.5 厘米。淳化縣文化館藏。

圖三七一 葵紋瓦當 秦

一九九七年城關鎮當坡村採集。陶色青灰，瓦筒外斜細繩紋，里麻點紋，當背有穿孔和繩勒痕。面徑 16.1 ~ 16.5 厘米，邊沿寬 0.8 ~ 1.4 厘米。

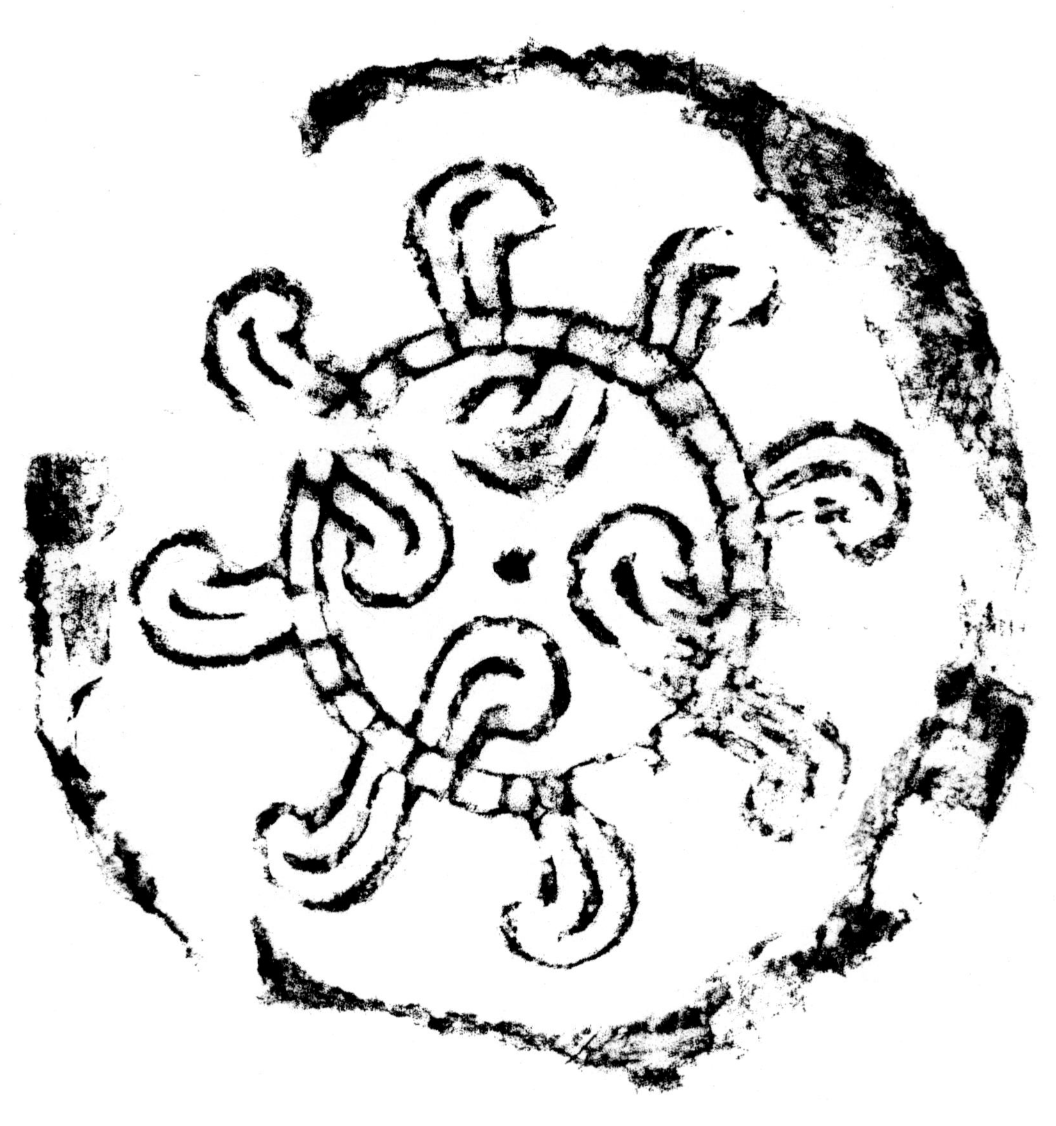

圖三七二　葵紋瓦當　秦

一九八六年七月下常社秦漢遺址採集。陶色淺灰，瓦筒外竪細繩紋，筒里布紋。背沿有穿孔和繩勒痕。面徑 14.3 厘米，邊沿寬 1 厘米。

圖三七三　葵紋瓦當　秦

城關鎮當坡村採集。陶色青灰，當背沿有穿孔和自左至右的繩勒紋，瓦筒外斜細繩紋，筒里麻點紋，當背與瓦筒連接處填泥粘固。面徑 15.8 ~ 16.3 厘米，邊沿寬 0.8 ~ 1.6 厘米。

圖三七四　葵紋瓦當　秦

城關鎮當坡村採集。陶色青灰，當背沿有繩勒痕和穿孔。面徑約 15 厘米，邊沿寬 0.9 厘米。

圖三七五　鳳鳥雲紋瓦當　秦

一九九八年元月城關鎮當坡村秦遺址採集。陶色青灰，當面塗朱色。筒瓦内布紋。當背與筒瓦接連處填泥粘固，當背沿有繩勒痕。面徑不規整，17 ~ 17.5厘米，邊沿寬0.6 ~ 1.5厘米。

圖三七六　雁雲紋瓦當　西漢初

一九八八年八月那家村漢墓群寢廟遺址採集。陶色深灰，瓦筒外斜細繩紋，布紋里。當背沿有穿孔和繩勒痕。面徑14厘米，邊沿寬0.9厘米。淳化縣文化館藏。

圖三七七　雲紋瓦當　秦

一九九八年七月固賢鄉下常社秦漢遺址採集。瓦筒外竪細繩紋，當背沿有穿孔和繩勒痕。面徑16厘米，邊沿寬0.9～1.4厘米。

圖三七八　雲紋瓦當　秦

一九七九年四月漢雲陵採集。陶色青灰。帶有20厘米長瓦筒，當端16厘米素面，餘竪細繩紋，麻點紋里。“咸原少角”戳印在距當端8厘米筒外，字頭朝當。當背沿有穿孔和繩勒痕。面徑14.2厘米，邊沿寬0.6～0.9厘米。淳化縣文化館藏。

圖三七九　雲紋瓦當　秦

下常社秦漢遺址採集。陶色青灰，筒瓦里布紋。當背沿有穿孔和刮抹痕。圓心一孔通於當背。面徑 14.8 厘米，邊沿寬 1 厘米。

圖三八〇　雲紋瓦當　秦

一九八六年七月下常社秦漢遺址採集。陶色青灰，瓦筒外竪細繩紋，筒里麻點紋，瓦筒接當沿後。當背沿有繩勒痕。面徑 15.8 厘米，邊沿寬 1 厘米。淳化縣文化館藏。

圖三八一　雲紋瓦當　秦

一九八六年七月下常社秦漢遺址採集。陶色青灰。帶有殘長28.5厘米瓦筒，接當沿後，筒外竪細繩紋，麻點紋里，當背沿有穿孔和繩勒痕。面徑15厘米，邊沿寬0.7～1.1厘米。淳化縣文化館藏。

圖三八二　雲紋瓦當　秦

一九八六年七月下常社秦漢遺址採集。陶色青灰，胎内夾砂。當背沿有穿孔和繩勒痕。面徑16厘米，邊沿寬1厘米。淳化縣文化館藏。

圖三八三　雲紋瓦當　秦

一九八〇漢洪崖宫遺址採集。陶色青灰，瓦筒外斜細繩紋，麻點紋里。當背沿有穿孔和繩勒痕蹟。面徑16.3厘米，邊沿寬1.3厘米。淳化縣文化館藏。

圖三八四　雲紋瓦當　秦

一九八二年四月漢雲陵邑遺址塔爾寺村採集。陶色淺灰，瓦筒外竪細繩紋，麻點紋里。當背沿有穿孔和繩勒痕蹟。面徑14.4～15.2厘米，邊沿寬1.2厘米。淳化縣文化館藏。

圖三八五　雲紋瓦當　秦

一九八六年四月鐵王村採集。陶色淺灰，瓦筒里麻點紋，當背沿有穿孔和繩勒痕蹟。面徑14.5 ~ 15厘米，邊沿寬1厘米。淳化縣文化館藏。

圖三八六　雲紋瓦當　秦

一九八四年下常社秦漢遺址採集。陶色青灰，當背沿有穿孔和繩勒痕蹟。面徑約16厘米，邊沿寬1.1厘米。淳化縣文化館藏。

圖三八七　雲紋瓦當　秦

一九九二年五月武家山採集。陶色青灰，瓦筒外竪細繩紋，布紋里。當背沿有穿孔和繩勒痕蹟。面徑約17厘米，邊沿寬0.7厘米。

圖三八八　雲紋瓦當　秦

一九八六年七月下常社秦漢遺址採集。陶色青灰，瓦筒外斜細繩紋。當背沿有穿孔和繩勒痕蹟。面徑16.3厘米，邊沿寬1厘米。淳化縣文化館藏。

圖三八九　雲紋瓦當　秦

一九八六年七月下常社秦漢遺址採集。陶色黑灰，瓦筒外竪細繩紋，麻點紋里。當背沿有穿孔和繩勒痕蹟。面徑約16厘米，邊沿寬0.8厘米。淳化縣文化館藏。

圖三九〇　雲紋瓦當　秦

一九八六年七月下常社秦漢遺址採集。陶色淺灰，瓦筒外斜細繩紋，背沿有穿孔和繩勒痕蹟。面徑約15.4厘米，邊沿寬0.5厘米。淳化縣文化館藏。

圖三九一　雲紋瓦當　秦

一九八六年七月下常社秦漢遺址採集。陶色青灰，瓦筒外斜細繩紋，當背沿有繩勒痕蹟。面徑15.5厘米，邊沿寬1厘米。淳化縣文化館藏。

圖三九二　雲紋瓦當　秦

一九八八年八月漢雲陵邑遺址塔爾寺村 採集。陶色淺灰，瓦筒外斜細繩紋，當背沿有穿孔和繩勒痕蹟。面徑 15.6 厘米，邊沿寬 1 厘米。淳化縣文化館藏。

圖三九三　雲紋瓦當　秦

一九八六年七月下常社秦漢遺址採集。陶色淺灰，當背沿有穿孔和繩勒紋。面徑約14.7厘米，邊沿寬1厘米。淳化縣文化館藏。

圖三九四　雲紋瓦當　秦至漢初

一九八二年四月鐵王村採集。陶色青灰，瓦筒接當沿後，當背沿有繩勒痕蹟。面徑 15 厘米，邊沿寬 0.6 厘米。淳化縣文化館藏。

圖三九七　雲紋瓦當　秦至漢初

一九八二年四月漢雲陵邑遺址故城村採集。陶色青灰，瓦筒外斜細繩紋，當背沿有繩勒痕蹟。面徑13.7厘米，邊沿寬0.9厘米。淳化縣文化館藏。

圖三九八　雲紋瓦當　秦至漢初

一九八九年四月漢雲陵邑遺址塔爾寺村採集。陶色淺灰，當背沿有繩勒痕蹟。面徑 15.5 厘米，邊沿寬 1.1 厘米。淳化縣文化館藏。

圖三九九　雲紋瓦當　秦至漢初

一九八六年四月漢雲陵採集。陶色青灰，瓦筒外斜細繩紋，筒里麻點紋。瓦筒在當沿後5.4厘米處接連，當背沿有穿孔和繩勒痕蹟。面徑15.7厘米，邊沿寬1.3厘米。淳化縣文化館藏。

圖四〇〇　雲紋瓦當　秦至漢初

一九八六年四月漢雲陵採集。陶色青灰，當背沿有穿孔和繩勒痕蹟。面徑約16厘米，邊沿寬1.2厘米。淳化縣文化館藏。

圖四〇一　雲紋瓦當　秦至漢初

一九八六年四月漢洪崖宫遺址採集。褐陶，瓦筒包裹當心，筒里布紋。當背沿有穿孔和繩勒痕蹟。面徑14.8厘米，邊沿寬0.7厘米。

圖四〇二　雲紋瓦當　秦至漢初

一九八二年長武山漢代遺址採集。陶色黑灰，瓦筒里麻點紋，瓦筒接當沿後，當背沿有穿孔和繩勒痕蹟。面徑約16.2厘米，邊沿寬1厘米。淳化縣文化館藏。

圖四〇三　雲紋瓦當　秦至漢初

一九八七年七月漢洪崖宫遺址採集。陶色黑灰，瓦筒外細繩紋，麻點紋里。當背沿有穿孔和繩勒痕蹟。面徑15厘米，邊沿寬0.8厘米。

圖四〇四　雲紋瓦當　秦至漢初

一九八六年七月下常社秦漢遺址採集。陶色淺灰，瓦筒外斜細繩紋，瓦筒接當沿後，當背沿有穿孔和繩勒痕蹟。面徑16厘米，邊沿寬0.9厘米。

圖四〇五　雲紋瓦當　秦至漢初

一九八〇年下常社秦漢遺址採集。陶色青灰，瓦筒外斜細繩紋，當面塗白色。面徑16厘米，邊沿寬1.1厘米。淳化縣文化館藏。

圖四〇六　雲紋瓦當　秦至漢初

一九八四年四月漢雲陵邑遺址採集。陶色青灰，當背沿有穿孔和繩勒痕蹟。面徑15.2厘米，邊沿寬0.8厘米。

圖四〇七　雲紋瓦當　西漢初

一九九八年鐵王鄉胡家村採集，筒瓦里布紋，瓦當背面有穿孔和繩勒痕。面徑16厘米，邊沿0.6～1厘米。

圖四〇八　雲紋瓦當　西漢初

鐵王鄉胡家村採集。陶色青灰，瓦筒里布紋，當背沿有自左至右的繩勒和穿孔痕。面徑15.5～16厘米，邊沿寬0.6～1厘米。

圖四〇九　雲紋瓦當　西漢初

一九八〇年十一月漢洪崖宫遺址採集。陶色淺灰，瓦筒外細繩紋，筒里布紋。當背沿有穿孔和繩勒痕蹟。面徑16.5厘米，邊沿寬0.8厘米。

圖四一〇　雲紋瓦當　西漢初

一九八六年七月下常社秦漢遺址採集。陶色青灰，瓦筒接當沿後，當背沿有穿孔和繩勒痕蹟。面徑15厘米，邊沿寬1～1.3厘米。淳化縣文化館藏。

圖四一一　雲紋瓦當　西漢初

一九八四年下常社秦漢遺址採集。陶色青灰，瓦筒内麻點紋，瓦筒接當沿後。面徑17厘米，邊沿寬0.9厘米。淳化縣文化館藏。

圖四一二　雲紋瓦當　西漢初

一九八一年四月漢雲陵採集。陶色淺灰，當背沿有穿孔和繩勒波紋。面徑 15.8 厘米，邊沿寬 1 厘米。淳化縣文化館藏。

圖四一三　雲紋瓦當　西漢初

一九八二年四月漢雲陵邑採集。陶色淺灰，瓦筒里麻點紋。面徑 15 厘米，邊沿寬 1.1 厘米。

圖四一四　雲紋瓦當　西漢初

一九八二年四月漢雲陵邑採集。陶色青灰，瓦筒外斜細繩紋，當背沿有穿孔和繩勒痕蹟。面徑 15.4 厘米，邊沿寬 1 厘米。

圖四一五　雲紋瓦當　西漢初

一九八〇年十一月漢雲陵邑遺址塔爾寺村採集。陶色淺灰，當背沿有穿孔和繩勒痕蹟。面徑約 15 厘米，邊沿寬 1 厘米。淳化縣文化館藏。

圖四一六　雲紋瓦當　西漢初

一九八七年二月羅家山採集。陶色青灰，瓦筒外斜細繩紋，筒里布紋，當背沿有穿孔和繩勒痕蹟。面徑15.3厘米，邊沿寬0.9厘米。

圖四一七　雲紋瓦當　西漢初

一九八三年四月核桃溝漢墓群採集。陶色青灰，瓦筒里布紋，當背沿有繩勒痕蹟。面徑 15 厘米，邊沿寬 1.2 厘米。淳化縣文化館藏。

圖四一八　雲紋瓦當　西漢初

一九八六年四月核桃溝漢墓群採集。陶色黑灰，當背沿有穿孔和繩勒痕蹟。面徑 15 厘米，邊沿寬 1.2 厘米。淳化縣文化館藏。

圖四一九　雲紋瓦當　西漢初

一九七九年十一月漢洪崖宫遺址採集。陶色青灰，瓦筒外斜細繩紋，筒里布紋。瓦筒接當沿後，當背沿有穿孔和繩勒痕蹟。面徑 16.5 厘米，邊沿寬 1.2 厘米。淳化縣文化館藏。

圖四二〇　雲紋瓦當　西漢初

一九七九年六月漢洪崖宫遺址採集。陶色黑灰，瓦筒外斜細繩紋，布紋里。當背沿有穿孔和繩勒痕蹟。面徑18 厘米，邊沿寬1.2 厘米。淳化縣文化館藏。

圖四二一　雲紋瓦當　西漢初

一九八〇年十一月下常社秦漢遺址採集。陶色青灰，當背沿有穿孔和繩勒痕蹟。面徑17厘米，邊沿寬1厘米。淳化縣文化館藏。

圖四二二　雲紋瓦當　西漢初

一九八六年七月下常社秦漢遺址採集。陶色淺灰，瓦筒外斜細繩紋，布紋里。當背沿有繩勒痕蹟。面徑15.5厘米，邊沿寬1.2厘米。淳化縣文化館藏。

圖四二三　雲紋瓦當　西漢初

一九七七年漢雲陵邑遺址塔爾寺村採集。陶色淺灰，當背沿有穿孔和繩勒痕蹟。面徑 15 厘米，邊沿寬 0.8 厘米。淳化縣文化館藏。

圖四二四　雲紋瓦當　西漢初

一九八〇年五月核桃溝漢墓群採集。陶色青灰，瓦筒里布紋。瓦筒接當沿後，當背沿有穿孔和繩勒痕蹟。面徑14厘米，邊沿寬0.8厘米。淳化縣文化館藏。

圖四二五　雲紋瓦當　西漢初

一九八〇年下常社秦漢遺址採集。陶色青灰，當背沿有穿孔和繩勒痕蹟。面徑 15.8 厘米，邊沿寬 1.6 厘米。淳化縣文化館藏。

圖四二六　雲紋瓦當　西漢初

一九八五年八月黄甫鄉文家莊採集。陶色淺灰，瓦筒里布紋，當背沿有繩勒痕蹟。面徑15.5厘米，邊沿寬1厘米。淳化縣文化館藏。

圖四二七　雲紋瓦當　西漢初

一九八〇年十一月漢洪崖宮遺址採集。陶色淺灰，瓦筒里布紋，當背沿有穿孔和繩勒痕蹟。面徑 14.3 厘米，邊沿寬 1.1 厘米。淳化縣文化館藏。

圖四二八　雲紋瓦當　西漢初

一九八一年四月漢雲陵採集。陶色青灰，瓦筒外竪細繩紋，布紋里。當背沿有穿孔和繩勒紋。面徑 13.3 厘米，邊沿寬 0.8 厘米。淳化縣文化館藏。

圖四二九　雲紋瓦當　西漢初

一九八六年七月下常社秦漢遺址採集。陶色青灰，瓦筒外斜細繩紋，布紋里。當背沿有穿孔和繩勒痕蹟。面徑14.5厘米，邊沿寬1厘米。淳化縣文化館藏。

圖四三〇　雲紋瓦當　西漢初

一九八四年十月漢洪崖宫遺址採集。陶色淺灰，瓦筒里布紋。當背沿有穿孔和繩勒痕蹟。面徑14.6厘米，邊沿寬0.8厘米。淳化縣文化館藏。

圖四三一　雲紋瓦當　西漢初

一九八六年四月漢洪崖宫遺址採集。陶色黑灰，當面塗紅色。當背雕磨作硯。面徑 14 厘米，邊沿寬 0.9 厘米。

圖四三二　雲紋瓦當　西漢初

一九八一年七月漢雲陵邑遺址採集。陶色青灰，瓦筒包裹當心，當背沿有穿孔和繩勒痕蹟。面徑 15 厘米，邊沿寬 0.8 厘米。淳化縣文化館藏。

圖四三三　雲紋瓦當　西漢初

一九八七年七年漢洪崖宫遺址採集。陶色青灰，瓦筒外竪細繩紋。當背沿有穿孔和繩勒痕蹟。面徑17厘米，邊沿寬1厘米。淳化縣文化館藏。

圖四三四　雲紋瓦當　西漢初

一九八七年五月北莊子採集。陶色淺灰，瓦筒外竪細繩紋。筒瓦接當沿後，當背沿有穿孔和繩勒痕蹟。面徑 16.5 厘米，邊沿寬 1 厘米。淳化縣文化館藏。

圖四三五　雲紋瓦當　西漢初

一九八四年五月北莊坳採集。陶色青灰，瓦筒里布紋。當背與瓦筒用指壓粘接，背沿有穿孔和繩勒痕。面徑 15.7 厘米，邊沿寬 1 厘米。淳化縣文化館藏。

圖四三六　雲紋瓦當　西漢初

一九八六年七月下常社秦漢遺址採集。陶色青灰，當背楦壓，背沿有繩勒痕蹟。面徑 14.8 厘米，邊沿寬 0.9 厘米。淳化縣文化館藏。

圖四三七　雲紋瓦當　西漢初

一九八一年三月漢雲陵邑遺址故城村採集。陶色青灰，瓦筒里布紋。當背沿有穿孔和繩勒痕蹟，當心内凹。面徑16.4厘米，邊沿寬0.9厘米。淳化縣文化館藏。

圖四三八　雲紋瓦當　西漢

一九八八年十月漢雲陵採集。陶色淺灰，瓦筒外竪繩紋，布紋里，當背沿有繩痕。面徑 17.5 厘米，邊沿寬 1.2 厘米。淳化縣文化館藏。

圖四三九　雲紋瓦當　西漢

一九八一年二月漢雲陵採集。陶色青灰，瓦筒包裹當心。面徑 13.4 厘米，邊沿寬 0.9 厘米。淳化縣文化館藏。

圖四四〇　雲紋瓦當　西漢中後期

一九八一年三月漢雲陵邑遺址故城村採集。陶色淺灰，當背抹光。面徑 15.5 厘米，邊沿寬 1.1 厘米。淳化縣文化館藏。

圖四四一　雲紋瓦當　西漢中後期

一九八四年四月漢雲陵邑遺址故城村採集。陶色青灰，瓦筒接當沿後，筒外斜細繩紋。當背抹光。面徑 16 厘米，邊沿寬 1.1 厘米。淳化縣文化館藏。

圖四四二　雲紋瓦當　西漢中後期

一九七九年五月漢雲陵採集。陶色淺灰，瓦筒外斜細繩紋，布紋里。當背抹光。面徑16.3厘米，邊沿寬1.1厘米。淳化縣文化館藏。

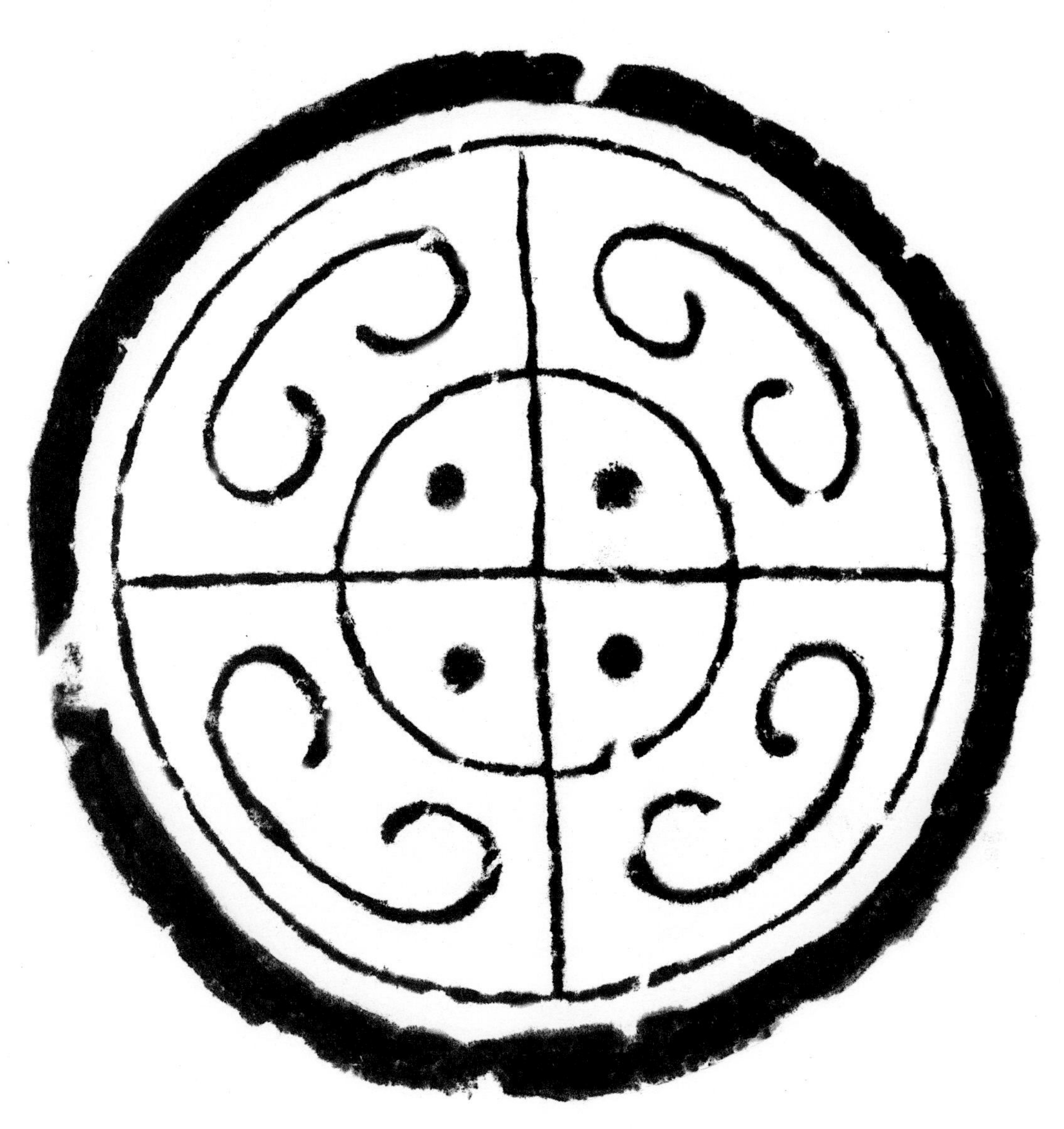

圖四四三　雲紋瓦當　西漢中後期

一九八三年十一月漢雲陵採集。陶色青灰，瓦筒里布紋。當背抹光。面徑15.7厘米，邊沿寬1厘米。淳化縣文化館藏。

圖四四四　雲紋瓦當　西漢中後期

一九八二年高崖頭村漢墓群採集。陶色青灰，當背抹光。面徑14.5厘米，邊沿寬1.1厘米。淳化縣文化館藏。

圖四四五　雲紋瓦當　西漢中期

一九八二年四月北橋村採集。陶色青灰，瓦筒包裹當心，筒里布紋。當背抹光。面徑15.5厘米，邊沿寬1厘米。淳化縣文化館藏。

圖四四六　雲紋瓦當　西漢中後期

一九九五年八月文家莊採集。陶色青灰，瓦筒外竪細繩紋，布紋里。當面塗白色，當背抹光。面徑16厘米，邊沿寬1厘米。淳化縣文化館藏。

圖四四七　雲紋瓦當　西漢中後期

一九八一年十一月下常社秦漢遺址採集。陶色青灰，當背抹光。瓦筒包裹當心。面徑約15.6厘米。 淳化縣文化館藏。

圖四四八　雲紋瓦當　西漢中後期

一九八二年四月排子村漢代遺址採集。陶質疏鬆，青灰色，瓦筒外竪細繩紋，布紋里，當背抹光。面徑15厘米，邊沿寬1厘米。淳化縣文化館藏。

圖四四九　雲紋瓦當　西漢中期

一九八〇年十一月漢雲陵採集。陶色青灰，瓦筒外竪繩紋，布紋里。當背抹光。面徑15.2厘米，邊沿寬0.7厘米。淳化縣文化館藏。

圖四五〇　雲紋瓦當　西漢中期

一九八三年十一月小池村漢墓採集。陶色青灰，瓦筒接當沿後，筒里布紋，當背抹光。面徑15.5厘米，邊沿寬1.3厘米。淳化縣文化館藏。

圖四五一　雲紋瓦當　西漢中後期

一九八八年八月那家村漢墓群採集。陶色淺灰，瓦筒外竪細繩紋，筒里布紋。當背抹光，背中一渦。面徑16厘米，邊沿寬1.3厘米。淳化縣文化館藏。

圖四五二　雲紋瓦當　西漢中後期

一九八八年八月那家村漢墓群採集。陶色淺灰，瓦筒外竪細繩紋，筒里布紋。當背抹光，背中一指渦。面徑 14.4 厘米，邊沿寬 1.1 厘米。淳化縣文化館藏。

圖四五三　雲紋瓦當　西漢中後期

一九八六年四月小池村漢墓採集。陶色淺灰，瓦筒外竪細繩紋，當背抹光。面徑 15.5 厘米，邊沿寬 1.1 厘米。淳化縣文化館藏。

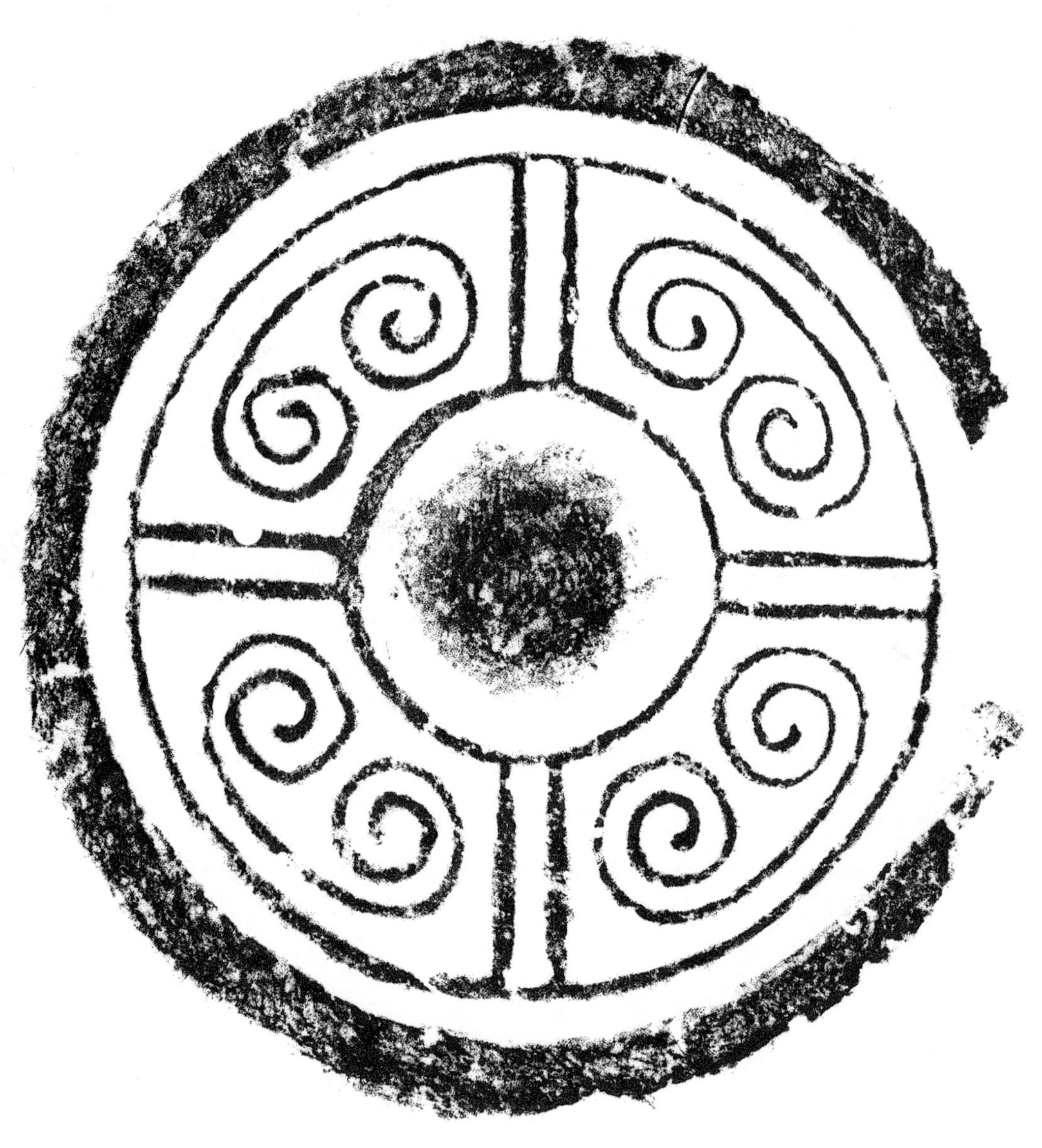

圖四五四　雲紋瓦當　西漢中後期

一九八七年七月漢雲陵採集。陶色青灰，當背抹光。面徑 15 厘米，邊沿寬 1 厘米。淳化縣文化館藏。

圖四五五　雲紋瓦當　西漢中後期

一九八二年四月辛店村漢墓採集。陶色青灰，瓦筒内布紋，筒接沿後。當背抹光。面徑約 14.7 厘米，邊沿寬 1.1 厘米。淳化縣文化館藏。

圖四五六　三角紋瓦當　西漢中後期

一九八八年十一月漢洪崖宮遺址採集。陶色青灰，當背壓抹光滑。面徑約16厘米，邊沿寬1.3厘米。

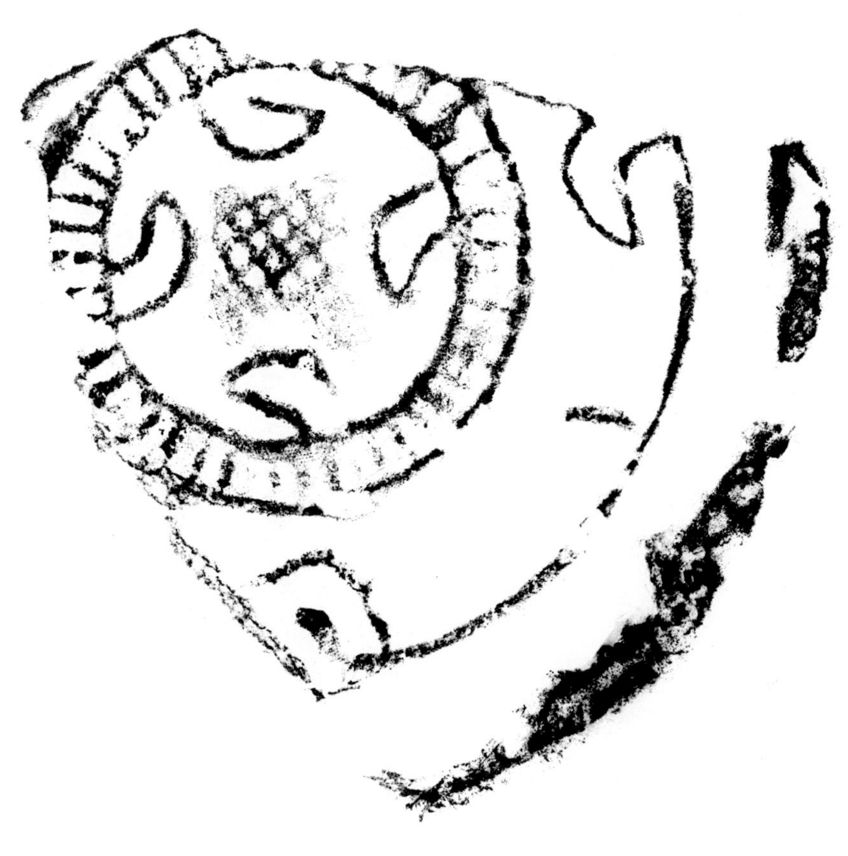

圖四五七　漩渦紋瓦當　秦

一九九七年城關鎮當坡村採集。陶色青灰，當背沿有穿孔和繩勒痕。面徑約15厘米，邊沿寬0.8～1厘米。

圖四五八　雲紋瓦當範　西漢

一九八二年四月排子村漢代陶作坊遺址採集。陶色淺灰，質疏鬆。面徑18厘米，底徑17.5厘米，高3厘米。淳化縣文化館藏。

圖四五九　雲紋瓦當範　西漢

一九八一年劉家墩村漢代遺址採集。陶色青灰。面徑16.4厘米，高3.8厘米，底徑15.7厘米。這種圖飾範所出瓦當，在漢甘泉宫遺址一帶未曾發現。淳化縣文化館藏。

圖四六〇　雲紋瓦當範　西漢

一九九〇年七月淳化縣城(漢棠梨宮遺址)東採集。陶色青灰。
面徑 11.7 厘米，高 5.6 厘米，底徑 14.5 厘米。

後　記

漢甘泉宮遺址，文物遺存豐富，瓦當富有盛名，史多著録。六十年代初，筆者涉足文物工作，遂嗜秦漢瓦當成癖，聞訊必究，實物不得，輒墨搨筆記；或往復宮殿、陵墓舊址，踏杳追覓，每獲珍如至寶，摩挲把玩。三十餘年爲淳化縣文化館藏瓦九百餘件，集搨本三千餘紙。一九九六年末，欣逢國家文物局和西北大學出版社計劃出版新中國出土瓦當集録，應約編撰成甘泉宮卷，選録秦漢瓦當四六〇圖。每圖下注明出處，時代。窮其所見，附製作工藝、瓦筒紋飾、色相及尺寸等簡短説明，以供賢者校正。本書選録之瓦當圖，出地確切。舊文獻著録甘泉宮瓦當，出處多欠詳，未收編。爲求材料之普遍與完整，瓦當文字、圖案微異者，書體、圖案相似而工藝有別者，皆録之，藉以窺見其發展脉絡。

卷首概論初成，蒙西北大學歷史系教授劉士莪、咸陽市教育局張沛先生校審，提出寶貴意見，筆者作了進一步修改。淳化縣文化館館長宋焕東及同行，給於鼓勵支持。余妻李桂珠協助做了不少工作，在此一並謝忱。辦成一件事，牽扯諸多因素；一本書問世，凝聚多人汗水。這是我完成新中國出土瓦當集録甘泉宮卷體會最深的。

獻芹獻曝，聊輸鄙陋之誠；見智見仁，不避方家之笑。是書雖然了卻我多年夙願，終因才菲識薄，舛誤不少，敬請專家賜教。

姚生民

一九九七年六月於淳化封麓居所